활 인 活人

下

박영규 역사소설

활인 活人

下

교유서가

활
인
上

활
인
下

1. 사악한 눈을 가진 자

사은사 행렬이 평양에 도착한 뒤, 중례는 어떻게 해서든 시간을 내서 아버지 사건이 있었던 9년 전에 평양 감영에서 형방으로 있던 자를 찾고자 했다. 하지만 쉽게 시간을 낼 수 없었다. 본직인 마의 업무에다 경녕군의 건강까지 챙겨야 하는 처지라 눈코 뜰 새 없이 바빴다. 그러다 사흘째 되던 날 저녁에 이르러 겨우 짬을 낼 수 있었다.

중례는 수소문 끝에 평양에서 오랫동안 아전생활을 한 사람을 소개받아 당시 형방의 근황에 대해 물을 수 있었다. 하지만 기껏 얻어들은 말은 이런 것이었다.

"10년 전에 형방을 지낸 사람이라면 고덕만을 말하는 것 같은데, 그 사람 평양 뜬 지 오래됐네. 그때, 평안 감사가 한양으로 돌아가면서 고덕만을 데려간 것으로 아는데, 그뒤로는 통 소식을 모르네. 하여튼 고덕만 그 사람이 경아전으로 차출되어 한양에 가게 됐다고 좋아라 했던 것은 기억이 생생하다네."

중례는 고덕만이라는 그 형방을 찾기만 하면 아버지의 억울한 죽음에 대한 단초를 잡을 수 있을 것으로 생각했다. 하지만 허무하게도 고덕만이 자취를 감춘 지 이미 오래되었다는 말을 듣고 크게 낙심했다. 그래서 어깨를 축 늘어뜨리고 있는데, 정재술의 종이 헐레벌떡 달려와 소리쳤다.

"노의원, 급하오. 대감께서 갑자기 또 쓰러지셨소."

의주에 도착한 이후로 정재술은 더이상 중례를 부른 적이 없었다. 평안도에서 제법 이름 있는 의원을 불러 진맥도 다시 하고 탕약도 바꿨다고 했다.

"낮에 의원이 다녀가면서 큰 문제는 없을 것이라 했는데, 이런 일이 또 일어날 줄은 몰랐소. 어서 갑시다."

정재술의 종이 중례의 소매를 잡아끌며 덧붙인 말이었다.

중례가 정재술의 처소에 도착했을 때, 오희묵이 대청 아래에서 발을 동동 구르고 있다가 말했다.

"대감께서 숨을 쉬시지 않는 것 같네. 어서 들어가세."

오희묵의 말대로 정재술은 거의 숨을 쉬지 않았다. 입술이 새파랗게 변해가고 있었고, 눈 밑에 그림자가 짙어지고 있었다. 손목의 맥을 잡아보니, 거의 뛰지 않았다. 중례는 턱 아래 목숨을 확인하였다. 아직 가늘게 뛰고 있었다. 심장에 귀를 대어보았더니, 다행히 꺼지지는 않은 상태였다.

"어떤가?"

오희묵이 그렇게 물었지만, 중례는 대답 대신 양쪽 가슴에 침을 놓고, 가슴을 지그시 눌렀다 떼기를 반복했다.

"살아 계신가?"

"아직 숨은 붙어 있습니다."

"살릴 수 있겠는가?"

중례는 고개를 갸웃거렸다.

"절망적인가?"

"하는 데까지 해봐야지요."

중례는 정재술의 발과 다리, 손에도 침을 놓았다. 이후 침을 모두 뽑고 복부와 발등에 뜸을 놓았다. 그런 상태에서 가슴을 지그시 눌렀다 떼기를 반복하자, 정재술의 입술이 가볍게 떨리면서 숨소리가 새어나왔다. 파랗게 변해 있던 입술 색깔도 조금 혈색이 돌아왔다. 그러자 기다렸다는 듯 중례는 약낭에서 구급약을 꺼낸 후, 씹어서 정재술의 입에 넣었다. 그리고 다시 가슴을 눌렀다 떼기를 반복했다.

중례는 다시 맥을 잡아보았다. 이어 심장에 귀를 댔다. 박동이 조금 강해졌지만, 여전히 회복은 어려워 보였다. 그러는 동안, 경녕군이 소식을 듣고 달려와 옆에 앉으며 물었다.

"이게 다 무슨 일인가? 정녕 돌아가시는 겐가?"

"겨우 맥은 돌아왔지만, 의식은 회복하지 못할 것 같습니다."

"그러면 어떻게 되는 건가?"

"한양 본가에 빨리 알리십시오. 아드님께서 임종이라도 지키려면 서둘러야 할 것입니다."

그때 허겁지겁 누군가 방으로 뛰어들어왔다. 그간 정재술을 진료했던 평안도 의원이었다. 중례는 별수없이 그에게 자리를 내어주고 뒤로 물러났다. 그 역시 정재술의 맥을 잡아보더니 당황한 표정이 역력했다. 중례는 나머지 일은 그에게 맡기고 방을 나왔다.

중례는 자기 처소로 돌아와 한참 동안 우두커니 앉아 있었다. 그러자니 계속 한숨만 쏟아졌다. 아버지를 죽인 원수가 죽게 됐으니 기쁠 만도 했는데, 그는 전혀 기쁘지 않았다. 되레 마음이 착잡해지더니 점점 미묘한 감정에 사로잡혔다. 정재술은 아버지를 죽인 살인범 중의 하나이기도 했지만, 동시에 아버지의 억울한 죽음을 밝혀내는 데 꼭 필요한 증인이기도 했다. 그런 까닭에 정재술에게 접근하여 아버지 사건의 진실을 캐내려 했는데, 이제 그 계획도 물거품이 된 셈이었다. 처음엔 중례도 그런 이유로 마음이 무거운 줄 알았다. 그래서 정재술은 천벌을 받은 것이라고 스스로를 위로해보기도 했지만, 전혀 기분이 나아지지 않았다. 그리고 기어코 이런 생각이 찾아들었다.

'내 의술이 이것밖에 되지 않는다는 말인가?'

그랬다. 중례의 마음을 짓누르고 있는 것은 스스로의 의술에 대한 자괴감이었다. 정재술은 아버지를 죽인 원수이기에 앞서 병을 앓고 있는 병자였다. 그런데 무슨 병인지도 제대로 파악하지 못한 채 병자를 죽음과 맞닥뜨리게 한 셈이었다.

중례는 다시 정재술의 방으로 돌아가 그를 되살려볼까도 생각했지만, 고개를 내흔들었다. 자신이 없었다. 병명도 제대로 파악하지 못한 상태에서 병자를 살린다는 것은 있을 수 없는 일이었다.

'정재술의 등에 난 적취들은 그의 병증과 어떤 관계가 있는 것일까?'

중례는 등에 난 적취들의 상태를 확인하지 못한 것도 안타까웠다. 그저 정재술의 숨을 돌려놓느라 열중한 나머지 병증의 원인을 파악할 생각조차 못한 자신이 한심했다. 명색이 의술을 다루는 의원이었다. 그런 자가 죽어가는 병자를 앞에 두고 도망치듯 물러났다는 사실이 부끄러웠다.

'정말, 적취 때문일까? 아니면 다른 원인이 있는 것일까? 그 평안도 의원은 정재술의 병을 무엇이라고 진단했을까? 그리고 어떤 처방을 내리고 어떤 약재를 썼을까?'

중례는 도저히 그대로 앉아 있을 수가 없었다. 그는 앞뒤 재지 않고 다시 정재술의 처소로 향했다. 그리고 중문을 들어서다 정재술의 종을 만났다.

"아직 의원은 계시오?"

"아니오. 벌써 가셨소. 이미 자기 손을 떠났다고 했소. 초상 치르는 일만 남은 셈이라고……."

"방안에는 누가 있소?"

"오행수께서 자리를 지키고 계시오."

"혹 대감께서 드신 약재가 남아 있소?"

"남아 있지요."

"내가 좀 볼 수 있겠소?"

"알았소."

정재술의 종은 곧 부엌에서 약재를 가지고 나왔다. 중례는 약재를 하나하나 살펴보았다. 모두 부종(浮腫, 몸에 부기가 생기는 것)에 쓰는 약재들이었다. 등에 난 적취를 부종으로 보았다는 뜻이었다. 부종의 약재에 더해 기(氣)를 보(保)하는 탕제도 함께 썼는데, 특히 인삼과 백출이 많이 들어가 있었다.

중례는 적취에 부종의 약재를 쓴 것은 큰 문제가 없다고 판단했다. 하지만 보약을 함께 먹은 것이 문제라고 보았다. 보약은 병자의 몸을 회복시키는 역할을 하지만 식사량을 늘리기 때문에 적취를 심화시킬 가능성이 높았다. 거기다 인삼과 백출을 두 배 이상 사용했으니, 적취가 갑자기 커지는 결과를 낳을 수 있었다.

중례가 정재술의 방으로 들어갔더니, 오희묵이 벽에 기대어 잠들어 있다가 깜짝 놀라 깨어났다.

"제가 다시 한번 살펴봐도 되겠습니까?"

"아, 어서 오게나 노의원. 마음대로 하시게. 의원도 포기하고 갔으니 뭐……."

정재술은 의식을 잃은 채 죽은듯이 누워 있었다. 안색을 살폈더니, 더 나빠지지는 않았다. 오히려 눈 밑의 짙은 그림자가 사라진 상태였다. 입술의 혈색도 그대로고, 맥박도 그대로였다.

중례는 바깥에 있는 종을 불러들였다.

"대감께서 오늘 몇 끼를 드셨습니까?"

"세끼 다 드시고, 저녁 후에는 간식까지 드셨소."

"간식은 매일 드십니까?"

"전에는 저녁식사 이후에는 전혀 뭘 드시지 않는데, 약을 바꾼 뒤로는 밥맛이 좋으시다면서 식사도 많이 하시고, 식사 후엔 꼬박꼬박 간식까지 챙겨 드셨소."

중례는 고개를 끄덕인 후, 맥을 잡았다. 그런데 이전보다는 맥이 조금 안정된 상태였다.

그때 오희묵이 다가앉으며 물었다.

"며칠이나 견디시겠는가? 사흘은 견디시겠는가?"

"어쩌면 더 오래……."

"다행이군, 다행이야. 그래도 작은나리께서 오실 때까지는 견디셔야지."

"탕약을 드실 수만 있다면 좋으련만……."

"그게 무슨 말인가? 탕약만 드시면 회생할 수도 있다는 말인가?"

"잘 모르겠습니다. 우선 대감님을 좀 앉혀보시지요. 등에 있는 적취의 상태를 확인해야 되겠습니다."

중례는 두 사람의 도움을 받아 정재술을 앉혀놓고, 등에 난 적취를 살폈다. 확실히 적취의 크기가 많이 자라 있었다. 특히 등 한가운데 있는 적취의 크기가 제일 컸다. 그런데 그것은 마치 속에 물이라도 품고 있는 것처럼 물컹거렸다. 다른 적취에서는 나타나지 않는 현상이었다. 손으로 전체 크기를 가늠해보았더니, 놀랍게도 손바닥만했다.

'도대체 이게 뭘까? 수종(水腫)인가? 아니면 종기인가?'

그런 의문을 품는 순간, 중례는 퍼뜩 생각나는 것이 있었다. 3년 전쯤이었다. 한성부에서 한 여인을 남편을 죽인 살인범으로 지목하여 포박해 왔는데, 그 여인은 결코 남편을 죽인 적이 없다며 강하게 범행을 부인했다. 부인은 아침에 자고 일어나니, 남편이 죽어 있었다고 했고, 한성부에서는 밤새 함께 있었던 사람은 부인밖에 없다며 부인이 남편의 입을 막아 죽인 것이라고 몰아붙였다. 검험 한 결과 호흡곤란으로 죽은 것은 분명했다. 하지만 부인이 죽인 것은 아니었다. 남편의 등가죽 안에 큰 물주머니 같은 것이 하나 생겼는데, 그것이 심장을 압박하여 호흡곤란을 일으킨 것이었다. 물론 그 사실을 밝혀낸 것은 중례였다. 하지만 중례는 그 물주머니가 무엇인지는 여전히 알 수 없었다.

중례는 앉힌 상태에서 정재술의 맥을 다시 잡아보았다. 확실히 맥이 더 활발했다. 가슴에 귀를 대어보았더니 박동도 더 거세졌다. 거기다 갑자기 정재술이 숨을 크게 토해내는 것이 아닌가.

중례는 피침과 대침을 꺼내들었다.

"뭘 하려는 겐가?"

오희묵이 놀란 눈으로 물었다.

"피부를 찢어 수종에 찬 물을 빼내야겠습니다."

"대감마님의 몸에 칼을 대겠다는 것인가?"

"칼이 아니라 피침과 대침을 사용할 것입니다."

"침이든 칼이든 몸에 상처를 내는 일이 아닌가? 이러다 잘못되면 경을 치게 될 걸세. 자네가 내 생명의 은인이기에 하는 말이네. 이러다 일이 틀어지면 자네만 곤란해질 걸세."

"경을 칠 때 치더라도 병자부터 살려놓고 볼 일입니다."

중례는 피침으로 정재술의 피부를 먼저 찢고, 다시 그 자리에 대침을 꽂은 후 빼냈다. 그 바람에 정재술의 등에 피가 흘러내렸고,

이내 침구멍으로 허연 액체가 밀려나왔다. 중례는 양손으로 침구멍 주위를 강하게 눌렀다. 그러자 갑자기 물줄기가 솟구쳐 나와 중례의 얼굴에 쏟아졌다.

"이, 이게 다 뭔가?"

오희묵이 깜짝 놀라 뒤로 나자빠지며 소리쳤다.

물줄기는 한참 동안 계속되었고, 중례의 얼굴과 옷이 허연 액체에 다 젖었다. 하지만 중례는 개의치 않고 계속해서 물을 뽑아냈다. 그렇게 한 시진 동안 계속 물을 뽑아냈더니 점차적으로 물줄기의 강도가 줄어들었다. 그리고 이내 누런색의 고름이 나오기 시작했다.

그때쯤, 정재술이 으윽 하고 신음을 토해냈다.

"대감마님, 정신이 드십니까?"

그 말에 정재술이 나지막하게 말했다.

"등이 아파, 아파……."

정재술의 종이 소리쳤다.

"세상에, 기적이야, 기적! 대감마님이 살아나셨어!"

정재술의 신음소리는 점차 커져갔지만, 중례는 계속해서 고름을 뽑아냈다. 이미 중례의 옷은 물론이고 이부자리며 방바닥이며 온통 피와 고름으로 범벅이 되어 있었다.

어느새 오희묵이 광목천을 한아름 안고 와 종과 함께 방을 닦아냈다. 그동안 중례는 환부를 깨끗하게 닦아낸 뒤, 지혈을 위해 가루약을 뿌렸다. 그리고 환부를 천으로 강하게 동여맨 뒤, 오희묵에게 물었다.

"전에 제가 구해달랬던 약재가 남아 있습니까?"

"아직 남아 있지."

"그러면 제가 탕약을 달일 동안 대감마님을 좀 살펴주십시오. 아직 등을 대고 누워서는 안 되니 벽에 기대어 앉혀두셔야 합니다."

"알았네. 걱정 말게."

중례는 밤을 새워 탕약을 달인 뒤, 새벽녘에야 가지고 들어갔다. 그때까지 정재술은 신음소리만 낼 뿐 사람을 제대로 알아보지 못했다. 중례가 일단 환약을 으깨어 먹이고, 몇 군데 침을 놓았더니 비로소 눈을 뜨고 의식을 회복했다.

"어찌된 것인가?"

정재술의 첫마디였다.

오희묵이 눈물을 글썽이며 대답했다.

"대감마님, 돌아가시는 줄 알았습니다."

"지금이 아침인가, 밤인가?"

"새벽입니다."

"저녁 먹고 누운 생각은 나는데, 그뒤론 통 기억이 나지 않는군."

"이 사람이 아니었으면 큰일이 났을 것입니다."

오희묵이 중례를 가리키며 말하자, 그때서야 정재술은 중례를 알아보았다.

"그런데 자네 옷은 왜 그 지경인가? 온통 피투성이가 아닌가?"

"대감마님의 등에 난 종기에서 고름을 뽑아냈습니다."

"내 등에 종기가 있었다고?"

그러자 오희묵이 끼어들었다.

"종기도 이만저만한 것이 아닙니다요. 고름을 몇 됫박이나 받아 냈는지 모릅니다. 이불이며 방바닥이며 온통 고름 물로 다 젖어 방을 다 닦아내고 이불을 모두 새로 가져왔습니다."

그때서야 정재술은 등에서 통증을 느꼈다.

"그런데 등이 왜 이렇게 아픈가?"

중례가 대답했다.

"종기에서 고름을 뽑아내기 위해 피침과 대침으로 대감마님의 등 피부를 조금 찢었습니다. 광목천으로 환부를 중심으로 동여매 어뒀으니, 열흘이면 괜찮아질 것입니다."

"그나저나 자네가 또 나를 살렸구만. 내가 자네에게 목숨을 두 번이나 신세를 졌네그려. 자네가 내 생명의 은인일세, 은인이야."

"아직 안심하시긴 이릅니다. 등에 난 적취와 종기를 다스리지 않으면 또 그런 증세가 올 것입니다. 탕약을 달여 왔으니, 드십시오."

정재술이 탕약을 받아 마시자, 중례가 말을 이었다.

"몸에 적취가 한번 생기면 절대 쉽게 사라지지 않습니다. 심지어 평생 안고 살아가는 경우도 많습니다. 종기도 또한 재발 가능성이 높습니다. 그러니 음식에 매우 유의하셔야 합니다."

"알았네. 내가 어떻게 하면 되겠나?"

"우선 앞으로 사흘간은 하루에 한끼씩만 드십시오. 그것도 죽으로 드셔야 합니다. 그리고 이후에도 절대 과식을 하시면 안 됩니다. 과식은 사람의 몸에 살을 찌울 뿐 아니라 적취도 함께 키우기 때문입니다. 또한 탕약은 아침저녁으로 하루에 두 번씩 반드시 드셔야 합니다. 그래야 적취를 달랠 수 있습니다."

"알았네. 그런데 그렇게만 하면 내 병이 나을 수 있는가?"

"그건 장담할 수 없습니다. 이미 적취가 온몸에 퍼져 있어 어떻게 해서든 적취를 다스리고자 할 뿐입니다. 제가 할 수 있는 것은 거기까지입니다. 한성으로 돌아가시면 좀더 용한 의원을 찾아 치료하셔야 합니다."

중례는 그쯤에서 정재술의 방에서 물러나왔다. 그리고 중문 옆에 있는 문간방에서 쓰러지듯 잠이 들었다.

얼마나 시간이 지났을까. 중례는 누군가 흔들어 깨우는 소리에 가까스로 눈을 떴다. 정재술의 종이었다.

"경녕군 대감께서 왔다 가셨소. 노의원이 깨어나면 경녕군 대감 처소로 오라 하셨소."

그 말을 듣고 중례가 경녕군에게 가니, 경녕군이 감탄어린 말투로 찬사를 늘어놓았다.

"다 죽은 사람을 환생시키다니, 내가 많은 의원을 만나봤지만, 자네처럼 용한 의원은 처음 보네."

"과찬의 말씀입니다."

"아닐세, 내 허투루 하는 말이 결코 아닐세. 자네같이 뛰어난 의원이 한낱 마의로 지내고 있다니, 이건 말이 되지 않는 일일세. 이번 사행이 끝나면 내 성상께 자네 이야기를 반드시 할 걸세. 자네 같은 인재가 내약방으로 들어가면 전하께서도 든든해하실 걸세."

경녕군은 그렇듯 칭찬을 아낌없이 하고 있었지만, 중례는 내심 불안한 것이 있었다. 정재술이 아픈 바람에 사은사 행렬의 출발 일자가 닷새나 미뤄졌다. 중례는 혹 이 일로 인해 해주 감영에서 체류할 시간이 줄어들까봐 조마조마했다. 해주 감영에 이르면 경녕군이 황해 감사를 만나 여동생 재희를 서활인원으로 옮겨주기로 약조했는데, 혹 그 일이 어그러질까 염려스러웠다.

그래서 중례는 주저주저하다 그 문제를 끄집어냈다.

"대감, 해주 감영에 가시면 제 누이 문제를 꼭 좀 해결해주십시오."

"여부가 있나. 염려 놓게나. 내 그 일은 반드시 해결해주겠네."

경녕군은 확신에 찬 음성으로 확답을 주었다. 하지만 중례는 이상하게 불안했다. 요 며칠 사이 꿈에 계속 여동생이 보이는 것도 그의 불안감을 가중시켰다. 꿈속에서 재희는 몇 번이고 자신을 데리러 와달라고 신신당부를 하였다. 그러면서 중례의 다리를 붙잡고 늘어지기도 했고, 온 얼굴이 눈물로 범벅이 되어 울부짖기도 했다.

"설마, 그간 무슨 일이야 있을라고……."

중례는 불안감이 생길 때마다 그런 말을 버릇처럼 내뱉곤 했다.

그렇게 삼 일을 더 평양에서 지냈을 때, 정재술의 서자 정충석이 도착했다. 그는 평양으로 오던 도상에서 오희묵이 보낸 수하를 통해 정재술의 회복 소식을 들은 상태였다. 죽었다던 아버지가 되살아난 셈이었는데, 정충석은 크게 좋아하는 기색은 없었다. 또한 자기 아버지를 살려낸 중례에게도 짧은 몇 마디뿐이었다.

"자네가 노가인가? 수고했네. 후사하겠네. 그만 가보게."

정충석은 아버지 정재술과는 성격이 판이했다. 정재술은 말이 많고 속을 숨기지 못하는 성격인 데 반해 정충석은 필요한 말만 하고 속을 쉽게 드러내지 않았다. 거기다 사람을 바라보는 눈빛이 예사롭지 않았다. 쏘아보는 것 같기도 하고 의심하는 것 같기도 한 묘한 눈빛이었다. 그 때문에 중례는 정충석 앞에서 이상하게 주눅이 들었다. 오희묵도 정재술보다 정충석을 훨씬 더 무서워했다. 종들이나 오희묵의 수하들도 마찬가지였다. 정충석이 당도했다고 하자, 모두 안색이 달라지고 태도가 달라졌다. 그들은 단순히 긴장하는 정도가 아니라 두려움에 떨고 있는 것 같았다. 심지어 정재술조차도 아들 정충석을 은근히 두려워하는 눈치였다.

'어쩌면 아버지를 살해한 놈은 정재술이 아니라 이놈일지도 모른다.'

중례는 정충석을 만난 뒤부터 그런 생각이 들었다. 생각해보니, 정재술은 성격이 급하고 권위적이며 폭력적인 구석은 있지만 사악한 인간은 아닌 듯했다. 그러나 정충석은 느낌이 완전 다른 놈이었다. 사람을 대하는 태도와 눈빛, 그리고 말투 모두 하나같이 공포를 불러일으켰다.

중례의 그런 느낌은 결코 빗나가지 않았다. 정충석은 도착한 바로 그날, 정재술을 치료했던 평안도 의원을 잡아다 물고장을 냈다. 정재술의 종이 말한 대로라면 그 의원은 숨만 붙어 있을 뿐 평생 누워서 지내야 할 정도로 심하게 맞았다는 것이다. 그뿐만 아니라 오희묵도 형편없는 의원을 구해 왔다는 이유로 죽지 않을 만큼 치도곤을 당했다고 했다.

중례는 아버지가 남긴 일지를 다시 살펴보았다. 그 일지 속에서 분명 정충석의 이름을 본 기억이 있었기 때문이다. 아버지의 일지에서 정충석의 이름이 언급된 부분만 중점적으로 살피던 노중례는 전에는 대수롭지 않게 읽고 넘어갔던 기록들을 다시 곱씹어보았다.

"책방이 평양 감영을 다녀왔는데, 책방과 함께 감사의 아들이 의주 관아에 왔다. 정충석이란 자인데, 무엄하기 짝이 없었다. 정충석이 의주에 와서 책방과 선착장에 갔다. 책방이 정충석을 믿고 목사께 함부로 구는 꼴을 차마 눈뜨고 볼 수가 없다."

중례는 전에도 몇 번이나 읽어본 내용이었지만, 막상 정충석을 만난 뒤에 보니, 그 표현들이 새삼스럽게 다가왔다. 정충석은 무엄하고, 오치수의 오만방자함은 눈뜨고 볼 수 없었다는 아버지의 표현은 그야말로 아주 절제된 것임을 알 수 있었다. 아버지 노상직은 원래 그런 사람이었다. 남을 비방하거나 욕설을 사용하는 것에는 아주 미숙한 사람이었다. 그런 점을 감안한다면 '무엄하다'와 '눈뜨고 볼 수 없다'는 매우 강한 표현이었다. 그런데 중례는 일지 속에서 그 단어들보다 훨씬 강한 표현을 하나 더 발견했다.

'그놈은 사악한 눈을 가졌다.'

사실, 이 글귀는 뜬금없는 것이었다. 앞뒤 맥락도 없을 뿐 아니라 구체적으로 누구인지 이름도 밝히지 않고 '그놈'이라고만 적혀 있었다. 그래서 중례는 당연히 '그놈'이 오치수라고 생각했었다.

그런데 다시 생각해보니, '그놈'은 오치수가 아니라 정충석을 가리킨 것인지도 몰랐다. 사악한 눈을 가진 자. 중례 역시 정충석을 처음 보고 비슷한 느낌을 받았다. 한눈에 알아볼 수 있는 악인이 있다면 바로 저런 자가 아닐까. 그런 생각이 들었던 것이다.

사악한 눈을 가진 자, 정충석. 중례는 그놈이 바로 윤철중과 아버지를 살해한 범인임을 직감했다. 거기에는 어떤 증좌도 필요치 않았다. 그놈 자체가 바로 증좌라고 생각했기 때문이다.

2. 북청을 향하여

중례는 오로지 누이 재희를 한성으로 데려갈 생각에 잔뜩 부푼 가슴을 안고 해주에 들어섰다. 황해 감사는 사리원까지 나와 마중을 하였다. 황해 감사는 경녕군과 막역한 사이라고 했다. 그런 까닭에 두 사람은 마치 오랫동안 만나지 못한 지인을 만난 듯 즐거운 모습이었다. 중례는 은근히 안도의 한숨을 쉬었다. 적어도 황해 감사가 경녕군의 청을 거절할 것 같지는 않았기 때문이다.

중례는 감영에 도착하자 곧 누이 재희를 찾아 나섰다. 하시라도 빨리 기쁜 소식을 전하고 싶었던 것이다. 그런데 어쩐 일인지 재희를 찾을 수가 없었다. 그래서 감영의 아전에게 물었더니, 안타까운 얼굴로 이런 말을 하였다.

"닷새만 일찍 오지 그랬나. 나흘 전에 북청으로 떠났네."

"북청은 왜?"

"함길도 북청 남병영에 군관 방직기가 모자라 차출되어 갔다네."

방직기라는 말에 중례는 손이 덜덜 떨렸다. 방직기란 곧 변방의 군관들을 시중드는 기생을 일컫는 것이었다. 말이 시중이지 군관들의 살림을 도맡아 할 뿐 아니라 잠자리까지 함께 하는 일이었다. 더구나 북청 방직기라니. 세간에 떠도는 말로 북청에서 딸을 셋 낳으면 하나는 농사꾼에게 시집보내고, 하나는 방직기로 팔고, 하나는 무당에게 판다고 했다. 그러고도 방직기가 모자라면 관비들 중에 차출한다고 했는데, 하필 재희가 그런 신세가 된 것이다.

중례는 눈앞이 캄캄하고 하늘이 무너지는 것 같았다.

"나흘 전이라고 했소?"

"그렇네. 나흘 전이네."

나흘 전이라면, 정재술 때문에 평양에 닷새 더 체류한 때였다.

"정재술, 그놈 때문이야!"

중례는 정재술만 아니었어도, 재희에게 그런 일이 일어나지 않았을 것이란 생각이 들자, 차라리 요동 땅에서 놈을 죽도록 내버려 둘 것을 잘못했다는 자괴감마저 일었다.

"그런데 경녕군 대감께서 자네 동생을 특별히 한성으로 데려가겠다 하셨다 했는가?"

"그렇습니다. 감사께 청하여 그리하신다 했습니다."

"그렇다면, 이 사람아 왜 이러고 있나? 빨리 자초지종을 경녕군 대감께 아뢰고 뒤쫓아가서 동생을 데려와야지. 아직 북청 병영에 당도하지는 못했을 걸세. 말을 타고 빨리 쫓아간다면 병영에 들어가기 전에 만날 수 있을지도 모르지 않는가? 만약 이미 병영에 당도하여 군관의 방직기로 배정되면 돌이킬 방도가 없네. 한시가 급하네. 어서 가서 아뢰게."

아전의 다그침에 중례는 퍼뜩 정신이 들었다. 그래서 급히 경녕군에게 달려갔다. 경녕군은 황해 감사가 베푼 연회장에 있었다. 재희에 관한 말을 올릴 상황이 아니었다. 하지만 상황만 따지고 있을 순 없었다.

"대감, 제 동생을 구해주십시오!"

중례는 연회상에 난입하여 그렇게 외쳤다. 황해 감사가 깜짝 놀라 소리쳤다.

"저, 저런! 저놈이 누구냐? 여봐라, 저놈을 당장 끌어내라!"

그 말에 연회장을 지키고 있던 나장들이 우르르 달려들어 중례를 끌어냈다.

"경녕군 대감, 저 마의 노가입니다! 대감, 제 동생을 구해주소서!"

중례는 나장들의 억센 손에 이끌려 나가며 울부짖었다.

"잠깐! 잠깐 멈춰라!"

다행히 경녕군이 중례를 알아보고 나장들을 물리쳤다.

"놓아줘라! 내가 아는 자다."

나장들의 손아귀에서 풀려난 중례가 무릎을 꿇고 울면서 말했다.

"대감, 제 동생이 나흘 전에 북청으로 끌려갔다 하옵니다. 제발 구해주소서."

"그게 무슨 말인가? 자세히 말해보게."

"나흘 전에 북청 남병영에서 이곳 관비 몇 명을 방직기로 차출해 갔사온데, 제 여동생도…… 흐흑……."

그러자 황해 감사가 끼어들었다.

"경녕군, 이게 대체 무슨 말이오?"

경녕군이 대답했다.

"이 사람은 제 목숨을 살려준 은인입니다. 그래서 소원을 하나 들어주기로 했는데, 이곳 관비로 있는 이 사람의 누이를 제가 한성으로 데려가겠다고 약조했습니다. 그런데 갑자기 누이가 북청으로 끌려갔다 하니……."

황해 감사가 혀를 끌끌 차며 말했다.

"북청 남병영에서 군관들을 위한 방직기가 모자란다 하여 평안도와 황해도까지 와서 관비들을 차출해 갔는데, 우리 감영에서도 관비 대여섯을 보냈습니다. 이미 나흘 전 일인데…… 이를 어찌하나?"

그러자 경녕군이 감사에게 아쉬운 소리를 하였다.

"제가 대장부의 이름을 걸고 약조한 일입니다. 무슨 방도가 없겠습니까?"

"그럼, 제가 관인을 찍어 급히 그 아이를 우리 감영으로 다시 소환하는 서장을 하나 써드리겠습니다. 이미 관비들이 남병영에 도착했다면 서장이 쓸모가 있을지 모르겠지만……."

"그래도 서장을 써주십시오."

감사는 곧 지필묵을 대령하라 하더니 서장을 쓰고, 관인을 찍었다. 그리고 말타기에 능한 군졸 둘을 불러 그들로 하여금 북청 병사들의 뒤를 쫓도록 했다.

이에 중례가 경녕군에게 부탁했다.

"외람되지만 소인도 함께 갈 수 있도록 해주십시오. 앉아서 기다리자니 심장이 녹아날 것 같습니다."

그러자 경녕군이 고개를 끄덕였다.

"알았다. 함께 다녀오도록 해라. 나는 자네가 누이를 데리고 올 때까지 이곳에서 기다리겠네."

"이 은혜, 죽어도 잊지 않겠사옵니다."

"무슨 소린가? 이깟 일이 자네가 내 목숨을 살려준 것에 비하겠는가? 내 말을 타고 가게. 어서 떠나게."

중례는 몇 번이고 감사 인사를 한 뒤, 경녕군의 말을 타고 해주 감영을 나섰다. 감영을 나섰을 땐, 이미 해가 뉘엇뉘엇 넘어가고 있었다. 하지만 밤을 새워서라도 그들의 뒤를 따라잡아야 했다.

해주에서 북청으로 가자면 평산 쪽으로 길을 잡아 곡산을 거치고 강원도 땅으로 넘어가 원산으로 달리고, 이어 원산에서 함흥을 거쳐 북청으로 들어가야 했다. 장정의 걸음으로 해주에서 북청까지는 나흘이면 족히 갈 수 있는 거리였다. 하지만 여러 관비들을 대동하고 걷는다면 최소 닷새는 잡아야 하는 길이었다. 그런데 관비들을 말에 태우고 갔다 했다.

"지금쯤 아무리 못 가도 원산까지는 갔을 것이오. 아니, 어쩌면 함흥에 당도했는지도 모르오. 우리가 비록 쉬지 않고 밤을 새워 말을 달린다 해도 원산까지 가는 데 최소 하루는 잡아야 하오. 그리고 이틀은 달려야 북청에 도달할 것인데, 따라잡는 것은 무리요."

감영을 나서면서 나장 하나가 불만스럽게 툴툴거리며 한 말이었다. 중례는 그들의 불만을 잠재울 요량으로 오희묵에게서 받은 중국 은자 한 냥을 내밀었다.

"내 누이를 무사히 데려오기만 하면 두 분께 이 은자를 드리겠소."

그러자 나장들의 표정이 확 달라졌다.

"좋소, 한번 달려봅시다. 혹시 아오. 중간에 뭔 일이라도 있어서 느리게 가고 있을지……."

중례는 그 말에 희망을 걸었다. 제발 그들 중에 누구라도 몸이 상하여 하루나 이틀 정도 지연하길 빌고 또 빌었다.

그들이 평산에 도착했을 땐 이미 밤이었다. 그들은 평산 역참에서 말죽을 먹이고, 말발굽도 갈았다. 그리고 저녁을 먹은 다음에 바로 출발했다. 그곳 역졸들에게 물어보니, 북청으로 가는 관비들도 평산에서 하루를 묵었다 하였다. 그 말을 듣고 나장 하나가 말했다.

"평산에서 하루를 묵고 다시 곡산에서 하루를 묵었다면 지금은 원산에 머물고 있을 것이오. 밤길을 달려간다면 내일 점심때면 원산에 당도할 수 있을 것이오. 서둘러 갑시다."

그러나 나장의 예측은 빗나갔다. 그들이 원산에 도착한 것은 꼬박 하루가 지난 다음날 밤이었다. 밤길이라 말을 달릴 수 없어 곡산에 늦게 도착한데다, 나장 하나가 설사가 나는 바람에 한나절을 지체해야 했기 때문이다. 설상가상으로 원산에 당도했을 땐 사람들은 물론이고 말들마저 모두 지쳐 쓰러질 지경이었다. 중례 역시 피로가 겹쳐 더이상 말을 몰 엄두가 나지 않았다. 그래서 별수없이 원산에서 하루를 묵을 수밖에 없었지만 중례는 발을 동동 구르며 북청 병사들의 소식부터 물었다.

"오늘 아침에 길을 나섰으니, 지금쯤 정평에서 유숙하고 있을 거요."

"정평에서 북청 남병영까지는 얼마나 가야 하오?"

"정평에서 내일 아침나절에 출발하면 점심나절엔 함흥에 이를 것이고, 함흥에서 대개 말을 늘려서 처녀들을 태우고 가곤 하니까, 저녁 먹기 전에는 남병영에 닿을 것이오."

역리의 그 말에 중례는 털썩 주저앉고 말았다.

"이러고 머뭇거릴 여가가 없소. 곧장 길을 나섭시다."

중례가 나장들을 설득하며 그렇게 말했지만, 그들은 이미 쓰러지듯 드러누워 꼼짝도 하지 않았다.

"이보시오, 가려면 댁 혼자 가시오. 우린 때려죽여도 이 상태론 못 가오."

벌써 이틀이나 잠을 자지 못했으니, 그들로선 당연한 반응이었다. 그들뿐 아니라 중례도 탈진 상태이긴 마찬가지였다. 마음이야 한달음에 천리라도 달려가고 싶었지만 도저히 몸이 말을 듣지 않았다. 거기다 말들도 밤길을 달려갈 상태가 아니었다.

"이대로 뒤쫓아간다 해도 밤길이라 빨리 갈 수도 없소. 차라리 푹 자고 내일 일찍 떠납시다. 지금 정평에 있다면 잘만 하면 내일 저녁 무렵엔 따라잡을 수 있을 거요."

나장 하나가 졸린 음성으로 위로하듯 말했다. 중례는 그 말에 희망을 걸고 눈을 감았다. 그리고 순식간에 잠에 빠져들었다.

얼마나 시간이 지났을까. 중례가 자신이 잠들었었다는 사실에 깜짝 놀라며 눈을 떴을 땐, 이미 밖이 훤하게 밝아 있었다. 그때까지 함께 온 두 나장은 여전히 잠에서 깨어나지 못하고 있었다.

"여보시오들, 어서 일어나시오. 해가 밝은 지 한참 되었소."

그 소리에 두 나장도 깜짝 놀라 일어났다.

세 사람은 급히 아침을 챙겨 먹고 마구간으로 가서 말들의 상태를 살핀 뒤, 말 등에 올랐다. 서둘러 길을 나서긴 했지만, 이미 해는 중천을 향해 가고 있었다. 말을 거세게 몰며 박차를 가해봤지만 정오까지 함흥에 당도하는 것은 애당초 글러먹은 일이었다. 그들이 점심나절에 허기를 채우기 위해 멈춘 곳은 정평에도 한참 못 미친 금야였다.

"지금쯤 함흥에 있을 터인데, 제발 거기서 누구 하나 발병이라도 나길 빌어야지 뭐."

점심을 먹고 길을 나서면서 나장 하나가 한 말이었다. 중례도 제발 그렇게 되길 빌고 또 빌었다. 하지만 그들이 한 식경을 달려 함흥에 도착하여 알아보니, 이미 한 식경 전에 북청 군졸들이 처녀들을 말에 태우고 떠났다고 했다.

"지금쯤이면 홍원에 닿았을 것이오. 홍원에서 북청은 지척인데다 남병영에서 홍원까지 군졸들이 마중을 나와 있을 것이니, 그들을 따라잡긴 글렀소."

함흥 역졸의 그 말에 중례는 가슴이 내려앉는 듯했다. 그런데 옆에 있던 다른 역졸이 중례의 처지를 동정하며 희망 섞인 말을 했다.

"남병영에 도착했다손 치더라도 그날로 군관들에게 방직기를 배분하는 것은 아니니, 누이 되는 처자를 만나볼 수는 있을 것 같소."

재희를 만날 수 있다는 그 말에 중례는 잠깐 얼굴이 밝아졌지만, 문제는 또 있었다. 역졸이 이런 말을 보탠 것이다.

"그런데 북청 남병영의 병사께서 순순히 처자를 내줄지 그게 문제요. 지금껏 병영에 들어온 방직기를 놓아줬다는 말을 들어본 적이 없어서 말이오."

역졸의 말대로 그들이 홍원에 당도했을 땐, 이미 관비들은 남병영으로 들어갔다 하였다. 그래서 중례는 별수없이 나장들과 함께 남병영으로 들어갔다.

"험, 해괴한 일이로다."

나장으로부터 황해 감사의 서장을 전해 받아 읽은 뒤 북청 병사가 내뱉은 첫마디였다. 이후 그는 이렇게 덧붙였다.

"종2품 황해 감사께서 일개 관비 하나 때문에 일면식도 없는 내게 서장까지 보내시다니……."

그러면서 북청 병사는 의심어린 눈초리로 두 나장을 심문하듯 물었다.

"너희 감사께서 이미 병영에 내준 관비를 돌려달라시는 연유가 무엇이냐?"

"저 그것이…… 저희는 내막은 모르옵고, 그저 서장을 병사 영감께 전달하라는 명을 받았을 뿐입니다."

"흠, 그저 명을 받고 왔을 뿐이다?"

"네. 그렇습니다."

그러자 북청 병사는 나장 뒤에 허리를 굽히고 있던 중례를 발견하고는 의아한 표정으로 물었다.

"그런데 함께 온 저자는 누구인고?"

"마의입니다."

"마의? 해주 감영의 마의냐?"

"아닙니다. 사은사를 따르는 마의입니다."

"사은사에 속한 마의가 왜 함께 왔느냐?"

"저 그것이⋯⋯."

"네가 직접 말해보거라. 너는 왜 이들과 함께 왔느냐?"

결국, 중례는 경녕군의 목숨을 구한 일을 설명하며, 누이를 데려가기 위해 왔다고 하였다.

"물에 빠진 경녕군 대감의 목숨을 구하였고, 그래서 경녕군께서 너의 누이를 해주 감영에서 서활인원으로 이첩시켜주겠다 약속하셨다 이 말이렷다?"

"그렇습니다."

북청 병사는 잠시 동안 말을 않고 이런저런 생각을 하더니 또 물었다.

"그런데 이번 연행에 동지총제 대감이 함께 가시지 않았더냐?"

그 말에 중례는 옳다구나 싶어 정재술의 이름을 들먹이며 대답했다.

"그렇습니다. 동지총제 정재술 대감께서 부사로서 함께 가셨습니다."

"오, 네가 정재술 대감을 아느냐?"

"잘 아옵니다."

"잘 안다? 어떻게 잘 아느냐?"

"대감께서 연경에서 돌아오는 중에 병환이 나셨는데, 제가 치료해드린 덕에 쾌차하셨습니다."

"오호, 그래? 너는 일개 마의인데, 어떻게 대감의 병환을 치료했느냐?"

"제가 이번 연행에 마의로 발탁되긴 했지만, 원래는 서활인원의 의원입니다."

"흠, 의원이다?"

"네."

북청 병사는 알겠다는 듯 고개를 끄덕인 뒤, 왼손으로 턱을 긁으며 중례를 물끄러미 바라보았다. 그리고 부관을 불러들여 중례 일행에게 저녁을 주고 숙소를 마련해주라 했다.

"날이 어두워졌으니, 물러가서 내가 다시 부를 때까지 기다리게."

그런데 저녁을 먹고 제법 밤이 깊었을 때, 북청 병사가 중례를 호출했다.

"흐흠. 자네 입으로 의원이라 하고 경녕군 대감과 동지총제 대감의 병환을 낫게 했다고 하는데, 여전히 나는 한낱 마의가 그런 신통한 의술을 발휘했다는 것이 믿기지 않아. 그래서 하는 말인데,

자네가 뛰어난 의술을 가졌다는 것이 증명만 된다면 내 자네 말을 믿고 자네 누이를 데려갈 수 있게 해주겠네."

"제가 어떻게 하면 되겠습니까?"

"내가 병자를 한 사람 보여줄 것인데, 자네가 그 병자를 고치면 되네."

"소인의 의술은 아직 일천하고 보잘것없지만, 그래도 혹 고쳐야 하는 병자가 있다면 성심을 다하겠습니다."

"흠, 그래? 그런데 만약 자네가 병자를 치료하지 못한다면 자네 누이를 데려가지 못하는 것은 물론이고, 자네 역시 내게 거짓을 고한 죄로 물고장이 날 터인데, 그래도 하겠는가?"

"네, 하겠습니다."

"좋아, 따라오게."

북청 병사는 중례를 병영 바깥에 있는 민가로 데려갔다. 그곳엔 스무 살이 채 못 된 청년이 누워 있었다.

"이 아이는 내 조카일세. 내 형님의 차남인데, 올 초에 갑사(甲士)에 지원하여 나를 따라 북청 남병영으로 왔네. 그런데 달포 전부터 갑자기 시름시름 앓더니 이제 일어나지도 못하는 신세가 됐네. 함흥에서 이름 있다는 의원은 죄다 다녀갔는데, 아직 병명조차 모르네. 자네가 만약 이 아이를 고친다면 기꺼이 자네 누이를 보내주겠네."

청년은 겉보기엔 멀쩡해 보였다. 안색이 좀 누렇게 떠 있긴 했지만 오래 누워 있은 탓으로 보였다. 문제가 있다면 시선을 한곳에 두지 못하는 정도였다. 하지만 사물을 인지하는 데엔 큰 문제가 없었고, 말하는 데에도 어려움이 없었다. 거기다 음식도 가리지 않고 먹는다 하였다. 중례가 검지손가락을 들어 보이며 물었다.

"제 손가락이 몇 개로 보입니까?"

"두 개로 보입니다."

"혹 눈앞에 다른 것이 보입니까?"

"항상 눈앞에 꽃이 보입니다."

"꽃 색깔이 무엇입니까?"

"검은색일 때도 있고, 청색일 때도 있고, 적색일 때도 있습니다."

그 말을 듣고 중례는 그의 맥을 잡아보고 고개를 끄덕였다. 옆에 있던 북청 병사가 물었다.

"늘 저렇게 꽃이 보인다고 하는데, 헛것을 보는 것인가?"

"헛것이 아닙니다. 병증입니다."

"도대체 무슨 병인데 눈앞에 꽃이 보인단 말인가?"

"의서에서는 그 꽃을 안화(眼花)라고 합니다. 안화는 보통 검은색으로 보이는데, 담이 약해지면 푸른색 꽃이 되고, 몸에 열이 있을 때는 붉은색으로 보입니다."

"어허, 무슨 그런 병이 다 있는가?"

"안화뿐 아니라 시일물위양(視一物爲兩) 증세도 있습니다."

"그것은 또 무슨 병인가?"

"하나의 물질이 둘로 보이는 것인데, 대개 눈과 머리 사이에 있는 경맥에 이상이 생길 때 나타나는 증세입니다."

"그러면 이 아이가 눈에 병이 나서 이리되었다는 것인가?"

"아닙니다. 안화는 신장에 문제가 생겨서 발생하고, 시일물위양은 원인이 다양하여 면밀히 살펴보아야 합니다."

"알았네. 그럼 계속하게."

중례는 침으로 청년의 발가락을 꼭꼭 찌르며 말했다.

"아픕니까?"

"아픕니다."

중례가 고개를 끄덕이며 다시 요구했다.

"발가락을 움직여보십시오."

병자는 발가락을 움직이는 데는 어려움을 느끼지 않았다.

"다리를 들어보십시오."

병자가 부들부들 떨며 어렵게 다리를 들었다.

"일어나 걸을 수 있겠습니까?"

하지만 그는 고개를 가로저었다.

"못 걷게 된 지 얼마나 됐습니까?"

"한 달가량 됐습니다."

중례는 직접 눈으로 확인하기 위해 청년을 일으켜세웠다. 그리고 북청 병사와 함께 그의 양팔을 부축하고 걸어보게 하였다. 그의 대답과 달리 부축을 받으며 걷는 데엔 큰 무리가 없었다. 그래서 혼자 걸어보게 했더니 어지럼증을 호소하며 이내 넘어졌다. 중례는 청년을 다시 눕히고 맥을 짚어보았다. 의외로 맥은 정상이었다. 안화증 때문에 신장이 나쁠 것으로 예견했지만 신장도 문제가 없어 보였다.

중례는 청년이 먹고 있는 탕제를 살펴보았는데, 약재가 모두 안화증에 듣는 것들이었다. 침을 썼냐고 했더니 침도 썼다고 했다.

중례가 알았다며 병자의 방에서 나오자, 뒤따라 나온 북청 병사가 물었다.

"도대체 무슨 병인가?"

"병명은 모르겠습니다만, 고칠 수는 있을 것 같습니다."

"병명도 모르는데, 어떻게 병을 고친단 말인가?"

"병명을 몰라도 얼마든지 병증을 없앨 수는 있습니다. 제게 사흘만 말미를 주시면 조카님을 말짱하게 고쳐놓겠습니다."

"정말인가?"

"네, 장담합니다."

"알았네, 그럼 딱 사흘일세."

북청 병사는 그 말을 남기고 병영으로 돌아갔다. 그러자 중례는 다시 병자의 방으로 들어가 말했다.

"내일 약재를 구해서 다시 오겠습니다."

중례는 그렇게 말하고 그 집을 나왔다. 집을 나올 때, 고의로 대문소리를 요란하게 냈다. 그리고 이내 담을 넘어 다시 그 집으로 들어가 몸을 숨겼다.

중례가 어둠 속에서 청년의 방을 지켜본 지 일각쯤 지났을 때, 방문이 스르르 열렸다. 그리고 청년의 고개가 불쑥 나왔다. 청년은 잠시 좌우를 살피더니 아무도 없다는 것을 확인하고는 스스로 걸어서 밖으로 나왔다. 중례는 어둠 속에 숨은 채 그 모습을 지켜보며 피식 웃었다.

청년은 바쁘게 뒷간으로 달려갔다. 그리고 조금 뒤 뒷간에서 나와 뒷짐을 지고 달을 올려다보며 한숨을 쏟아냈다. 중례는 살금살금 그의 뒤로 다가가 어깨를 툭 쳤다.

"달이 참 밝지요?"

그 소리에 병자는 기겁을 하며 뒤로 넘어졌다. 중례는 청년의 손을 잡아 일으켜세우며 말했다.

"다 나으셨네요. 아니, 처음부터 꾀병이었으니, 나을 일도 없었지요?"

청년은 어쩔 줄을 몰라 하며 되물었다.

"어, 어떻게 알았소?"

"병자가 탕약을 버리는 일은 없으니까요."

"그건 또 어떻게 알았소?"

"제가 탕제를 살피면서 동시에 갑사님의 요강도 살펴보았는데, 똥냄새보다 탕약냄새가 더 진동하더군요. 탕약을 버리지 않았다면 요강에 그렇듯 탕약냄새가 진동할 까닭이 없겠지요?"

"내가 꾀병을 부리고 있다는 것을 알면서도 왜 숙부님께는 말하지 않았소?"

"꾀병도 병이니까요."

"어째서 꾀병이 병이오?"

"대개 꾀병을 부리는 데엔 나름대로 말 못할 사정이 있기 마련이지요. 도대체 무슨 연유로 꾀병을 부리고 있는 것입니까?"

그러자 청년은 자신의 속내를 털어놓았다.

"명색이 무인 집안의 아들로 태어났지만, 나는 본디 겁이 많아 무예를 익힐 생각은 조금도 없었소. 그러니 무과를 볼 마음도 없었고 또 자신도 없었소. 그러던 차에 어느 광대에게 피리를 배웠는데, 그냥 폭 빠져버렸소. 아버님께서 그 사실을 아시고 느닷없이 나를 갑사로 밀어넣으셨고, 설상가상으로 숙부를 따라 이곳 변방까지 오게 되었소. 그리고 병영생활을 해보니 그야말로 죽을 맛이었소. 북청 병영에 온 이후로 단 하루도 제대로 잔 적이 없소. 거기다 신례식(신입 신고식)을 겪고 난 이후로 병영이 너무 무서워졌소.”

“병사이신 장군님께 솔직하게 털어놓지 그랬습니까?”

“그건 안 될 말이오. 내가 무서워서 병영생활을 못하고 집으로 쫓겨가면 아버님 체면이 어찌되겠소?”

“그런데 꾀병치고는 매우 치밀하게 하셨던데, 의서를 좀 읽으셨습니까?”

“무과는 도저히 안 될 것 같아 의과를 준비한답시고 잠시 의서 몇 권을 읽은 적이 있소. 그때 의서에서 본 내용을 역으로 쓴 것이오.”

“그랬군요.”

“그나저나 이제 나는 어쩌면 좋겠소? 숙부께서 꾀병이라는 것을 아시게 되면 불같이 화를 내실 텐데……. 제발 숙부께서 모르게 해주시오. 부탁이오. 숙부께서 알면 나는 죽은 몸이오.”

“어허, 이를 어쩐다…….”

“제발 부탁하오. 제발…….”

“알겠습니다. 그러면 이렇게 합시다.”

중례는 청년과 입을 맞춘 후, 다음날부터 청년을 치료하기 시작했다. 남아 있던 약재로 탕약을 달여 먹이고, 침과 뜸 치료도 하였다. 그러자 이틀째 되는 날 북청 병사가 와서 물었다.

"치료는 잘되고 있는가?"

"잘되고 있습니다. 많이 좋아졌는데, 한번 확인해보시겠습니까?"

중례는 청년을 부축하여 일으켜세웠다. 그리고 마당으로 데리고 나갔다. 중례는 마당에서 한참 동안 청년을 부축한 채 걷게 한 뒤에 말했다.

"이제 혼자 한번 걸어보시오."

그러자 청년이 뒤뚱거리며 발걸음을 떼기 시작했다. 그러자 북청 병사는 놀란 눈으로 신기한 듯 소리쳤다.

"옳거니, 옳거니, 그래, 한 발자국만 더, 한 발자국만······."

그렇게 열 발자국쯤 걸음을 떼자, 중례가 얼른 청년을 부축했다.

"너무 무리하면 되레 병증이 악화될 수 있으니, 오늘은 여기까지만 하십시다."

중례는 곧 청년을 방에 눕히고 다시 청년의 다리에 침을 꽂았다. 그리고 시침을 끝낸 뒤에 달여놓은 탕약을 청년에게 먹인 뒤, 북청 병사를 밖으로 불러냈다.

"장군님, 이제 조카분은 며칠 내로 제대로 걷게 될 것입니다. 하지만 말을 타고 창을 휘두르는 일은 계속할 수 없을 것 같습니다."

"어째서 그런가?"

"조카분께서는 선천적으로 신장과 간이 허하여 쉽게 어지럼증이 유발되고 동시에 눈에 문제가 생기는 체질입니다. 특히 빠르게 움직이거나 흔들리는 물체를 자주 접하는 것은 금물입니다. 그러니 말을 타고 달리거나 창과 칼을 휘두르면 어지럼증이 발병하여 병증이 지금보다 훨씬 심해질 것입니다. 또한 무슨 일이든 지나치게 압박을 가하거나 두려움을 주게 되면 역시 재발할 것입니다."

"어허, 그러면 어떻게 하는 것이 저 아이의 병증을 고치는 데 도움이 되겠는가?"

"우선 치료를 받고 안정을 취하는 것이 급선무이고, 다음으로는 좋아하는 취미가 있으면 그것에 열중하게 하십시오. 그러면 회복에 크게 도움이 될 것입니다. 그리고 가급적이면 조카분을 하루라도 빨리 한성으로 돌려보내는 것이 제일 빨리 회복시키는 방법일 것 같습니다."

"알았네. 그리하겠네."

그러면서 북청 병사는 중례의 두 손을 굳게 잡고 눈물까지 보이면서 덧붙였다.

"조카가 만약 일어나지 못하면 형님을 어찌 보나 했는데, 자네 덕에 형님을 뵐 면목이 생겼네. 정말 고맙네, 고마워. 내 자네 은혜는 잊지 않겠네. 그리고 내일 날이 밝는 대로 자네 누이를 데리고 가게."

3. 동병상련

소비는 활인원에 머문 닷새 동안 거의 바깥출입을 하지 않았다. 그저 아침저녁으로 스승 탄선에게 문안 인사를 하는 것 외에는 방에 틀어박힌 채 꼼짝도 하지 않았다. 심지어 끼니도 제대로 챙겨 먹지 않았다. 소비의 그런 모습을 의아하게 여긴 탄선이 닷새째 되는 날 아침에 걱정스러운 표정으로 물었다.

"무슨 고민이라도 있었던 것이냐?"

"아닙니다. 그저 아무것도 하지 않고 쉬고 싶을 따름이었습니다."

말은 그렇게 했지만 소비는 평소답지 않게 고민이 가득한 얼굴이었다.

"무슨 일인지 내게 말해주면 안 되겠느냐?"

그러자 소비는 한참 동안 망설이다가 물었다.

"삼봉 정도전이란 분은 어떤 분입니까?"

탄선은 느닷없는 그 물음에 잠시 당황했다. 따지고 보면 정도전은 탄선에겐 원수나 다름없는 놈이었다. 역성혁명이라는 이름으로 자기가 섬기던 왕을 배반했을 뿐 아니라, 이성계와 함께 탄선의 집안을 몰락시킨 장본인이었다. 그런 까닭에 그 이름을 듣는 것만으로 탄선은 가슴 저 밑바닥에 숨겨두었던 울화가 치밀어올랐다. 출가한 뒤로 세속의 일은 모두 잊었다고 생각했건만, 정도전이라는 이름을 듣는 순간, 과거의 모든 감정이 한꺼번에 되살아나는 느낌이었다. 나무관세음보살! 탄신은 감정을 억누르기 위해 속으로 염불을 외웠다. 그리고 가까스로 감정을 추스르고 되물었다.

"삼봉은 왜?"

"아, 아닙니다."

"삼봉이야 불쌍한 인간이지. 제 꾀에 제가 넘어갔으니……."

탄선은 묵은 감정을 애써 감추며 그렇게 말했다. 마음 같아선, 역적 중의 역적이라고 말하고 싶었다. 고려왕조에도 역적이고, 조선왕조에 와서도 역적이 되었으니, 정도전에게는 역적이라는 단어가 가장 잘 어울린다고 생각했다. 하지만 삼봉이 역적이라면 이방원도 역적이고 이방원의 아들 금상도 역적의 아들이 되는 것이었다. 또한 그리되면 그들 역적의 자손들이 세운 활인원에 의탁하고 있는 자신은 또 무엇이라 해야 하나 싶었다. 그래서 탄선은 차마 역적이라는 말을 뱉어내지 못했다.

"또 찾아뵙겠습니다. 부디 강녕하세요."

소비는 그 인사말을 끝으로 수강궁 대비전으로 돌아왔다.

대비 민씨는 전보다 한결 건강이 회복되었다. 하지만 여전히 병색은 완연했다. 소비는 그녀의 삶이 얼마 남지 않았다는 것을 잘 알고 있었다. 물론 민씨 스스로도 자각하고 있었다.

민씨는 오랜만에 정자에 나와 있었다. 그녀는 요즘 들어 부쩍 보이는 모든 사물에 대한 애착을 드러내고 있었다.

"꽃이 참 이쁘구나. 내년에도 이 꽃을 볼 수 있을까?"

민씨는 혼자 하는 말이었지만, 옆에 시립하고 있던 정상궁은 야단스럽게 대답했다.

"마마, 무슨 그런 말씀을 하십니까? 강녕하시어 회갑연도 하시고 고희연도 하시고, 희수도 미수도⋯⋯."

하지만 민씨는 고개를 내저었다.

"내 몸은 내가 아네. 이렇게 힘이 없는데, 회갑은 무슨⋯⋯ 내년 봄이라도 다시 볼 수 있다면 원이 없겠네."

민씨는 그 말끝에 깊은 한숨을 이어붙였다. 그리고 뒤쪽에 시립하고 있던 소비에게 고개를 돌려 물었다.

"자네는 어찌 생각하는가? 내가 내년 봄에도 이 꽃을 볼 수 있겠는가?"

하지만 소비는 선뜻 예라고 대답하지 못했다. 아니 무슨 낯짝으로 내게 그런 것을 묻느냐고 말하고 싶은 것을 애써 참는 중이었다. 민씨가 상왕 이방원에게 갑옷을 입히고 칼을 쥐여주며 정도전과 그 측근들의 목을 베라고 했다는 것을 마인국의 입을 통해 들은 뒤부터 소비에게 민씨는 집안을 몰락시키고 부모를 죽인 원수였다. 그런 까닭에 대비 민씨를 볼 때마다 소비는 영 마음이 편하지 않았다. 의원으로서 당연히 병자를 치료해야 했지만, 자기도 모르게 가슴 한구석에서 비집고 나오는 분노와 적개심을 막을 방도가 없었다. 민씨가 온갖 시중을 받으며 화려한 궁궐에서 지내고 있는 것을 보는 것만으로도 갑자기 어머니의 돌무덤이 눈앞에 아른거렸고, 그럴 때면 울분이 솟구치고 울컥울컥 눈물이 솟구쳤다.

"소인이 감히 어찌 함부로…….."

소비는 그렇게 얼버무렸다.

"아니다, 내가 괜히 곤란한 걸 물었구나."

민씨는 다시 한숨을 쏟아냈다.

"순정아, 너도 나 때문에 마음고생이 많았지?"

순정은 정상궁의 이름이었다.

"아, 아닙니다, 마마."

"내가 왕비가 되지 않았다면 네가 구중궁궐까지 따라와 시집도 가지 못하고 이렇게 늙어가지는 않았을 것 아니더냐?"

"마마, 소인은 단 한 번도 그런 생각을 해본 적이 없습니다. 그러니 마음 쓰시지 마십시오."

"내가 욕심이 과했어. 그저 대군부인으로 만족하고 살았으면 친정이 몰락하는 일도 없었을 것이고, 자식을 유배 보내는 일도 없었을 것인데……. 모든 것이 내 잘못이야."

민씨의 눈에 눈물이 가득 고였다. 그리고 이내 두 손이 파르르 떨리더니. 몸이 뒤로 스르르 넘어갔다.

"마마!"

정상궁이 화들짝 놀라 민씨를 부축했다.

"괜찮다, 괜찮아. 잠시 현기증이 났을 뿐이다."

"마마, 어서 대비전으로 돌아가소서."

"아니다, 여기 앉아 볕을 더 쬐고 싶구나. 이런 봄을 언제 또 보겠느냐?"

말은 그렇게 했지만, 민씨는 이내 까무러지고 말았고, 정상궁이 시녀들을 불러 민씨를 가마에 태우고 부랴부랴 대비전으로 돌아왔다.

민씨가 볕을 쬐다 쓰러졌다는 소리를 듣고 중전 심씨가 한달음에 대비전으로 건너왔다. 주상이 있었다면 열 일 제쳐두고 왔겠지만 주상은 평산에서 사냥을 즐기는 노상왕(정종)과 상왕(태종)을 시중드느라 궐을 비운 상태였다.

"어떻게 된 일인가?"

심씨의 물음에 소비가 자리를 비키며 대답했다.

"봄볕을 즐기시다 현기증이 나신 겁니다. 크게 염려하실 일은 아닙니다."

"어마마마, 괜찮으시옵니까?"

"중궁, 나는 괜찮으니 너무 염려 마시오."

"혼절하셨다 하여 너무 놀랐사옵니다."

"내가 쓰러지는 것이 어제오늘 일도 아닌데, 웬 호들갑이오? 이제 죽을 때가 다 되어서 그런 것이라 생각하고 예사로 여기시오."

"어마마마, 무슨 그런 흉한 말씀을 하시옵니까?"

"이게 다 인과응보요. 내 죗값을 받는 것이오. 내가 왕비가 되려고 여러 사람들의 목숨을 함부로 앗은 죗값을 치르는 것이오. 남편에게 배신당하고, 친정 동생들은 모두 사약을 받아 죽고, 장남은 유배지를 전전하고 있으니…… 죗값을 단단히 치르는 것이지."

그 말에 심씨도 눈물을 떨궜다. 친정아버지와 숙부들이 모두 역적으로 몰려 죽고, 어머니와 형제들은 노비 신분으로 전락했으니, 고부간에 동병상련의 마음이 일어날 법도 하였다.

"내가 괜한 말을 하여 중궁을 울렸어요. 중궁, 미안하오. 중궁의 고통도 알고 보면 내 욕심에서 비롯된 것이오."

"어마마마!"

심씨가 민씨 앞에 엎드려 소리 내어 울자, 민씨가 심씨의 등을 토닥였다.

소비는 그런 민씨를 바라보고 있자니, 밑도 끝도 없는 부아가 치밀어올랐다. 그간 숱한 사람을 죽음의 구렁텅이로 몰아넣은 장본인이 정작 자신의 죽음이 닥치자 회한의 눈물까지 떨구는 모습이 너무나 가증스럽게 여겨졌다. 단침 한 방이면 당장에라도 민씨의 숨통을 끊어놓을 수 있다는 생각에 소비는 가느다랗게 손을 떨었다.

의술을 배운 이후로 소비는 지금껏 단 한 번도 사람을 죽이겠다는 생각을 해본 적이 없었다. 그런데 저 마음속 깊은 곳에서 그런 생각이 스멀스멀 기어오르고 있음을 느꼈다. 그 때문에 시간이 흐르면 흐를수록 소비의 손은 더욱 심하게 떨렸다.

"그럼, 소인은 이만 물러가겠습니다."

소비는 더이상 그곳에 앉아 있을 수 없었다. 더 머물러 있다간 손이 아니라 온몸이 떨릴 것만 같았다. 이미 알지 못한 전율이 전신으로 퍼져 있는 상태였다. 대비전을 빠져나올 땐 다리까지 떨고 있었다. 그 떨림의 밑바닥엔 살의가 도사리고 있었다. 난생처음으로 사람을 죽이고 싶은 충동을 느꼈던 것이다.

"죽어가는 원수를 만나면 너는 어떻게 하겠느냐?"

언젠가 스승 탄선이 느닷없이 던진 질문이었다. 그때만 하더라도 소비는 아무런 망설임도 없이 이렇게 대답했다.

"비록 원수라도 상대가 병자라면 의원으로서 우선 병을 고치는 것이 순서라고 생각합니다."

하지만 소비는 다시 똑같은 질문을 받는다면 그런 대답을 할 수 없을 것 같았다. 그때 그렇게 대답할 수 있었던 것은 자신에게 벌어진 일이 아니었기 때문이었다. 하지만 막상 자신 앞에 그런 일이 현실로 닥치고 보니, 병자는 보이지 않고 원수만 보였다.

그들의 손에 내 부모가 죽지 않았다면, 그들의 손에 집안이 몰락하지 않았다면 내 삶은 어떻게 변했을까? 그저 천한 무당의 딸년으로 살지도 않았을 것이고, 얼굴도 모르는 부모를 그리워하며 이불에 눈물을 적시는 일도 없었을 것이다. 그리고 나의 어머니가 험한 산자락의 돌무덤 속에 차갑게 누워 있지도 않았을 것이다. 모든 것이 그들 원수들 때문이다.

부들부들 떨리는 소비의 온몸에 그런 생각들이 벌레가 되어 득실거렸다. 그 벌레들 때문에 소비는 지난 며칠 동안 밥을 제대로 먹을 수도 없었고, 잠을 제대로 잘 수도 없었다. 숟가락을 들면 밥그릇에 온통 복수를 꿈꾸는 벌레들이 수북이 쌓였고, 눈만 감으면 손끝으로 발끝으로 벌레들이 기어나와 칼과 창으로 돌변하여 이방원을 베고 대비 민씨를 찔렀다. 심지어 금상과 왕비 심씨를 향해 돌진하기도 했다.

소비는 결국 입궐한 지 닷새 만에 다시 활인원으로 돌아왔다. 궁궐 속에 더 머물다간 자신이 무슨 짓을 할지 알 수 없었다. 대비의 탕약을 달일 때면 늘 약이 아니라 독을 떠올렸고, 대비의 몸에 침을 놓을 때면 늘 숨통을 끊어놓을 혈자리만 쳐다보았다. 그래서 몸이 아프다는 핑계를 대고 서둘러 궐을 빠져나왔다.

활인원에 돌아온 뒤로 소비는 미친듯이 오직 병자를 돌보는 일에만 열중했다. 때론 끼니도 거르고 잠도 자지 않았다. 그러다 하루는 밤새워 병자를 간병하다 그만 까무러치고 말았다. 다행히 탄선이 침과 약으로 의식을 돌려놓긴 했지만, 소비는 깨어난 뒤에도 계속 잠만 잤다. 중간중간 가끔씩 깨어나 비몽사몽간에 죽 몇 숟갈을 먹으면 또다시 잠들곤 했다. 그렇게 며칠이나 흘렀을까? 문득 잠에서 깨어났는데, 낯선 여인이 자신을 간병하고 있었다. 눈이 맑고 선한 얼굴의 젊은 여인이었다.

"누구세요?"

"아, 깨셨네요. 기다리세요, 오라버니 모셔 올게요."

여인은 희색이 만연해져서는 경쾌한 걸음으로 밖으로 나갔다.

"오라버니?"

소비는 고개를 갸웃거렸다. 여인이 말한 오라버니가 도대체 누굴까 싶었다. 그때 중례가 방으로 들어왔다.

"낭자, 정신이 좀 드십니까?"

"아니, 그럼 오라버니라는 사람이 바로……."

"네, 맞습니다. 그 아이는 제 누이입니다."

"누이가 있었습니까?"

"해주 감영에서 지내고 있었는데, 이번에 이곳으로 와서 같이 지내게 됐습니다. 이름이 재희라고 합니다."

때마침 재희가 물을 가지고 안으로 들어왔다.

"물 좀 들이켜보세요."

재희가 소비의 몸을 일으켜 물을 마시게 했다. 물을 마시니 소비는 한결 정신이 맑아졌다.

"언제 오셨습니까?"

"돌아온 지 이제 사흘째입니다."

재희는 두 사람을 번갈아 보더니 살짝 웃은 뒤 일어섰다.

"그럼, 두 분 말씀 나누세요."

재희가 나가자, 두 사람은 갑자기 서로 무안한 얼굴이 되어 말이 없어졌다. 소비는 머리가 어지러워 다시 누워 눈을 감았고, 중례는 그런 소비를 근심어린 눈으로 바라보았다. 그렇게 잠시 침묵이 흐른 뒤, 중례가 먼저 입을 열었다.

"도착했을 때, 낭자가 쓰러졌다는 말을 듣고 혼이 달아나는 줄 알았습니다."

"……."

"그래도 큰 병이 아닌 것을 알고 다행이다 싶었습니다."

"……."

"아무에게도 말 못할 근심이 생긴 것이지요? 그 마음 저도 압니다. 제가 그런 일로 절망에 사로잡혀 있을 때, 낭자께서 저를 구해주시지 않았습니까? 그때 낭자가 저를 치료해주시지 않았다면 저는 어찌되었을지 모릅니다. 낭자에게 목숨을 빚진 것이지요."

그 말을 듣자, 소비는 갑자기 울컥 눈물이 솟구쳤다.

"무엇이 낭자를 그렇게 슬프게 하는지 알 수는 없지만, 조금이라도 그 슬픔을 나눠 가질 수 있다면 좋겠습니다."

소비는 슬픔을 나눠 가지고 싶다는 그 말이 정말 진심으로 느껴졌다. 그리고 위로가 되었다. 누구에게라도 마음을 기대고 싶었는데, 마침 기댈 수 있는 상대가 생겼다 싶었다.

"고맙습니다."

소비는 눈을 감은 채 겨우 입을 열었다. 막상 입을 열고 나니, 마음에 담고 있던 말들이 봇물 터지듯 쏟아졌다.

"저는 신생아 때 신당에 버려진 아이였습니다. 그래서 어린 시절부터 항상 그런 생각을 했습니다. 내 부모는 왜 나를 버렸을까? 나를 버린 부모는 어디에 있을까? 살아 있을까? 아니면 죽었을까? 혹 살아 있다면 만날 수 있을까? 만약 만난다면 무슨 말부터 할까? 나를 왜 버렸냐고, 나를 버리고 마음이 편했냐고, 행복하게 잘 살았냐고 따지기부터 할까? 아니면 그저 만나고 싶었다고, 그리고 다시는 헤어지지 말자고 할까? 흐흑……."

소비는 울먹거리며 잠시 말을 멈췄다. 중례는 아무 말도 하지 않고 그저 그녀를 안타까운 눈으로 바라보기만 했다. 그러면서 아, 이 사람도 나만큼 아픈 사연을 가졌구나 하는 생각을 하고 있었다.

"가끔은 원망도 했어요. 하지만 원망보다는 나를 버릴 수밖에 없었던 처지에 있었을 것이라고, 결코 나를 버린 것이 아니라 나를 살리기 위해 신당에 맡긴 것이라고 생각하기로 했지요. 그래야 내 마음이 편했으니까요. 그래도 한 가지 바람은 내 부모님이 어딘가에 살아 계셨으면 하는 것이었어요. 비록 절박한 사정이 있어 딸을 신당에 맡길 수밖에 없었지만, 그래도 꼭 살아 계셔서 행복하게 살기를 기도했어요. 그런데 흑⋯⋯."

소비는 목이 메어 다시 말을 멈춰야 했다. 중례는 그런 소비의 손을 꼭 잡아주고 싶었다. 하지만 손만 떨릴 뿐 차마 용기가 나지 않았다. 대신 소비의 손에 수건을 건넸다. 소비는 눈물을 닦은 뒤, 잠시 마음을 가다듬었다.

"얼마 전에 제 부모님이 누구인지 알게 되었습니다. 그리고 두 분이 모두 돌아가셨다는 것도 알게 되었습니다."

그 말에 중례도 울컥 눈물을 쏟아내고 말았다. 하지만 애써 울음소리는 내지 않았다. 대신 긴 한숨을 쏟아냈다.

"어머니 무덤도 다녀왔습니다. 어느 후미진 산기슭에 누워 계셨습니다. 그것도 작은 돌무덤 속에⋯⋯."

소비가 다시 소리를 죽이고 울음을 쏟아냈다. 그녀의 울음은 한참 동안 지속되었다. 그런 그녀의 모습을 바라보며 중례도 울음을 삼키고 또 삼켰다. 아버지 소식을 듣고 그 충격으로 돌아가신 어머니 모습이 눈앞에 아른거리기도 했다. 중례는 소비에게 조금 더 가까이 다가앉았다. 그리고 흐느끼는 소비의 어깨를 손끝으로 살짝살짝 토닥거려주었다.

4. 글도 모르고 칼도 모르는 얼치기 왕

기해년(1419년) 음력 5월 14일이었다. 주상은 따가운 햇살을 받으며 수강궁으로 향하는 가마를 재촉했다.

"서두르라!"

주상이 수강궁 상왕전에 도착했을 땐, 이미 조정 중신들이 도열해 있었다. 주상이 상왕(이방원) 곁에 앉자, 상왕이 비장한 표정으로 입을 열었다.

"나는 이제 대마도를 칠 것이니, 그대들은 따르라!"

상왕은 왜구의 노략질을 멈추게 할 유일한 방법은 왜구의 본거지인 대마도를 정벌하는 것밖에 없다고 판단했다. 조선 개국 이래 왜구는 남해와 서해의 해안가를 제집 드나들듯 하며 노략질을 일삼고 있었다. 비록 그 기세가 고려 말의 상황에 미치진 못하지만 그대로 내버려두기엔 피해가 너무 심각해지고 있었다. 심지어 황해도와 충청도에서는 조선 수군의 전함이 왜선 수십 척의 공격을 받아 소실되었을 뿐 아니라 다수의 사상자가 발생하는 사태가 일어났다. 상왕은 더이상 왜구를 묵과했다간 또다시 고려 말과 같은 혼란이 닥칠 것이라고 생각했다.

"왜구를 이대로 내버려두면 다시 전조(고려왕조)의 혼란상을 겪을 터, 이번에는 아예 왜구의 싹을 잘라놓아야 할 것이다."

상왕이 어금니를 꽉 깨물었다. 이번에는 무슨 일이 있어도 왜구를 단절시켜야 한다는 강한 의지의 표출이었다.

사실, 왜구는 조선뿐 아니라 상국 명나라에서도 여간 골칫거리가 아니었다. 왜구가 골칫거리가 된 것은 고려조 공민왕 시절부터였다. 당시 중국은 홍건적이 일어나 원나라를 무너뜨렸고, 고려도 원나라에게 빼앗긴 땅을 되찾기 위해 전쟁에 뛰어들었다. 그 과정에서 고려는 원나라군과 홍건적을 동시에 상대하는 처지에 놓여 한때는 수도 개경이 함락되는 절체절명의 위기 상황에 놓이기도 했다. 왜구는 이런 혼란을 틈타 중국 해안가를 약탈하면서 동시에 고려를 침략했다. 하지만 원나라와 홍건적이라는 양대 세력을 상대하던 고려는 왜구의 침탈에 속수무책이었다. 왜구는 그 기세를 몰아 공민왕 재위 23년 동안 115회나 침략하였고, 이후 우왕 시절에는 더욱 기승을 부려 재위 14년 동안 378회나 침략하였다.

왜구는 단순한 해적이 아니었다. 선단이 500척이 넘고 병력도 1만을 넘었다. 그들은 단순히 재물을 약탈하는 수준을 넘어 중국과 고려의 백성들을 수천 명이나 잡아갔다.

하지만 홍건적의 우두머리 주원장이 원을 무너뜨리고 명을 세운 뒤부터 왜구의 기세는 꺾이기 시작했다. 중국과 고려에서 전쟁이 끝난 탓에 더이상 왜구의 침탈을 두고 보지 않았던 까닭이다. 심지어 명나라는 고려 조정에다 왜구를 엄금하지 않으면 고려와 왜가 연합하여 명을 침범할 계획이 있는 것으로 간주하겠다고 엄포를 놓았다. 고려가 알아서 왜구를 섬멸하지 않으면 고려와 왜를 모두 적국으로 간주하고 군대를 동원하여 고려를 공격하겠다는 뜻이었다. 이렇게 되자, 고려는 명의 의심을 불식시키기 위해 대대적인 왜구 소탕전을 감행하기 시작했다.

왜구 소탕전은 우왕 재위 2년(1376년)부터 본격화되었다. 이후 최영의 홍산대첩, 최무선의 진포해전, 이성계의 황산대첩, 정지의 관음포대첩 등에서 대승을 거뒀고, 급기야 창왕 재위 1년(1389년) 2월에 왜구의 본거지인 대마도에 대한 정벌을 감행했다. 이때 대마도 정벌을 이끈 인물이 박위였다. 당시 경상도 원수였던 박위는 함선 일백여 척에 정예병 1만을 이끌고 대마도에 상륙하여 적선 300여 척을 불사르고 고려인 100여 명을 구출한 뒤, 돌아왔다.

박위의 대마도 정벌 이후, 왜구는 한동안 힘을 잃고 더이상 준동하지 않았다. 그런데 이성계가 고려왕조를 무너뜨리고 조선을 개국하는 사이 다시 기세를 회복하여 노략질을 재개했다. 심지어 태조 재위 5년(1396년)엔 왜선 120척이 경상도에 몰려와 동래, 기장, 동평성 등을 함락하는 사태가 벌어졌다. 그 과정에서 수군 만호 이춘수가 죽고 병선 16척이 탈취당하기까지 했다. 이후로도 통양포에서 병선 9척을 빼앗기고, 영해성(경북 영덕)이 함락되었으며, 동래성이 포위되어 병선 21척이 소실되는 지경에 이르렀다.

사태가 여기에 이르자, 태조 이성계는 우정승 김사형을 오도 병마도통처치사로 삼아 대마도 정벌을 감행했다. 김사형은 35일 동안 대마도는 물론이고 일기도까지 전함을 이끌고 가서 왜구를 소탕했다.

김사형의 2차 대마도 정벌 후 왜구는 한동안 잠잠해졌다가 세월이 흐르자 다시 몇 년 전부터 부쩍 기세가 되살아나 해안가를 침탈해오고 있었다. 상왕은 왜구의 특성상 강력하게 응징하지 않으면 더욱 기승을 부릴 것이라고 보았다. 그래서 아예 왜구의 본거지를 공략하는 강수를 구사하려 했다.

"지금 왜구의 주력 부대는 대마도를 비워둔 채 중국 해안가를 노략질하기에 여념 없다. 이때를 이용하여 대마도를 친다면 저들은 둥지 잃은 철새 신세가 될 것이다. 이는 곧 집 잃은 왜구 본진을 해상에서 일망타진할 절호의 기회가 될 수 있다는 뜻이다."

결국, 조선 조정은 상왕의 계획에 따라 대마도를 정벌하기로 결정하고 이종무를 정벌 대장에 임명했다. 그리고 나흘 뒤, 상왕과 주상은 직접 두모포(서울 옥수동에 있던 포구) 백사정까지 거둥해 장수들을 전송했다. 그 자리에서 상왕은 엄중한 표정으로 소리쳤다.

"승전해서 돌아오면 상을 줄 것이며, 패전하면 목을 칠 것이다!"

그런 말로 이종무와 9명의 절제사를 거제도로 내려보낸 상왕이 돌아오는 길에 주상에게 물었다.

"주상이 왕위에 오른 뒤에 처음으로 가진 출정식이었는데, 지켜본 소회가 어떠하냐?"

"얼떨떨하고 긴장되옵니다."

"자고로 왕의 손이란 항상 상과 칼을 함께 쥐고 있어야 한다. 칼만 쥐고 상을 주지 않는다면 앞에선 두려움 때문에 복종하지만 뒤에서는 그 두려움 때문에 되레 왕을 죽이려 할 것이고, 상만 주고 칼을 쥐고 있지 않다면 앞에서는 우쭐대기만 하고 뒤에서는 왕을 업신여기며 상이 적다고 불만만 늘어놓게 된다. 하지만 왕이 한 손에 상을 쥐고 한 손에 칼을 쥐고 있으면 신하는 적은 상을 받아도 왕의 은혜에 감사하게 된다. 그러니 주상은 이를 마음에 잘 새겨 내가 간 뒤에도 잊지 않도록 하라."

"명심하도록 하겠습니다."

대답은 그렇게 했지만, 주상은 내심 부왕의 말을 쉽게 받아들일 수 없었다. 부왕의 말은 곧 힘으로 신하와 백성을 지배하는 패도의 정치를 의미했다. 주상은 창덕궁에 돌아온 뒤로 한동안 편전에 홀로 앉아 연신 고개를 가로저었다.

"아바님의 패도 정치는 피와 원한을 부르는 살육의 정치다. 살육의 정치로는 결코 태평성대를 열 수 없다. 태평성대를 열기 위해서는 사람을 살리는 활인의 정치를 펼쳐야 한다."

하지만 주상은 아직까지 활인의 정치를 펼치기 위한 구체적인 방안을 마련하지 못했다.

"활인의 정치를 펼칠 방도는 무엇인가?"

주상이 이 물음에 골몰한 지도 벌써 삼 년째였다.

"활인의 길을 택하겠습니까, 살인의 길을 택하겠습니까?"

그렇게 묻던 탄선의 음성이 되살아났다. 그때부터 주상은 만약 자신이 왕이 된다면 반드시 활인의 정치를 펼치겠다고 다짐하고 또 다짐했다. 하지만 아직까지도 활인의 길을 펼칠 구체적인 방도를 찾지 못했다. 특히 국방에 관한 한 주상은 그야말로 햇병아리 수준이었다. 나흘 전에 아군이 전함에 싣고 있던 쌀 45석을 왜구에게 내줬다는 소식을 접하고 주상은 어리석게도 이런 말을 하고 말았다.

"각도와 각 포구에 비록 병선은 있으나, 그 수가 많지 않고 방어가 허술하여, 혹 뜻밖의 변을 당하면, 적에 대항하지 못하고 도리어 우환거리가 될 수 있다. 그러니 아예 전함을 두는 것을 폐지하고 육지만을 지키고자 한다."

주상이 그런 말을 한 것은 나름 아군의 피해를 줄이기 위한 불가피한 계책이라고 판단해서였다. 하지만 그 말을 들은 장수들의 반응은 싸늘했다.

이번에 대마도 정벌 대장으로 간 판부사 이종무는 우려 섞인 음성으로 전함 폐지는 안 될 말이라며 강력하게 반대했다.

"우리나라는 바다에 접해 있으니, 전함이 없어서는 안 될 것입니다. 만약 전함이 없으면, 어찌 편안히 지낼 수 있겠습니까?"

이종무의 말에 호조 참판 이지강이 한마디 더 보탰다.

"고려 말년에 왜적이 침노하여 경기까지 이르렀으나, 전함을 둔후에야 국가가 편안하였고, 백성이 안도하였나이다."

하지만 주상은 그 말에도 어리석은 아집을 드러냈다.

"우리 군대가 병선 5척으로 적에게 포위당하고, 실었던 쌀 45석을 주었다는데, 이것은 결코 좋은 계책이 아니었다. 그저 해를 입을까 두려워서 쌀을 내준 것이 아니겠는가?"

주상의 말인즉, 병선이 있다 한들 더 많은 병선을 가진 왜구를 만나면 겁을 먹고 쌀을 뺏길 수밖에 없지 않느냐는 말이었다. 에둘러 말한 것이지만, 전함이 있어봤자 별 소용이 없다는 항변이었다.

주상의 이런 견해에 대해서도 신하들은 결코 동의하지 않았다.

"5척의 병선으로 38척을 가진 적에게 포위당하였으니, 싸우면 패할 것이므로, 쌀을 주어 일단 안심하게 한 뒤에 원병을 기다린 것입니다. 이는 결코 틀린 계책이 아닙니다."

하지만 여전히 주상은 전함을 폐지해야 한다는 고집을 꺾지 않았다.

"그렇다면 적이 만일 병선이 많이 모일 것을 알면, 병선이 오기 전에 반드시 먼저 급히 쳐올 것이니, 이것이 실로 염려되는 바이다."

그러자 이종무를 비롯한 신하들이 더이상 가타부타 대꾸를 하지 않았다. 대신 신하들은 그날 바로 수강궁의 상왕에게 몰려가 왜구를 퇴치할 방도를 의논했고, 의논 끝에 나온 결론이 바로 대마도 정벌이었다.

주상은 화끈대는 얼굴로 대마도 정벌을 논의하던 자리에서 말 한 마디 못하고 앉아 있던 기억이 아직도 생생했다. 부왕의 입에서 대마도를 정벌하겠다는 용단이 떨어졌을 때, 주상은 혹 환청을 들은 것은 아닌지 자신의 귀를 의심했다. 또한 부왕의 결단에 동조하는 신하들의 모습이 새삼스럽게 충격으로 다가왔다.

그 일이 있기 전까지만 해도 주상은 신하들이 부왕을 추종하는 것은 그저 두려움 때문이라고 생각했다. 하지만 이번 일을 겪으면서 주상은 신하들이 부왕을 추종하는 것이 결코 두려움 때문만은 아니라는 것을 처음으로 깨달았다. 부왕은 그들에게 두려움만 준 것이 아니었다. 그들은 부왕을 두려워할 뿐 아니라 굳게 신뢰하고 있었다. 특히 위기 상황에서 부왕이 능히 자신들을 제대로 이끌어줄 것이라고 굳게 믿고 있었다. 그야말로 그동안 주상은 부왕에 대해 반쪽만 알고 있었던 셈이다.

"그런데 나는 어떤가?"

주상은 자문자답하며 스스로를 되돌아보았다. 신하들에게 주상은 그저 세상 물정 모르는 한낱 책상물림일 뿐이었다. 양녕이 쫓겨난 덕에 하루아침에 세자의 자리에 올랐고, 세자생활 두 달 만에 왕위까지 넘겨받았지만, 그는 아직 즉위한 지 9개월밖에 안 된 햇병아리 임금에 불과했다.

그를 세자로 세우던 날, 부왕이 물었다.

"나라는 무엇이냐?"

"만백성의 안식처입니다."

"그러면 백성은 무엇이냐?"

"나라의 근간입니다."

"그러하냐? 그러면 왕은 무엇이냐?"

"만백성의 어버이입니다."

그 말을 듣고 부왕이 빙긋이 웃으며 말했다.

"모두 책에 있는 말들뿐이구나. 그렇다면 정치란 무엇이냐?"

"정치란 백성을 바른길로 인도하는 일입니다."

"어떻게?"

"백성을 교화하고 선정을 베풀어 태평성대를 열면 백성은 자연히 바른길로 갈 것입니다."

부왕은 껄껄 웃었다.

"알았다. 이제 그만 가보거라."

그로부터 두 달 뒤, 부왕은 갑자기 왕위를 물려주었다. 조정의 반대가 극심했지만, 부왕은 뜻을 굽히지 않았다. 그리고 기어코 상왕으로 불러난 뒤, 주상을 불러 또 물었다.

"나라는 무엇이냐?"

"만백성의 안식처입니다."

상왕은 고개를 가로저었다.

"한낱 왕자 시절엔 나라를 만백성의 안식처라고 생각하는 것이 맞다. 하지만 왕이 된 지금도 그런 생각을 하고 있어서는 안 된다. 왕에게 나라는 만백성의 안식처가 아니라 전쟁터여야 한다. 모든 백성이 나라를 이루고 왕을 두는 것은 그것이 자신의 생존에 더 유리하기 때문이다. 그래서 만약 왕이 자신의 생존에 해가 된다고 여기면 백성은 가차없이 왕을 내쫓기 위해 칼을 드는 것이다. 그러니 왕에게 나라가 전쟁터가 아니고 무엇이겠느냐?"

"왕이 선정을 베풀면 그들이 칼을 들 일은 없지 않겠습니까?"

"사람의 욕심은 끝이 없다. 배가 부르면 누워서 자길 원하고, 초가를 가지면 기와집을 원하고, 서른 칸 집을 가지면 아흔 칸 집을 원한다. 그 욕심을 어떻게 잠재울 수 있겠느냐?"

"우매함을 깨우쳐주고 교화하여 바른길을 알게 하면 되지 않겠습니까?"

"사람의 욕심을 잠재우는 방법은 오직 하나밖에 없다. 바로 두려움이다. 지금 가진 것을 잃을 것을 두려워하는 사람은 지나친 욕심을 부리지 않는 법이다. 그 때문에 두려움을 주지 못하는 왕은 결코 백성을 제대로 다스릴 수 없다. 정치란 곧 백성들의 욕심을 조절하는 일이며, 욕심을 조절하는 요체가 바로 두려움인 것이다."

"왕은 백성의 어버이인데, 자식이 어버이를 두려워하기만 한다면 어떻게 바른 마음으로 어버이를 섬기겠습니까?"

"왕이 만백성의 어버이라고 했느냐? 그렇다면 왕은 백성을 자식 대하듯 해야 한다는 것이냐? 만약 왕이 백성을 자식으로 생각한다면 왕이 어떻게 죄지은 백성을 죽일 수 있겠느냐? 또한 왕이 백성을 죽일 수 없다면 어떻게 국법으로 나라를 다스릴 수 있겠느냐? 그래서 무릇 왕이란 두려운 존재여야 하는 것이다."

주상은 그 말에도 상왕의 말에 수긍하지 않았다. 하지만 더이상 대꾸는 하지 않았다. 상왕이 그런 주상의 얼굴을 물끄러미 바라보더니 말을 이었다.

"그렇다면 왕은 무엇으로 백성을 두렵게 할 수 있겠느냐?"

주상은 선뜻 대답을 하지 못했다.

"무력이다. 무력이란 곧 목숨을 위협하는 힘이다. 그 힘을 집중시켜놓은 것이 바로 나라의 병권이다. 그 때문에 병권은 백성의 목숨을 위협하는 매우 위험한 칼이다. 잘못 쓰면 죄 없는 사람을 죽일 뿐만 아니라 자칫 자신의 목을 자를 수도 있기 때문이다. 이 아비가 보건대, 너는 글은 알지만 아직 칼은 모른다. 그런 까닭에 네게 왕위는 주겠지만, 병권을 주지는 않겠다."

왕위는 주지만 왕의 칼이 되어줄 병권은 넘겨주지 않겠다는 부왕의 선언. 그 말을 들을 때만 해도 내심 주상은 섭섭했다. 병권을 가지지 못한 것 때문이 아니라 자신을 믿어주지 않는다는 것이 섭섭했다. 하지만 이번 대마도 정벌을 앞두고 보인 자신의 행동을 되돌아보건대, 부왕의 말이 백번 옳았다. 부왕은 주상에게 글은 알지만 칼은 모른다고 했지만, 그것도 과분한 평가였다.

"나는 칼은 물론이고 글도 모르는 왕이다."

주상은 자신의 능력을 그렇게 평가했다.

"칼을 안다는 것이 나라와 백성을 위해 병권을 사용하는 방법을 안다는 뜻이라면 글을 안다는 것은 단순히 문자를 해독할 수 있다는 것이 아니라 지식을 활용하는 방법을 안다는 뜻이다. 하지만 나는 그저 책에 나온 문자를 해독하는 수준일 뿐, 그것을 활용하여 문제를 해결하는 능력을 갖추지는 못했다."

주상은 입술을 깨물었다. 제대로 된 왕이 되기 위해서는 글도 알고 칼도 아는 왕이 되어야 한다고 다짐했다.

"글도 알고 칼도 아는 왕이 되기 위해 당장 해야 할 일이 무엇인가?"

돌이켜보면 주상은 어릴 때부터 책벌레니, 천재니 하는 찬사만 듣고 성장했다. 하지만 그것이 되레 독이 되었다. 조선 천지 누구보다도 학문에는 자신이 있다고 생각했던 그 오만이 문제였다.

세상은 결코 혼자 움직일 수 없는 것이었다. 비록 왕이라고 하더라도 마찬가지였다. 정치는 혼자 하는 것이 아니었다.

주상은 그런 깨달음에 이르자, 문득 떠오르는 것이 있었다.

"그래, 집현전!"

석 달 전이었다. 좌의정 박은이 장황한 글을 올렸다. 그 글의 말미에 이런 내용이 있었다.

"문신을 선발하여 집현전에 모아 문풍을 진작시키소서."

하지만 주상은 박은에 대한 감정이 좋지 않았다. 부왕의 사주를 받아 장인 심온의 집안을 사지로 몰아넣고, 중전의 폐위를 주장하던 자였다. 그런 까닭에 주상은 그를 부왕의 꼭두각시 노릇이나 하는 간악한 자라 생각했다.

"내가 사심에 가로막혀 사리 분별을 제대로 하지 못한 거야."

주상은 박은이 올린 글을 다시 찾아 읽었다. 박은이 제시한 내용의 핵심은 두 가지였다. 첫째는 집현전을 확대·개편하여 장차 나라의 미래를 이끌어갈 인재의 산실로 삼자는 것이었고, 둘째는 문과에 비해 상대적으로 쉬운 무과에 양반 자제들이 몰려드니, 무과 시험에도 무술뿐 아니라 『논어』『맹자』『중용』『대학』 등의 유학 과목을 추가하자는 것이었다.

사실, 박은이 그런 상소를 올렸을 때, 주상은 그의 의견을 십분 수용하겠다고 천명했었다. 하지만 말뿐이었다. 명색이 정승의 의견이기에 무시할 수는 없어 받아들이겠다고 했지만 정작 실행에 옮긴 것은 없었다. 언젠가 우대언 이수가 집현전을 언급한 적이 한 차례 있었지만 주상은 가타부타 반응을 하지 않았다. 이후로 어느

신하도 집현전을 입에 담지 않았다. 주상이 달가워하지 않는다는 것을 감지했던 것이다.

집현전이라는 제도는 중국에서 전래된 것이었다. 한나라 때에 처음 설치되었으나 크게 활성화되지 못하다가 당나라 현종 때에 학문 기관으로 정착되었다. 그리고 고려 인종 대에 이 제도를 처음 도입하였다. 하지만 활성화되지 못하다가 조선 개국 이후 노상왕(정종) 1년에 조박의 건의로 활성화 방안이 마련되었다. 그러나 여전히 제대로 자리를 잡지 못하고 있었다.

"사부라면 좋은 방도를 알려주실 수 있을 게야."

주상은 밤이 되자 미복을 하고 이수의 집으로 행차했다. 이수는 주상과 그의 형 효령대군의 어릴 적 글 선생이었다. 덕분에 이수는 대과를 거치지 않고 예문관의 6품 벼슬에 올랐다가 주상이 세자에 오르면서 세자시강원의 정5품 문학으로 승진했다. 이후 주상이 왕이 되자, 일약 정3품 당상관인 우부대언으로 특진하였고, 다시 우대언으로 승차했다.

이수를 승정원 대언으로 특진시킨 장본인은 상왕 이방원이었다. 상왕이 이수를 주상 곁에 머물게 한 것은 주상이 이수를 믿고 의지하기 때문이었다. 이수는 재물에 욕심이 없고 권력을 탐하지 않는 인물이었다. 젊은 시절 한때는 은둔하여 학문에만 몰두하였고, 왕자들의 사부가 된 뒤에도 학문에 열중하였다. 그러다보니 마흔이 넘도록 홀로 살다가 작년에야 45세의 나이로 늦장가를 들었다.

"사부, 기별도 없이 무턱대고 와서 미안하오."

주상은 단둘이 있을 땐, 항상 이수를 사부라고 불렀다. 어릴 때부터 주상을 보아온 이수는 음성만 듣고도 주상이 뭔가 고민에 빠져 있음을 단번에 알았다.

"전하, 무슨 근심이 있사옵니까?"

"어찌 알았습니까? 내 얼굴에 근심이 있다고 적혀 있기라도 합니까?"

"용안이 어둡사옵니다."

"사부께서 이미 내 속을 꿰뚫어보시니, 솔직히 말하리다. 사부께서 보기에도 내가 그저 한낱 책상물림에 불과합니까?"

그 물음에 이수가 잠시 뜸을 들이다 되물었다.

"대마도 정벌의 건으로 낙심하셨습니까?"

"역시 사부외다. 어찌 그리 내 속을 잘 아시오?"

"너무 낙심하지 마십시오. 좋은 공부가 되셨을 것입니다."

"어째서 좋은 공부가 되었다 하십니까?"

"전하께선 학문에 두루 통달하셨지만, 정작 세상사엔 어둡습니다. 특히나 중국, 왜, 여진 같은 외국의 정세를 접한 바는 없습니다. 더구나 전쟁을 직접 겪은 적은 한 번도 없습니다. 그런 까닭에 왜적을 어떻게 다뤄야 하는지 알 방도가 없었습니다. 이번 일로 왜적을 다루는 법을 알게 되셨으니, 좋은 공부가 아니고 무엇이겠습니까?"

"사부는 그렇게 잘 알고 있으면서 어째서 내게 한마디 귀띔도 하지 않은 것이오?"

"제가 귀띔을 했더라도 전하께서는 곧이들으시지 않았을 것입니다. 그래서 상왕께서 왜적을 다루는 것을 몸소 보이시면 전하께서 저절로 깨치게 될 것이라 믿었습니다."

"내가 사부의 말을 곧이듣지 않을 것이라 생각한 연유가 무엇이오?"

"제가 전하를 8년 동안 가르쳤으니, 어찌 전하의 성정을 모르겠사옵니까? 전하께서는 모든 성품이 훌륭하시지만 단 하나 염려스러운 것이 있다면 옳다고 여기는 일에 물러섬이 없다는 것이옵니다."

"말씀인즉, 내가 오만하다 이 말이지요?"

이수는 대답하지 않았다. 무언의 긍정이었다.

"나도 뼈저리게 느끼고 있는 바요. 그래서 깨친 바가 있어요."

"무엇을 깨치셨습니까?"

"아바님께서는 내가 글은 아는데, 칼은 모른다 하셨습니다. 하지만 나는 칼은 물론이고 글도 모르는 얼치기였소."

이수가 빙긋이 웃었다.

"전하, 그렇지 않습니다. 전하께서는 알고자 하시면 글도 알고 칼도 알게 되실 겁니다. 또한 신은 전하께서 성군이 되실 것이라는 확신이 있습니다. 그 연유가 무엇인지 아십니까?"

"내가 성군이 된다?"

"그렇습니다. 전하께서는 성군의 자질을 타고나셨습니다. 그 자질은 다른 것이 아니라 잘못을 반성할 줄 알고, 두 번 다시 같은 잘못을 하지 않을 뿐 아니라 잘못을 만회할 방도를 찾는다는 것입니다."

"내가 그런 사람입니까?"

"그렇습니다. 그래서 지금 저를 찾아오신 것이 아닙니까?"

"오호, 사부는 참 대단하오."

"전하, 모르는 것이 있으면 잘 아는 사람에게 물어보면 됩니다. 모르는 것을 묻는 것은 결코 부끄러운 것이 아닙니다. 정말 부끄러운 것은 모르면서도 아는 것처럼 하는 것이고, 더 부끄러운 것은 모르는 것을 감추기 위해 아는 사람을 멀리하는 것입니다. 전하 주변을 둘러보십시오. 전하께서 모르는 것을 아는 신하가 있을 것입니다. 또한 전하께서 알고 싶은 것이 많으면 전하 주변에서 잘 아는 신하들을 모아보십시오. 그 사람들의 앎이 모두 전하의 것이 될 것이옵니다."

"전에 집현전을 키우라고 했던 것이 바로 그런 뜻입니까?"

"그렇사옵니다."

"역시 사부를 찾아오길 잘했습니다. 사부, 오래도록 내 곁에 계셔야 합니다."

주상은 모처럼 밝은 웃음을 되찾았다. 왕위에 오른 뒤로 늘 우울하기만 했다. 부왕이 처가 심씨 집안을 도륙하고, 그 일로 왕비는 고통의 나날을 보내고 있었다. 거기다 모후 민씨까지 중병에 시달리며 죽음의 그림자를 드리우고 있었고, 설상가상으로 왜구마저 설쳐댔다. 하지만 그는 군주로서 뭐 하나 제대로 조치한 것이 없어 스스로 위축되어 자괴감에 시달리는 처지였다. 그런데 사부 이수를 만나 희망 섞인 말들을 듣고 나니, 조금은 힘이 나는 것 같았다. 덕분에 주상은 경쾌한 발걸음으로 대궐로 돌아갈 수 있었다.

5. 호랑이 굴에서

검안대에 놓인 시신의 모습은 참혹했다. 얼굴은 두 눈이 파인 채로 뻥 뚫려 있었고, 고살엔 음경과 고환이 함께 사라지고 없었으며, 양쪽 손가락도 모두 잘려나간 상태였다.

"이건 틀림없는 치정 관계에 의한 살인이야."

유영교는 확신에 차서 말을 이어갔다.

"그러니까 자기 여자를 처다보던 눈, 그리고 자기 여자의 몸을 만지던 손가락, 거기에 더해서 결정적으로 자기 여자와 정을 통한 음경과 고환까지 잘라 갔다는 것은 엄청난 질투심이 아니고서는 설명이 안 되거든."

"아, 예……."

중례는 유영교의 말을 대충 받아넘기며 시신을 면밀히 살폈다. 중례의 관심은 살인의 동기가 아니라 사인이었다. 이미 한성부 소속 오작인이 검안을 했지만 사인을 정확하게 밝혀내지 못했고, 그 때문에 유영교가 별도로 중례에게 도움을 청한 것이었다.

중례는 발견 당시 상황을 기록한 사건 일지를 꼼꼼하게 검토했다. 시신은 청계천 상류 계곡에서 발견되었다. 시신은 부패가 많이 진행되지 않은 상태였다. 기록을 분석하자면 발견 당시 시신은 이미 죽은 지 닷새는 지난 상태로 보였다. 그럼에도 시신은 부패가 심하지는 않았다. 음력 5월의 더운 날씨에서 5일 이상, 그것도 습기가 많은 계곡에 방치된 경우라면 심하게 부패해야 정상이었다.

중례는 알겠다는 듯 고개를 끄덕였다.

"뭘 알아냈구나, 그렇지? 도대체 사인이 뭐냐? 손발을 묶은 자국은 있는데, 목 졸린 자국도 없고, 칼에 찔린 자국도 없어. 그렇다고 입을 틀어막아 죽인 것도 아니고, 독을 쓴 흔적도 없고……."

유영교는 이미 검안 과정에서 파악한 내용들을 자기 말처럼 읊어대고 있었다.

"이 사람은 과다 출혈로 죽은 것입니다."

"과다 출혈?"

"네. 범인은 피해자가 살아 있을 때, 눈알을 빼고 생식기와 손가락을 잘랐습니다. 손목에 생긴 밧줄의 흔적이 발목의 흔적보다 훨씬 강하게 나타난 점을 고려할 때, 신체의 일부를 잘라낸 이후에는 위로 매달아 계속 피를 뽑아냈음을 알 수 있습니다."

"그러니까 돼지를 잡듯이 살아 있는 상태에서 피를 모두 뽑아냈다는 뜻인가?"

"물론 피가 일정 정도 빠졌을 때 이미 피해자는 사망했겠지요.

그런데 범인은 피해자가 죽은 뒤에도 계속 피를 뽑아냈습니다. 요즘 같은 더운 날씨에 죽은 지 한참 됐는데도 부패가 심하지 않은 것도 바로 그 때문입니다."

"역시 노중례야. 이러니 내가 자네를 특별히 부른 것이지."

"그런데 피해자 신원은 밝혀졌습니까?"

"아직 아무것도 밝히지 못했네. 호패도 없이 나체로 버려진 시신의 신원을 밝히는 것이 그리 쉽겠는가? 그런데 머리에 옥관자를 한 것으로 봐서 필시 양반일 것이네. 그래서 지금 사령들을 풀어 최근에 행적이 묘연한 양반을 찾고 있네. 어쨌든 범인이 보통 잔인한 놈이 아닌 것만은 분명하네. 신체를 훼손한 것도 모자라서 피를 모두 뽑아낸 것을 보면 정상적인 사고를 하는 인간은 아니란 말이지."

"또 도움이 필요하면 언제든지 불러주십시오."

"이렇게 와줘서 고맙네. 그나저나 자네 또 먼길을 떠나게 되었다니, 몸조심하게. 명나라 다녀온 지도 얼마 안 됐는데, 이번에는 배까지 타고 바다를 건넌다니, 자네 올해는 역마살이 들어도 단단히 들었나보네."

중례는 이틀 전에 대마도 정벌군의 종군 의원으로 차출되었다. 그 때문에 당장 정벌군에 합류해야 했다. 중군과 우군은 이미 아침에 출정하였고, 좌군에 예속된 중례는 바로 다음날 아침에 거제도로 떠날 예정이었다.

"뱃멀미나 하지 않아야 할 텐데, 그것이 걱정입니다."

"너무 걱정 말게. 주변에 알아보니, 거제도 들어가는 뱃길은 그리 멀지 않다고 하네. 어쨌든 별 탈 없이 잘 다녀오게. 그리고 다녀오면 꼭 들러주게."

유영교는 한성부 정문 앞까지 나와 배웅하며 몇 번이나 몸조심하라고 당부했다. 중례는 유영교와 헤어진 후 빠르게 육조 거리를 벗어나 운종가로 길을 잡았다. 다음날 낮에 좌군에 합류하기 전까지 시간 여유가 있었다. 운종가로 가서 오희묵의 점포를 찾아볼 생각이었다. 오희묵과 잘 사귀어둔다면 그의 아버지 오치수에게도 접근할 기회가 생길 것으로 판단했다.

"오치수 이놈! 기다려라, 나 노중례가 반드시 네놈의 흉계를 밝혀내고 말 것이다."

중례는 어금니를 질끈 깨물며 주먹을 불끈 쥐었다. 그랬더니 몸까지 부들부들 떨렸다. 중례는 애써 감정을 추슬렀다. 혹여 오희묵에게 자신의 속내를 들킬 수도 있다는 생각에 애써 냉정을 되찾았다.

오희묵의 말대로 그의 점포를 찾는 것은 쉬웠다. 시전 초입에 있는 포목점에 들러 오희묵의 이름을 댔더니 단번에 알려줬다.

"오, 노의원, 어서 오게."

오희묵은 기대 이상으로 중례를 반갑게 맞아주었다. 심지어 주변 점포 사람들에게 생명을 구해준 은인이라고 칭송을 쏟아내기도 했다.

"요동 벌판에서 정재술 대감마님의 목숨을 구한 사람도 바로 이 사람이라오. 천하에 둘도 없는 명의란 말이오, 명의."

오희묵은 마치 세상에 알려지지 않은 명의를 자기가 이제 막 발굴이라도 한 듯 너스레를 떨며 찬사를 늘어놓았다. 이후 오희묵은 중례의 소매를 잡아끌며 자기 집으로 이끌고 갔다. 다음날 거제도로 떠나야 한다고 말하자, 어차피 한성에서 하룻밤을 묵을 거라면 자기 집에서 자고 가라는 말까지 했다.

오희묵은 아버지 오치수의 집에 함께 살고 있었다. 오치수의 집은 제법 규모가 컸다. 솟을대문까지 갖춘 육십여 칸의 기와집이었다. 그곳으로 들어가며 중례는 드디어 호랑이 굴로 들어가는구나 싶었다. 거기다 필시 오치수도 만나게 될 것이라 생각하니 손에서 진땀이 났다.

중례는 오치수를 만날 생각에 잔뜩 긴장하고 있었지만, 오치수는 출타중이었다.

"아버지께서 돌아오시면 노의원 자네를 꼭 소개하고 싶네. 이미 자네 이야기는 말씀드렸네. 아버지께서도 자네를 한번 보고 싶다고 하셨네."

오희묵은 행랑채에서 멀지 않은 작은 사랑에 술상을 차려놓고 중례를 대접했다. 오희묵은 여러 차례 술을 권했지만 중례는 다음날 좌군에 합류해야 한다는 핑계로 술은 사양했다. 하지만 하도 권하는 통에 한 잔만 받아 마셨다. 그러자 오희묵은 이내 한 잔을 더 권했다. 중례는 강권을 이기지 못해 반만 마시고 잔을 내려놓았다.

"자네 충고를 듣고 건강을 생각해서 요즘 나도 술을 조심하고 있네만, 그래도 생명의 은인이 내 집을 찾아줬는데, 어떻게 술 한 잔을 하지 않을 수 있겠는가? 내가 원래 말술이라 요 정도 술은 끄떡없네."

오희묵은 정말 술병을 몇 개나 비워도 말짱했다. 중례도 말리지 않았다. 오희묵이 술 때문에 다시 병이 재발한다면 이 집을 쉽게 드나들 구실이 될 수도 있으리라는 생각뿐이었다. 중례는 더이상 오희묵의 건강 따위엔 관심이 없었다. 오직 오치수에게 원수 갚을 생각만 하였다.

오희묵은 말이 많은 자였다. 또한 쉽게 속을 드러내는 성격이기도 했다. 중례는 오희묵이 술이 달아올라 얼굴이 불콰해질 때까지 기다린 뒤, 넌지시 물었다.

"정재술 대감댁과는 친분이 오래된 것 같던데요?"

"그렇게 오래된 것은 아니고…… 아직 십 년도 안 됐는데 뭐."

그렇게 운을 떼더니, 오희묵은 혀가 약간 꼬부라져서는 적어도 자기가 아는 내용은 숨김없이 떠들어댔다.

"한 십 년 전쯤에 아버지께서 의주 목사 밑에서 책방 노릇을 했거든. 그때 말이야…… 음 이건 자네가 내 생명의 은인이니까 해주는 말인데…… 다른 사람에겐 절대 비밀이야, 비밀. 알았지? 어쨌든…… 그때 아버지가 중국 상인들과 거래를 좀 했는데, 말하자면 밀거래인데…… 자네는 잘 모르겠지만 의주에서는 밀거래가 흔하거든. 하여튼…… 잘 들어봐."

오희묵의 말에 따르면 오치수와 정재술을 연결시켜준 것은 정재술의 아들 정충석인데, 오치수와 정충석은 중국에서 어떤 물건을 몰래 들여오는 과정에서 알게 되었다는 것이 골자였다. 하지만 오희묵도 정확한 내막은 모르는 눈치였다. 중례는 당시 의주 목사였던 윤철중의 이름을 슬쩍 거론했지만, 윤철중에 대해선 아는 것이 전혀 없었다.

"어쨌든 나의 결론은 그거야. 정충석이 그놈만 만나지 않았다면 다 좋다는 거지."

오희묵은 정충석에 대한 악감정을 여지없이 드러냈다.

"그놈은 한마디로 나쁜 놈이야. 아니지 그 정도로는 안 되지. 정충석 그놈은 천하에 둘도 없는 악질에다 마구니 같은 놈이야, 마구니……."

"아, 예…… 저도 그때 봤을 때, 좀 무섭다는 생각은 했습니다."

"그렇지, 그놈 무서운 놈이지. 자네도 조심해야 될 거야. 그놈, 사람 죽이는 걸 무슨 개 잡는 것 정도로 생각하는 놈이야. 내가 아는 것만 해도 그놈이 죽인 사람이 한둘이 아니야. 지금도 어느 구석에서 누군가의 멱을 따고 있을지도 몰라."

오희묵은 그쯤에서 눈빛이 희미해졌다. 술기운에 졸음이 쏟아지는 눈치였다.

"나 소피 좀 보고 오겠네. 어디 가면 안 되네. 금방 다녀올 테니…… 어 취한다. 오늘따라 왜 이리 술이 올라……."

오희묵은 그렇게 나간 뒤에 감감무소식이었다.

중례도 새벽부터 서둘러 활인원을 나선 탓에 갑자기 피로가 몰려왔다. 거기다 워낙 술이 약한 탓에 한 잔 남짓 마신 술기운까지 겹쳐 스르르 잠이 들고 말았다.

중례가 앉은자리에 쓰러져 한참을 자고 있는데, 누군가 흔들어 깨웠다. 눈을 떠보니, 오희묵이었다.

"자네도 나처럼 잠이 든 게로군. 오랜만에 낮술을 마셨더니 졸음이 닥쳐 그만 헛간에서 잠이 들고 말았지 뭔가. 그사이 아버지께서 돌아오셨네. 자네가 왔다 했더니 데려오라 하시네. 어서 같이 가세."

중례는 그 말에 정신이 번쩍 들어 오희묵을 따라나섰다.

"자네가 서활인원 의원으로 있다는 노가인가?"

오치수는 목을 앞으로 뽑은 채 중례의 얼굴을 한동안 말없이 쳐다보더니 그렇게 입을 뗐다. 유달리 얇고 검붉은 오치수의 입술에서 약간의 쇳소리가 묻어나자, 중례는 자신도 모르게 손을 떨었다.

'바로 네놈이었구나. 네놈이 바로 아버지께 살인 누명을 씌우고, 아버지를 살해한 놈이구나.'

중례는 주먹을 불끈 쥐었다.

"네, 노가 중례라고 하옵니다."

"내 자네 이야기는 이미 들어 알고 있네. 의술이 뛰어나다고 들었는데, 온 김에 나도 맥이나 한번 짚어주게. 요즘은 잠자다가 자주 깨는데, 한번 깨고 나면 도통 잠이 오지 않아 애를 먹고 있다네."

오치수는 손바닥으로 목을 탁탁 치며 피곤한 기색을 드러냈다. 중례는 오치수의 맥을 짚어보았다. 오치수는 이미 오십 줄이었다. 웬만한 사람이면 몇 가지 병은 달고 살 나이였다. 하지만 오치수의 맥은 활발했다. 얼굴에서도 특별히 병증이 드러나지 않았다.

'죄 많은 놈이 오래 산다더니…….'

중례의 뇌리엔 그런 생각이 스쳐갔다. 그러면서 제발 오래 살아달라고 빌었다. 기필코 죗값을 치르게 해줄 것이라는 다짐도 하였다.

"아주 강건하십니다. 맥으로만 본다면 이십대 청년의 몸이십니다."

"그런가?"

오치수는 피식 웃었다. 사실, 잠을 설친다는 말도 꾸며낸 말이었다. 그저 노중례를 시험해본 것뿐이었다.

"참, 정재술 대감은 무슨 병이라 했지?"

"적취와 수종이 겹친 것이옵니다."

"듣자 하니, 얼마 더 살지 못하신다 하던데, 맞는 말인가?"

"소인의 의술이 아직 미천하여 거기까진 잘 모르겠습니다만, 건강을 회복하긴 쉽지 않으실 것입니다. 그래도 혹 적취에 탁월한 신의(神醫)를 만난다면 치료가 가능할 수도 있습니다."

"그런가?"

오치수는 고개를 끄덕끄덕하며 피식 웃었다. 사흘 전에 정재술을 문병했을 땐, 이미 산송장이나 다름없었다. 사람도 못 알아보고 말도 하지 못했다. 겨우 눈만 뜬 채 가까스로 숨을 쉬고 있는 처지였다. 정재술의 집을 나오면서 오치수는 늦어도 보름 안에는 부고가 올 것이라 짐작했다.

"알아보니, 자네는 오작인 신분이라 하던데, 어떻게 의술을 익혔는가? 혹 문자를 아는가?"

"네, 소싯적에 어깨 너머로 조금 배웠습니다."

"어깨 너머로 글을 배워 의술을 익혔다? 자네, 머리가 비상한가 보군."

"아닙니다. 그저……."

중례는 자기도 모르게 음성이 떨렸다. 오치수는 이미 중례에 대해 여러모로 알아본 것이 분명했다. 그래서 어쩌면 자신의 집안 내력을 이미 간파하고 있는지도 모른다는 생각이 들자, 갑자기 소름이 돋고 등줄기에 식은땀이 흘렀다.

"어쨌든 내 아들의 목숨을 구해줬으니, 나도 답례를 하고 싶네. 혹 원하는 것이 있으면 말해보게."

"아닙니다. 이미 충분히 사례를 받았습니다."

"그런가? 알았네. 혹 후에라도 내게 부탁할 일이 있으면 찾아오게."

그 말을 끝으로 중례는 오치수의 방에서 물러났다. 오희묵은 아버지의 특별한 명이 있었다며 중례를 자신의 사랑채에 머물게 했다.

"아버지께서 자네를 아주 좋게 보셨어. 굳이 내 사랑채를 자네에게 내주라 하셨네. 물론 아버지 당부가 없었더라도 나는 당연히 자네에게 사랑채를 내줄 심산이었네. 내 목숨의 은인을 어떻게 머슴들과 함께 행랑채에 재우겠는가?"

하지만 중례는 오희묵의 사랑채에서 하룻밤을 지내게 된 것이 영 내키지 않았다. 오치수의 집에 들어올 땐 호랑이를 때려잡기 위해 호랑이 굴에 들어온다는 심사였지만, 막상 호랑이 굴로 들어오니, 몸이 떨리고 마음이 불안했다. 혹여 자고 나면 온몸이 밧줄에 꽁꽁 묶여 있을 것만 같은 생각까지 들었다.

"결코 만만한 놈이 아니다."

중례는 오치수를 만나기 전까지만 해도 한낱 책방 출신의 장사치가 얼마나 대단할까 싶었다. 그래서 기껏 정충석의 수하 노릇이나 하며 시전이나 관리할 정도의 위인일 것이라 생각했다. 하지만 막상 오치수를 만나고 나니 생각이 달라졌다. 정재술을 만났을 때도 두려움 같은 것은 없었는데, 오치수는 음성만 들어도 온몸이 오싹해지는 느낌이었다. 그 두려움은 정충석을 만났을 때와는 또 차원이 다른 것이었다. 정충석은 온몸으로 '나는 악인이다' 하고 떠벌리고 다니는 놈이라면 오치수는 어느 구석에서도 악인의 흔적을 드러내지 않는 놈이었다. 빈틈없고 철두철미한 성품에 전혀 속을 알 수 없기에 더욱 두려운 놈이었다.

중례는 다음날 좌군에 합류하기 위해서는 어떻게 해서든 잠을 자야 했지만, 눈만 감으면 오치수의 차가운 입술과 알 수 없는 표정이 떠올라 쉽게 잠들 수가 없었다. 그래서 새벽녘까지 뒤척이다가 가까스로 잠이 들었는데, 결코 깊은 잠은 자지 못했다. 그저 악몽에 악몽이 거듭되는 선잠을 자다가 밖에서 부르는 소리에 깜짝 놀라 깨어나야 했다.

오희묵이었다.

"아버지께서 아침을 함께하자고 하시네."

놀랍게도 오치수는 겸상을 차려놓고 기다리고 있었다.

"내 아들을 살려준 생명의 은인인데, 밥이라도 한 끼 대접하고 싶었네. 국 식기 전에 어서 들게."

간밤에는 전혀 느끼지 못했던 인자함이 오치수의 얼굴에 흘러넘쳤다. 그 바람에 중례는 더욱 긴장하였다. 그 인자함 뒤에 숨어 있는 발톱이 어떤 모양을 하고 있을지 알 수 없었다.

"형제는 없는가?"

중례가 얼떨떨한 기분에 정신없이 수저를 놀려 밥을 반쯤 비웠을 때, 오치수가 느닷없이 물었다.

"네, 누이 하나가 있습니다."

중례는 재희의 존재만 밝히고 상례에 대해서는 함구했다. 혹여 상례까지 거론하면 오치수가 아버지 노상직과 연관시킬 수도 있겠다는 생각 때문이었다.

"그런가?"

오치수는 인자한 표정을 그대로 유지하며 고개를 끄덕였다.

"누이는 어느 관아에 있는가?"

"서활인원에 함께 있습니다."

"오호, 다행이로세. 오누이가 의지가지가 되겠어."

오치수는 그저 대수롭지 않은 표정으로 말했지만, 중례는 등줄기가 서늘했다. 이미 모든 것을 다 알고 묻는 듯한 느낌이었다.

하지만 오치수는 더 캐묻지는 않았다.

"어서 들게. 거제도까지 가자면 수일은 걸릴 텐데, 속을 든든하게 채우게."

중례는 허겁지겁 밥그릇을 비웠다. 하시라도 빨리 그 자리를 뜨고 싶어서였다. 하지만 그것도 중례의 뜻대로 되지 않았다.

"여기 국 한 그릇하고 밥 한 그릇 더 들이게."

중례가 반찬은 제쳐놓고 국과 밥을 번갈아 떠먹으며 바쁘게 밥그릇을 비우자, 오치수는 이내 국과 밥을 더 들였다.

"이미 배가 찼습니다."

"그래도 먼길을 가는데, 그 정도 먹어서야 되겠는가? 사양하지 말게."

"아, 네……."

중례는 다시 바쁜 손놀림으로 국과 밥을 비워야 했다.

"이렇듯 진수성찬을 대접받을 줄은 꿈에도 몰랐습니다."

중례가 그런 인사치레를 건네자, 오치수는 만면에 웃음을 가득 물고 말했다.

"거제도에서 돌아오면 또 한번 오게. 그땐 미리 돼지라도 한 마리 잡아 잔칫상을 벌여놓겠네."

"아, 아닙니다. 저 같은 천것이 오늘 대행수님과 겸상을 한 것만 해도 몸 둘 바를 모르겠는데, 잔칫상이 웬 말씀입니까요."

"허허, 그럼 잘 갔다 오게. 그동안 자네 누이는 걱정 말게. 내 사람을 시켜 자네 누이를 잘 돌보겠네."

"예? 아니, 그렇게까지 안 하셔도……."

중례는 섬뜩한 느낌에 사로잡혔다. 도대체 이놈이 재희에게 무슨 짓을 하려고 이러나 싶었다. 마치 재희를 인질로 삼겠다는 소리 같았다.

"자네가 내 아들을 구해줬는데, 내가 자네의 누이를 돌보는 게 뭐 그리 대수겠는가? 허허허……."

중례는 아무 대꾸도 하지 못하고 뻣뻣하게 굳어진 채로 오치수의 집을 빠져나왔다. 솟을대문을 나와 계단을 내려서자, 중례는 다리가 후들후들 떨려 제대로 걸을 수도 없었다.

6. 실종

　돌무덤 앞에 간소하게 제상을 차려놓고 절을 올리는 소비를 마인국이 애처로운 눈빛으로 바라보고 있었다. 날씨마저 스산하여 가랑비가 간간이 떨어졌다. 소비는 술잔을 채워 어머니의 무덤 위에 뿌렸다.

　"어머니, 어머니!"

　소비는 얼굴도 모르는 생모를 애타게 부르며 눈물을 뚝뚝 떨구었다.

　"이제 덜 외로우시죠? 소녀가 찾아와서 좋으시죠?"

　소비는 돌무덤을 끌어안고 죽은 생모와 한참 동안 대화를 나눴다.

　"어머니, 저승에서 아버님을 만나셨겠지요? 아버님을 또 보시면 소녀가 보고 싶어한다고 꼭 전해주세요. 그리고 꿈에라도 두 분이 함께 저를 찾아주세요. 어머니, 아버지 정말 보고 싶어요."

소비는 돌무덤 위에 엎어진 채 소리 내어 울기 시작했다. 소비를 지켜보던 마인국도 함께 눈물을 흘렸다.

하늘이 몇 번 우르릉거리더니 빗발이 굵어졌다. 마인국이 얼른 소비를 일으켜세워 바위 밑으로 이끌었다. 검은 구름 속에서 번개가 번쩍거리더니 하늘이 쪼개질 듯 천둥소리가 산을 뒤흔들었다. 이어 한바탕 장대비가 쏟아졌다. 소비는 엉엉 울었지만, 그녀의 울음소리는 이내 장대비 소리에 묻혀버렸다.

그렇듯 온 산을 쓸어버릴 듯 쏟아지던 빗줄기는 소비가 울음을 그칠 때쯤 함께 그쳤다. 어느덧 먹구름을 뚫고 한줄기 햇살이 고개를 내밀고 있었다. 소비는 돌무덤에 반절을 한 뒤에 산을 내려가기 시작했다.

산을 내려가면 궁궐로 돌아가야 했다. 대비 민씨의 병세가 심상치 않은 모양이었다. 주상이 별감까지 보내 입궐을 재촉하고 있었다. 늦어도 해가 지기 전에는 입궐하라는 명이었다.

소비는 병이 낫지 않았다고 핑계하여 대궐로 돌아가지 말까 하는 생각도 했었다. 생모를 죽음으로 내몬 대비 민씨를 치료하고 간병하는 일을 다시는 하고 싶지 않았다. 그래서 스승 탄선을 찾아가 속마음을 솔직하게 털어놓고 조언을 구했다.

소비가 정도전의 손녀라는 사실을 듣고, 탄선은 무척 놀란 표정이었다. 소비의 말을 듣고 탄선은 한참 동안 눈을 감고 아무 말도 하지 않았다. 그리고 이윽고 입을 열었다.

"그래서 지난번에 삼봉에 대해 물은 것이었구나. 따지고 보면 삼봉은 내겐 원수나 다름없다. 내 부모님을 죽게 만들고, 내가 세상을 등지게 한 장본인이다. 그런데 네가 삼봉의 손녀라니…… 부처님께서 세상 인연을 묘하게 엮으셨구나."

소비는 조부 정도전이 스승의 원수라는 말에 황망하여 어쩔 줄을 몰랐다. 결국, 스승은 원수의 혈육인 자신을 자식처럼 보살피고 양육한 꼴이었다.

"마음이 많이 괴로웠겠구나. 나도 지난번에 네 입에서 정도전의 이름이 나왔을 때, 잠시 울화가 치밀었었다. 그러나 돌이켜보면 정도전이 내게 사사로운 감정이 있어 우리 집안을 몰락시킨 것은 아니란 생각이 들더구나. 제 딴엔 세상을 바꿔서 백성들에게 더 나은 삶을 주고자 역성혁명을 감행한 것이었고, 그 혁명의 소용돌이에 우리 집안이 휘말린 것뿐이지. 상왕이나 대비 민씨도 같은 뜻으로 정도전을 처단했을 것이다."

탄선은 빙긋이 웃으며 소비를 지그시 쳐다보았다.

"소비야, 나는 그저 너를 제자로 둬서 정말 좋다. 네가 누구의 핏줄이든 상관없다. 너는 그저 나의 자랑이며, 보배일 뿐이다. 또한 너는 좋은 의원이다. 실력이 뛰어날 뿐 아니라 천성이 아름다운 의원이다. 네가 누구의 자손이든 그 사실만큼은 변함없는 것이다."

스승의 그 말을 듣자, 소비는 언젠가 스승이 했던 질문이 다시 떠올랐다.

"죽어가는 원수를 만나면 너는 어떻게 하겠느냐?"

소비는 그때서야 그 질문이 제자인 자신에게 던진 것이 아니라 탄선 스스로에게 던진 것임을 깨달았다. 따지고 보면 조선 왕실이 모두 스승 탄선에겐 원수였다. 조선을 세운 이성계는 물론이고 그의 아들인 상왕과 손자인 금상까지 모두 원수였다. 스승은 그 원수들이 지배하는 세상에서 끊임없이 이런 질문을 되새김질하며 살아왔던 거였다.

'죽어가는 원수의 병을 고쳐야 한다면 어떻게 해야 할 것인가?'

소비는 이제 처음 스스로에게 던진 이 질문을 스승 탄선은 이십여 년을 안고 고뇌해온 것이 분명했다.

"스승님께서 제 처지라면 어떻게 하시겠습니까?"

소비는 스승이 내린 결론을 듣고 싶어 그렇게 물었다. 탄선은 추호도 망설이지 않고 명확하게 대답했다.

"의원이라면 병자의 병부터 고쳐야지."

소비는 스승의 그 대답을 의심하지 않았다. 스승은 이미 제자인 자신이 원수의 핏줄이라는 것을 알고도 오히려 자신을 위로하며 다독여주었다.

'의원이라면 병자부터 고쳐야지.'

소비는 스승의 그 태도가 정말 위안이 되었다. 소비는 고개를 끄덕였다.

"오늘 어머니 묘소를 다녀와서 대궐로 돌아가겠습니다. 다시 뵐 때까지 강건하십시오."

탄선이 흐뭇하게 웃으며, 소비의 어깨를 톡톡 두드렸다.

소비는 스승이 두드려준 어깨를 가만히 만지며 산을 내려왔다. 입궐하기 전에 집에 들러 어머니 가이에게 인사를 해야 했다. 그녀를 보지 못한 지도 열흘이 다 됐다. 집에 가면 가이가 지청구를 늘어놓으며 정충석의 첩으로 들어가란 말을 해댈 게 분명했지만, 소비는 피식 웃음이 쏟아졌다. 밑도 끝도 없이 소비는 어머니 가이의 지청구가 그리워졌다.

서소문 근처에서 마인국과 헤어진 후 소비는 발걸음을 더욱 재촉했다. 그리고 집에서 멀지 않은 점방에서 가이에게 줄 부채와 떡을 샀다. 지난번 입궐할 때 집에 들르지 않았다고 한바탕 잔소리를 해댈 것에 대비한 입막음용이었다. 가이는 잔소리도 많고 자주 땍땍거리긴 해도 인정이 많은 여자였다. 하긴 인정이 없었다면 소비를 데려다 키우지도 않았을 것이다. 소비는 가이의 지청구 속에 묻어나는 딸에 대한 애틋함을 모르지 않았다.

"어머니, 저 왔어요."

소비가 집안으로 들어서며 가이를 불렀지만, 아무 대답이 없었다.

"성수청에 가셨나?"

그런데 집안을 둘러보니, 요 며칠 집이 비어 있었던 것 같았다. 부뚜막에 먼지도 잔뜩 앉아 있고, 아궁이에 불씨도 꺼진 지 며칠 되어 보였다. 거기다 찬장에 놓인 나물은 상해서 냄새를 잔뜩 풍기고 있었다. 가이는 다른 건 몰라도 적어도 찬장에 썩은 음식을 두는 성격은 아니었다.

소비는 이상한 생각에 성수청에 들렀더니, 가이가 성수청에 오지 않은 지 벌써 닷새는 족히 되었다고 했다. 그렇지 않아도 성수청에서도 가이에게 기별을 넣을 참이었다고 했다. 장마에 앞서 재를 올릴 일이 있다는 것이었다.

"산신재를 올리러 가셨나?"

성수청 무당 하나가 고개를 갸웃거리며 그런 말을 했지만, 소비
는 그럴 리가 없다고 생각했다. 가이가 산신재를 갔다면 집안을 그
렇게 마구잡이로 흩어놓고 갔을 리가 없었다. 산신재를 갈 때면 방
안이며 마당이며 부뚜막이며 찬장이며 지나치리만큼 말끔하게 청
소해놓는 것이 가이의 오래된 습관이었다.

소비는 다시 집으로 돌아와 집안을 찬찬히 살폈다. 역시 재를 지
내러 간 것은 아니라는 확신이 들었다.

"도대체 무슨 일이지?"

소비는 이상하게 마음이 불안했다. 그리고 십 일 전쯤에 정충석
의 첩으로 들어가야 한다고 악다구니를 쓰듯 해댔던 말들을 곰곰
이 되새겨보았다. 그러고 보니, 약간 마음에 걸리는 말이 있었다.

'네가 만약 첩 자리를 거절하면 정충석이 그자가 그냥 있을 것
같으냐? 장안에서 정충석이 눈 밖에 나서 온전한 사람이 얼마나
있더냐?'

흘려듣긴 했지만, 가이는 분명히 그렇게 말했었다.

"정말 그자가 해코지라도 했으면 어쩌지?"

소비는 불안한 마음에 옆집이며 자주 가는 점방이며 이곳저곳
을 찾아가서 제 어머니를 보지 못했냐고 수소문을 하였다. 하지만
아무런 소득이 없었다. 그나마 하나 알아낸 것이 있다면 닷새 전에
가이를 마지막으로 봤다는 것이었다.

"그러면 어머니께서 사라진 지 벌써 닷새나 됐다는 건데……."

소비는 시간이 지날수록 점점 더 불안했다. 그러다 마인국을 만났던 그날, 납치당했던 일이 다시 떠올랐다. 생모 일로 한동안 까맣게 잊었던 일이었다. 마인국도 그 일을 다시 거론하지 않았기에 그저 꿈길에 있었던 일처럼 잊혀가고 있던 일이었다.

"그렇다면 혹 어머니도 그놈들이⋯⋯."

소비는 겁이 덜컥 났다. 분명히 한낱 도적패는 아니었다. 누군가가 계획적으로 납치한 것이 분명했다. 하지만 도대체 누가? 왜? 도저히 짚이는 자가 없었다. 그런데 막상 어머니까지 놈들에게 끌려갔다고 생각하니, 어머니가 그토록 두려워하던 정충석이라는 이름이 뇌리에 박혔다.

"아닐 거야, 아니겠지?"

소비는 고개를 가로저었다. 첩 자리를 마다한다고 사람을 납치까지 할 사람이 어디 있겠냐고 생각했다.

소비는 마음이 찜찜했지만, 대궐로 향했다. 어느덧 해가 서녘으로 기울고 있었다. 해가 지기 전에 수강궁으로 돌아오라는 주상의 명을 어길 순 없는 노릇이었다.

"몸은 완쾌된 것이냐?"

소비가 수강궁에 앞서 창덕궁 편전에 들렀더니, 주상이 근심어린 표정으로 물었다.

"네, 완쾌되었습니다."

"다행이구나. 그간 어마님께서 매일같이 너를 찾으셨느니라. 어마님께서 크게 기뻐하시겠구나. 어서 수강궁으로 가자."

주상의 말대로 대비 민씨는 소비를 무척 반겼다.

"네가 없는 동안 여러 의원들이 침도 놓고 탕약을 올렸지만, 너의 침과 뜸을 능가하는 것이 없었다. 제발 아프지 말거라. 네가 아프면 나는 어쩌란 말이더냐?"

"송구하옵니다."

"오늘 네가 해 지기 전에 온다는 전갈을 받고, 침이며 약이며 모두 거부하였느니라. 그러니 어서 내 몸을 좀 봐다오."

민씨는 가슴이 답답하여 숨을 못 쉴 것 같다고 하소연했다. 하지만 소비가 침과 뜸으로 치료하자 한결 가슴이 시원해졌다며 얼굴이 많이 밝아졌다. 그 모습을 보고, 주상이 소비를 따로 불러냈다.

"어마님께서 근래에 저렇듯 밝은 모습을 보이신 적이 없었다. 그런데 오늘 너의 치료를 받으시고 한결 좋아지신 것 같구나. 모든 것이 너의 덕이다."

"황공하옵니다."

"그래, 어마님께서 쾌차하실 수 있겠느냐?"

소비는 그 말에 선뜻 대답을 할 수 없었다. 민씨의 병세는 전보다 악화된 상태였기 때문이다.

"그것이……."

"무엇이냐? 무슨 문제라도 있는 것이냐?"

"솔직히 말씀 올려도 되겠사옵니까?"

"그래, 속시원히 말해보거라."

"대비마마의 병세는 전보다 조금 악화된 상태이옵니다. 지금 대비마마께서 일시적으로 호전된 느낌을 가지시는 것은 기분 탓이 크옵니다."

"으음…… 그러하냐?"

"황공하옵니다."

"아니다. 그래도 네가 어마님 곁에 있으면 내 마음이 든든하다. 지금 그나마 어마님께서 거동하실 수 있는 것도 다 네 덕이 아니더냐?"

"과찬이시옵니다."

소비의 음성이 평소 같지 않았다. 평소엔 늘 활기차고 분명한 어조였다. 하지만 오늘따라 힘이 없고, 얼굴에 그늘까지 드리워져 있었다. 주상은 혹 아직 건강이 회복되지 않은 것인가 싶었다.

"그런데, 네 얼굴이 어둡구나. 아직 몸이 완전히 낫지 않은 것이냐?"

"아니옵니다."

"그런데 어찌하여 표정이 그리 어두우냐? 혹 무슨 근심이라도 있는 것이냐?"

"그저 개인적인 문제이옵니다."

"개인적인 문제? 도대체 무슨 일이 있기에 그러느냐? 무슨 일인지 몰라도 혹 내가 도움이 될지 아느냐? 말해보거라."

"실은 제 어미가 종적이 묘연하여……."

"종적이 묘연하다니? 네 어미가 사라지기라도 했단 말이냐?"

"그렇습니다. 활인원에 머물다 수일 만에 집에 들렀는데, 계시지 않아 알아보니, 벌써 닷새 전에 집을 나가 돌아오지 않는 것 같습니다. 지금껏 이런 일이 없었기에 주변을 수소문하여 찾다가 입궐할 시간이 되어 부랴부랴 온 터라……."

"알았다. 내 한번 알아보게 하마."

주상은 곧 노대를 불러들였다. 노대는 주상이 왕위에 오른 뒤, 대전 별감이 되어 있었다.

"너는 이 길로 가서 국무당 가이를 찾아내어 내의녀에게 알려주도록 하라."

그렇게 노대를 보낸 뒤에 주상이 말했다.

"이제 됐느냐?"

그쯤 되자, 소비도 그런대로 안심이 되었다. 대전 별감이 찾아나섰다면 필시 가이의 행적을 알아 올 것이라 믿었다.

하지만 가이를 찾으러 간 노대는 사흘이 지나도 아무 소식도 가져오지 않았다. 그 때문에 소비는 한층 더 불안했다. 필시 대전 별감이 나섰다면 많은 사람을 동원하여 가이를 찾았을 터인데, 여태껏 아무런 소식이 없다는 것은 가이에게 무슨 일이 생긴 것이란 뜻이었다.

소비는 답답한 마음에 먼저 대전 별감 노대를 찾아갔다.

"오별감님, 혹 제 어머니의 행적을 찾으셨는지요?"

그러자 노대는 머리를 긁적이며, 고개를 갸웃거렸다.

"거참, 귀신이 곡할 노릇이오. 사람들을 풀어 장안을 이 잡듯 뒤졌는데, 국무의 행적을 아는 사람을 찾지를 못했소. 사람이 땅으로 꺼진 것인지, 하늘로 솟은 것인지 당최 알 수가 없어요. 그나마 한 가지 알아낸 것은 닷새 전 밤에 국무의 집에 불이 밝혀져 있었다는 정도요."

그 말에 소비는 갑자기 현기증이 일어 몸을 비틀거렸다. 노대가 급히 그녀를 부축하지 않았다면 그대로 허물어져 땅에 쓰러질 뻔했다.

소비가 툇마루에 앉아 숨을 몰아쉬었다. 노대는 종을 시켜 급히 냉수를 떠 오게 하여 소비에게 먹였다.

소비는 아무래도 예감이 좋지 않았다. 틀림없이 가이에게 무슨 일이 벌어진 것만 같았다. 노대는 소비의 표정을 살피며 말했다.

"좀더 자세히 조사해보리다. 그러니 너무 걱정일랑 마시오. 이미 국무가 자주 가는 절간과 계곡에도 사람을 보내뒀습니다."

노대는 소비를 안심시키기 위해 그런 말을 했지만, 실상은 이미 국무가 자주 출입하는 절간과 산 기도 장소로 쓰는 계곡까지 다 뒤진 상태였다.

소비를 돌려보낸 뒤, 노대는 주상을 찾아가 국무가 흔적도 없이 사라진 일을 보고했다. 그 말을 듣고 주상도 심각한 표정이 되었다.

"참으로 괴이쩍은 일이 아니냐? 그렇다면 국무가 누구에게 잡혀가기라도 했단 말이냐?"

"지금으로선 그렇게 생각할 수밖에 없습니다. 하지만 내의녀에겐 사실대로 말하지 못했습니다. 내의녀를 조금 전에 만났는데, 국무당의 행적을 찾지 못했다고 하자, 몹시 불안해하며 걱정이 이만저만이 아니었습니다."

"알았다. 내가 따로 사람을 시켜 알아볼 터이니, 너는 국무 찾는 일은 그만두도록 해라."

주상은 곧 내금위장을 불러들였다.

"국무가 흔적도 없이 사라졌다 하니, 그 내막을 알아보고 보고하라."

그렇게 일러놓고, 주상은 곧장 노대를 앞세워 수강궁으로 향했다. 지방관들의 윤대가 예정되어 있었지만, 다음날로 미루라고 하였다. 대비 민씨를 문안하는 행차라고는 했지만 소비를 만나고자 하는 마음이 더 컸다. 소비가 국무가 실종된 일로 몹시 근심하고 있을 것 같아 어떻게든 안심을 시켜줘야 한다는 생각이었다.

수강궁으로 가는 동안 주상은 줄곧 불안한 기색이 역력한 소비의 얼굴을 떠올렸다. 요 며칠 정사를 보는 동안에도 내내 뇌리에서 소비의 모습이 떠나지 않았다.

"어미 일로 건강을 해쳐서는 안 될 터인데……."

주상은 자기도 모르게 그런 말을 중얼거리고 있었다.

"어서 가자, 서둘러라!"

주상은 마치 급한 용무라도 있는 듯 주변을 재촉했다.

대비전에 도착한 주상은 바쁜 걸음으로 안으로 들어갔다.

"어서 오시오, 주상."

대비 민씨가 죽을 먹고 있다가 주상이 들어오는 것을 보고 무척 반가운 표정으로 말했다. 민씨 좌우로 정상궁과 김상궁이 앉아 시중을 들고 있었다. 하지만 소비는 보이지 않았다.

"어마님, 기분이 좋아 보이십니다."

"내의녀의 치료를 받은 뒤로, 몸도 가벼워지고 입맛도 돌아왔다우."

"그렇습니까, 어마님. 정말 다행이옵니다."

"이게 다 주상 덕이오. 주상이 소비 그 아이를 데려오지 않았다면 이 어미는 이미 죽은 목숨이오. 주상은 어디서 그런 신통한 아이를 구해 오셨소?"

"어마님께서 내의녀를 이토록 신뢰하시니, 소자 마음이 뿌듯합니다. 그런데 내의녀는 어디 갔습니까?"

그러자 옆에 앉은 정상궁이 대답했다.

"대비마마를 치료하고는 곧장 중궁전으로 갔습니다."

중전 심씨는 임신중이었다. 지난 4월에 이미 태기가 있었는데, 이제 임신 3개월 차였다. 중전은 지난번 셋째 아들 용(안평대군)을 잉태했을 때 살이 많이 쪄서 출산에 애를 먹었기에 이번에는 살이 찌지 않도록 여러 방도를 마련하고 있었다. 식단을 관리하는 것은 물론이고 후원 나들이를 자주 하여 몸을 자주 움직이는 한편, 특별히 소비의 처방에 따라 침과 약도 병행하고 있었다.

"중궁이 아들 셋에 딸을 둘이나 낳았는데, 또 잉태를 했으니, 참으로 주상의 홍복이요. 왕이 자손이 많으면 왕실이 든든해질 것이니, 종묘사직에도 무척이나 좋은 일이지요. 이 어미의 생각엔 이번에도 아들이 아닐까 싶어요. 며칠 전에 중전이 문안을 왔는데, 그 걸음걸이를 보니 틀림없이 아들을 잉태했으리라 싶었거든요."

"소자는 왕자가 셋이고, 공주가 둘이니 이번에는 딸이었으면 합니다."

"주상의 바람이 그렇다면, 딸을 낳아야지요. 용한 의원은 배 속에서 딸을 아들로 바꾸기도 하고, 아들을 딸로 바꾸기도 한다지요. 그러니 내의녀에게 가서 아들이면 딸로 만들어달라고 부탁을 해보시구려, 호호호."

"딸이든 아들이든 어마님께서 이렇듯 웃고 계신 것만 보아도 소자는 만족스럽습니다. 부디, 앞으로도 오늘처럼만 강건하셨으면 좋겠습니다."

주상은 대비전 문안을 마치고 창덕궁으로 향했다. 중궁전에 들러 기어코 소비를 만나볼 참이었다.

"대조전으로 가자."

주상은 괜히 마음이 급했다. 그래서 전에 없이 가마를 재촉했는데, 그러다 문득 피식 웃음이 나왔다.

"허, 참……."

아무리 생각해도 자신이 왜 이렇게 마음이 급한지 이해가 되지 않았다. 중전에게 특별한 일이 생긴 것도 아니고, 딱히 소비를 급히 만날 일도 없었다. 그리고 소비에게 할말이 있으면 그냥 편전으로 불러들이면 될 일인데, 무엇 때문에 실없이 가마꾼들을 재촉하고 있을까 싶었다.

돌이켜보면 주상은 소비와 관계된 일이면 늘 마음이 급했었다. 처음 소비를 만났던 3년 전부터 그랬다. 향이를 치료하기 위해 약재를 구하러 갔던 소비를 기다리며 대문을 몇 번이나 들락거렸던 일이며, 그녀를 내의녀로 삼아 대궐로 불러들인 일이며, 이상하게 소비와 관련된 것은 묵혀둘 수가 없었다.

주상이 대조전에 이르자, 소비는 막 대조전에서 나오는 참이었다. 어가를 본 소비는 고개를 숙이고 대조전 앞에 시립하고 있었다. 주상은 어가에서 내리자마자 소비에게 다가가 말했다.

"내금위장에게 네 어미의 행적을 찾아보라 했으니, 이제 염려 말거라."

그때 중전이 어가가 도착했다는 말을 듣고 방문을 열고 나오고 있었지만, 주상은 개의치 않았다.

"성은이 망극하옵니다."

소비가 울음 섞인 음성으로 바닥에 엎드려 절을 하였다. 그때 중전이 다가왔다.

"전하, 납시었습니까?"

그때서야 주상은 약간 당황하는 기색으로 말했다.

"내의녀의 어미가 종적이 묘연하여 내금위장에게 찾아보게 했다고 했더니, 이렇듯 고마움을 표시하는 것이오."

주상은 괜히 머쓱한 표정을 지었다. 중전 심씨는 그저 가볍게 웃었다.

"안으로 드시지요."

"그, 그럽시다."

소비는 돌아선 주상의 등을 향해 다시 한번 감사 인사를 했다. 다른 곳도 아닌 내금위가 나섰으니, 이제 어머니 가이는 다 찾은 것이나 진배없다는 생각이 들어 소비는 안도의 한숨을 가느다랗게 쏟아냈다.

그러나 내금위가 나선 지 닷새가 지난 뒤에도 가이의 자취를 찾아내지 못했다. 그러다 이레째 되는 날 내금위장이 주상에게 급히 보고했다.

"목멱산 기슭에서 암매장한 아낙의 시신을 하나 찾았는데, 차림

새와 용모가 국무 가이와 흡사하다 합니다. 지금 한성부 검안소에
시신을 안치해뒀다 합니다."

그 말을 듣고 주상은 벌떡 일어섰지만, 말문이 턱 막혔다.

"이, 이런!"

순간적으로 그런 신음소리 같은 한탄만 터져나왔다. 주상이 잠
시 말을 잊고 있는 사이, 내금위장이 말을 이었다.

"날이 더워 시신이 많이 부패하였다고 합니다. 하시라도 빨리
내의녀를 데려가 확인하는 것이 좋을 듯합니다."

"알았다. 어서 데려가 시신을 확인토록 하라."

내금위장이 나가자, 주상은 용상에 털썩 주저앉았다.

"어허, 어쩌다 이런 일이……."

주상은 느낌이 불길했다. 그리고 주상의 그 불길한 느낌은 현실
로 닥쳤다. 한성부 검안소에서 시신을 확인한 소비는 몸을 부들부
들 떨더니 그만 까무러치고 말았다. 주상이 내금위장에게 그 소식
을 전해듣고 소리쳤다.

"그래서 내의녀는 어찌되었느냐?"

"한성부 나장들이 국무의 집에 업어다 놓았는데, 지금은 활인원
의승 탄선이 돌보고 있다 합니다."

탄선이 소비를 돌보고 있다는 말에 주상은 조금 안심이 되었다.

"암매장한 살인범을 잡아야 할 것 아니냐?"

"한성부에서 수사를 하고 있습니다."

"철저히 수사하고 반드시 범인을 잡아내야 할 것이다. 내금위장
은 내 말을 한성부에 전하도록 하라."

7. 만남 그리고 영영 이별

　이틀 전에 전라도 병력이 포구에 도착하면서 병영이 소란스러워졌다. 전라도 병력 중에 노꾼 하나가 갑자기 쓰러져 사경을 헤매는 바람에 역병이 퍼지고 있다는 소문이 돌았기 때문이다. 중례가 전라도 병력들을 확인해보니, 구토와 설사, 복통, 고열에 시달리는 병사들이 수십 명이나 되었다. 그 일로 정벌 대장 이종무가 절제사들을 모아놓고 회의를 했다. 중례를 비롯한 종군 의원들도 회의석상에 불려갔다. 중례를 뺀 나머지 종군 의원 셋은 모두 지방 출신들이었다. 또한 그들은 역병에 대한 경험이 전혀 없었다.

　"돌림병이 분명한 것이냐?"

　이종무가 의원들을 둘러보며 그렇게 물었지만, 선뜻 대답하는 의원이 없었다. 그래서 중례가 나섰다.

　"돌림병이 맞습니다."

그 말에 이종무와 절제사들은 당황하는 기색을 드러냈다.

"그러면 어찌해야 하는 것이냐?"

"소인이 병자들을 둘러보았는데, 모두 전라도 병력이었습니다. 또한 병자들은 모두 같은 배에 탄 병사들이었습니다. 전라도 병력의 함선은 모두 오십 척이고, 병력은 수천을 헤아린다 하였습니다. 그런데 그중에 병증을 보이는 병사는 마흔둘이었는데, 모두 같은 함선의 병사들이었습니다. 이는 불행 중 다행이라 할 수 있습니다."

"어째서 불행 중 다행이라는 것이냐?"

"지금 비록 전라도 병력에 돌림병이 돌고 있는 것은 분명하지만, 조치만 잘 취하면 큰 피해를 입지 않고 막을 수 있다는 뜻입니다."

"그렇다면 돌림병이 더 퍼지는 것을 막을 수 있다는 것이냐?"

"그렇습니다."

"어떻게 하면 되느냐?"

"우선 돌림병 증세를 보이고 있는 병사들은 모두 한배에 머무르게 하여 나머지 병사들과 격리시키는 것이 중요합니다. 또한 비록 아직 돌림병 증세를 보이지 않는 병사라도 같은 배에 탔던 병사들은 따로 한곳에 모아두고 역시 격리해야 합니다. 본시 돌림병은 사람이 사람에게 전염시키는 것이므로 그렇게 격리를 시켜두면 다른 병력에게 돌림병이 옮겨붙는 것은 막을 수 있습니다."

그 말을 듣고 이종무는 즉시 역병이 발생한 배에 병자들을 격리시켰다. 또한 역병이 발생한 배에 타고 있었지만 역병 증세가 없는 병사 이십여 명은 따로 다른 함선에 태워 머물게 하라고 명령했다.

"그다음은 어떻게 하면 되겠느냐?"

"돌림병의 원인을 조사하고, 병자들을 치료하여 완쾌시켜야지요."

"치료가 가능하겠느냐?"

"우선 병자들을 자세히 살펴보고 말씀드리겠습니다."

중례는 병자들을 머물게 한 함선으로 가서 그들의 증세를 자세히 살폈다. 그리고 돌아와 보고했다.

"소인이 환자들의 상태를 살펴보니, 아무래도 여질(癘疾)인 듯합니다."

"여질이라면 전염성이 대단한 역병이 아니냐?"

여질이라는 말에 이종무와 절제사들은 잔뜩 겁먹은 표정이었다.

"물론 여질이 전염성이 강한 것은 맞습니다. 또한 심하면 목숨을 잃기도 하는 무서운 질병입니다. 하지만 여질은 대개 물이나 음식을 잘못 먹은 데서 비롯되는 질병입니다. 특히 지금과 같은 여름에 음식을 익혀 먹지 않거나 더러운 물을 먹었을 때 발생합니다. 제가 그 배에 탄 병사들에게 물어보니 이레 전쯤에 여러 어패류를 생으로 먹었다 했습니다. 아마도 그것이 여질을 발생시킨 원인인 듯합니다."

"그렇다면 이제 어떻게 해야 하는 것이냐?"

"많은 병사들이 함께 모여 있으니, 여질이 전염될 우려가 매우 높습니다. 또한 암암리에 바다에서 어패류를 잡아 생으로 먹는 일이 많을 것입니다. 그러니 어떻게 해서든 병사들이 생으로 음식을 먹지 않도록 해야 할 것이며, 물도 반드시 끓여서 먹어야 할 것입니다. 장군께서는 급히 명을 내려 이를 실천하도록 하셔야 합니다."

"알았다. 내 전군에 명을 내려 생으로 어패류를 먹지 못하게 하고, 물은 반드시 팔팔 끓여서 먹게 하겠다. 그러니 너는 여질에 걸린 병사들을 치료하는 데 최선을 다해야 할 것이다."

이후 중례는 지방 의원 셋과 함께 여질 환자 치료를 시작했다. 중례는 병증은 보이지 않지만 같은 배에 탔던 병사들에게 하루 동안 음식을 낳게 하고 끓인 물에 소금과 식초를 타서 먹도록 했다. 또한 경증 병자들에게도 같은 조치를 취하는 한편, 복숭아나무 가지와 버드나무 가지를 달인 물과 함께 복용토록 했다.

다행히 경증 환자들에겐 이것이 효험이 있었다. 그래서 닷새 만에 병자 마흔둘 중에 서른다섯은 완치되어 배에서 내렸다. 하지만 나머지 일곱 명은 증세가 심각했다. 그래서 그들에겐 특별히 여질에 듣는 탕약을 써야 했다. 하지만 탕약 제조에 드는 약재들이 한결같이 귀한 것들이었다.

중례가 이종무를 찾아갔다.

"경증 환자는 거의 완치되어 배에서 내렸으나, 지금 중증 환자들은 사경을 헤매고 있습니다. 이들을 회복시키려면 소합향원(蘇合香元)을 조제하여 먹여야 합니다. 하지만 소합향원에 들어가는 약재들은 우황과 주사(朱砂, 붉은 모래), 사향, 서각(犀角, 코뿔소의 뿔) 같은 매우 귀한 것들뿐입니다. 어떻게 하면 좋겠습니까?"

이종무가 잠시 생각에 잠기더니 말했다.

"구할 수는 있는 것이냐?"

"값을 후하게 쳐주면 이틀 안에 구해 올 수 있다 합니다."

"알았다, 돈 걱정은 하지 말고 어서 약재를 구해 오라 하라."

그런데 약재를 구해 오는 사이 중증 병자 둘이 그만 죽고 말았다. 탈수 현상이 너무 심한데다 워낙 고열에 시달리고 있어 살려낼 방도가 없었다. 병자 둘이 사망한 이유 중에는 그들이 머물던 함선의 환경 탓도 있었다. 병자들이 계속 함선에서 지낸 탓에 함선 곳곳에 병자들의 토사물과 변이 넘쳐났다. 중례는 병자들을 배에 그대로 뒀다간 다섯 명도 다 죽이겠다 싶었다. 그래서 육지에 별도로 천막을 설치하여 그들 병자들을 옮겼다.

그렇듯 중례가 병자들 치료에 여념 없는 사이 이종무는 출전을 결행했다. 이종무가 선단을 이끌고 대마도로 떠난 것은 6월 19일이었다. 병력을 이끌고 거제도에 도착한 지 보름 만이었다. 출정식은 이틀 전에 거행했지만, 그날 바람이 몹시 불고 파도가 높아 도중에 거제도로 돌아왔었다. 그리고 이틀을 기다렸더니 비로소 바람이 잦아든 덕에 대마도로 향할 수 있었다.

이종무는 떠나기에 앞서 잠시 중례를 불러 병자들의 상태를 물은 뒤, 이렇게 말했다.

"꼭 살려주게. 나라를 위해 전장에 나왔다가 병을 얻었으니, 그들도 전쟁터에서 싸우다 다친 병사와 진배없네. 그러니 꼭 살려주게."

이종무는 그렇듯 신신당부를 하고 떠났다. 다행히 소합향원의 효과로 닷새쯤 지나자 네 명은 회복하여 천막에서 나갔다. 하지만 나머지 한 병사는 좀체 회복될 기미가 없었다. 소합향원 덕에 복통과 구토는 멎었는데, 열이 좀체 내리지 않았다. 몸 전체가 펄펄 끓는 바람에 의식을 제대로 차리지 못할 정도였다.

"고열이 문제야, 고열이……."

중례는 고열만 잡는다면 병자를 완치시킬 수 있을 것 같았다. 그래서 우선 대나무 기름을 구해 차가운 계곡물과 섞어서 병자에게 마시게 한 다음, 병자의 옷을 벗기고 냉수에 적신 수건으로 계속해서 냉찜질을 했다. 혹여 여질에다 학질이 겹친 것은 아닌지 의심했던 것이다. 다행히 중례의 처방이 효험이 있었는지 병자의 열이 조금 내렸다.

"아무래도 학질을 함께 앓고 있는 것 같아."

중례는 그런 확신으로 마황을 달여 병자에게 마시게 했다. 그때서야 병자가 조금이나마 정신을 차렸다. 눈도 제대로 뜨고 묻는 말에 대답도 했다. 하지만 며칠 동안이나 곡기를 끊은 탓인지 사지를 제대로 놀리지 못했다. 중례는 쇠무릎을 달인 물에 소주를 조금 섞어 병자에게 마시게 했다. 학질 증세를 늦추고 일시적이나마 기운을 돋우기 위함이었다. 다행히 병자의 팔다리에 조금씩 힘이 생기기 시작했다. 그때쯤 중례는 병자에게 죽을 쑤어 먹일 수 있었다. 무려 십여 일 만에 제대로 공급한 식사였다. 그동안 미음이나 겨우 삼키던 병자는 죽 한 그릇을 다 비울 정도로 많이 회복되었다.

이후로 병자는 사람을 제대로 알아보고 말도 곧잘 하였다. 하지만 여전히 몸에 열이 높았다. 중례는 수시로 병자의 몸에 냉찜질을 하고, 주기적으로 대나무 기름과 계곡의 맑은 물을 섞어 공급했다.

물론 아침저녁으로 소합향원을 먹이는 것도 잊지 않았다.

그런데 중례는 병자의 등에 냉찜질을 하다가 어깻죽지 아래에 난 상처 자국에 자꾸 눈이 갔다. 처음엔 대수롭지 않게 보았는데, 볼 때마다 어디선가 본 듯한 익숙한 모양이었다. 그의 상처는 얼핏 보면 누군가 일부러 몸에다 불 화(火) 자를 새겨놓은 것 같았다. 하지만 어디서 그런 상처 자국을 보았는지 잘 떠오르지 않았다. 그래서 볼 때마다 그저 고개만 갸웃거렸는데, 하루는 병자가 제법 정신이 맑은 것 같아 물어보았다.

"오른쪽 어깻죽지 아래 상처 자국은 언제 생긴 것이오?"

"제 등에 상처 자국이 있습니까?"

"그래요. 분명히 오른쪽 어깻죽지 아래에 상처 자국이 깊게 있습니다. 마치 글씨를 일부러 새겨놓은 것 같은데요."

"모양이 혹 불 화 자 같이 생겼습니까?"

"맞습니다. 영락없는 그 글자요."

"어릴 때 제 형님도 그런 말을 했던 것 같습니다."

"형님이요?"

그렇게 되묻고 나자, 중례의 뇌리를 스치는 일이 하나 있었다. 더운 여름날이었다. 뒷마당 나무 그늘 밑 평상에 엎어져서 낮잠이 들었는데, 동생 상례가 바가지에 우물물을 뜬 채 다가와 중례의 목덜미에 물을 뿌리고는 깔깔거리며 달아났다. 깜짝 놀라서 일어난 중례는 상례를 뒤쫓아가서 목덜미를 잡아챘다. 그리고 잡아끌듯이 우물가로 끌고 와서는 물 한 바가지를 상례의 등에 쏟아부었다. 그 바람에 상례의 저고리가 몽땅 젖었고, 별수없이 저고리를 벗겨 말려야 했다. 그런데 그때 중례는 상례의 오른쪽 어깻죽지 아래에서 마치 글자를 새긴 듯한 상처 자국을 처음 발견했다. 그 모양이 '火' 자와 너무 흡사하여 중례는 상례의 등짝을 후려치며 이런 말을 했었다.

"요 녀석, 등에 붙은 불 때문에 뜨거워서 이렇게 야단을 뜨는 거였구나."

나중에 어머니에게서 들어서 알게 된 일인데, 상례가 네 살 때에 생긴 상처라고 했다. 헛간에 함부로 들어갔다가 넘어져서 농기구에 긁혔는데, 상처가 쉽게 낫지 않더니, 그렇게 글자를 새긴 듯한 상처 자국이 되었다고 했다.

중례는 돌아누운 병자를 돌려 두 손으로 얼굴을 쥐고 뚫어지게 쳐다보았다. 돌발적인 중례의 행동에 병자가 깜짝 놀라 소리쳤다.

"왜, 왜 이러시오?"

그러고 보니, 병자는 서울말을 쓰고 있었다. 거기다 눈매와 코, 턱선과 눈썹이 상례와 많이 닮아 보였다.

"고, 고향이 어디요? 아니, 성은 무엇이고 이름은 어떻게 되오?"

"도대체 왜 그러시오?"

"너, 노상례지?"

"어떻게 내 이름을……."

"상례야, 형이다, 형."

중례는 상례를 와락 끌어안았다.

"꿈에라도 한 번 보고 싶었는데, 널 여기서 만날 줄이야. 아이고 하늘님 정말 고맙습니다. 어디, 어디 얼굴 한번 다시 보자."

중례는 상례의 얼굴을 다시 확인했다.

"그래, 맞구나. 내 동생 상례가 맞구나."

"형이라면?"

"그래, 내가 바로 네 형 노중례다, 노중례."

중례는 눈물을 쏟아내며 다시 한번 상례를 끌어안았다. 그때서야 상례도 깜짝 놀라 소리치며 중례의 얼굴을 확인했다.

"어디 봅시다. 정말 형님이오?"

"그래, 나 모르겠니? 네 형 노중례다, 노중례."

"형님!"

상례는 어린아이처럼 엉엉 울었다. 중례 또한 마찬가지였다.

"이게 꿈이요, 생시요? 정말 형님이 맞습니까?"

형제는 얼싸안고 한동안 펑펑 울었다. 그리고 한참을 울고 나서 중례가 먼저 입을 열었다.

"네가 전라도 수군에 예속되었다는 말은 들었지만, 이렇게 만날 줄은 꿈에도 몰랐다. 정말 하늘이 돕지 않고는 어찌 이런 만남이 있을 수 있겠느냐?"

"그거야 저도 마찬가지요."

형제는 믿을 수 없는 기적 같은 해후 앞에서 한동안 그런 말들을 주고받다가 문득 동시에 서글픈 느낌에 사로잡혔다.

"우리가 어쩌다가 이런 신세가 되었는지 모르겠습니다, 형님."

"그러게 말이다."

"그런데 형님은 어떻게 의원이 되셨습니까?"

"그 이야기를 하자면 몇 날 밤을 새워도 부족할 것이다."

"형님, 혹 재희 소식은 아시오?"

"아, 그 얘기부터 해야겠구나. 얼마 전에 해주 감영에서 재희를 데려와 서활인원에서 함께 살고 있다."

"그 말이 정말이오?"

"그렇다니까."

"정말 다행이오. 그 연약한 아이가 관아에서 물이나 길어 나르며 살 것을 생각하면 가슴이 찢어지곤 했는데, 정말 다행이오."

"그래, 이제 너를 이렇게 만났으니, 너도 반드시 한성으로 데려갈 것이다."

"정말 그리되면 원이 없겠습니다, 형님. 하지만 관아에 매인 몸인데, 형님께서 어떻게 저를 한성으로 데려갈 수 있단 말이오?"

"걱정 마라, 내 무슨 수를 써서라도 반드시 너를 한성으로 데려갈 것이다. 너는 이제 몸만 걱정하여라. 네 몸만 낫는다면 어떤 수단을 동원하든 너를 반드시 한성으로 데려갈 것이다."

중례는 다짐하고 또 다짐했다. 하지만 무엇보다 급선무는 상례의 병을 완치시키는 것이었다. 비록 사람을 알아보고 대화가 가능할 정도로 다소 몸이 회복되었지만, 그렇다고 마냥 안심할 수 있는 상태는 아니었다. 약기운이 돌 때는 제법 생기가 돌았지만, 약기운이 떨어지면 여지없이 다시 까무룩 의식을 놓아버렸다. 거기다 생기가 돌아올 때도 심한 현기증 때문에 제대로 걷지 못했다. 현기증이 너무 심해 홀로 배변을 해결하지 못할 정도였다.

중례를 만난 기쁨에 잠시 동안 생생한 모습을 보이던 상례는 한

순간에 다시 머리가 빙글빙글 돈다고 하더니, 갑자기 팔을 툭 떨어 뜨리고 늘어져버렸다.

"상례야!"

깜짝 놀란 중례는 다급하게 침을 꺼냈다. 기혈을 뚫어 의식을 회복시키는 것이 급선무였다. 의식이 돌아와야 약을 먹이든 죽을 먹이든 할 수 있는 것이었다.

"제발, 상례야……."

중례가 눈물을 뚝뚝 흘리며 시침을 했다. 침을 모두 뽑은 뒤에는 뜸을 놓고, 약낭에서 구급약을 꺼내어 씹어서 먹였다. 다행히 일각쯤 지나자, 상례의 얼굴에 핏기가 되살아났다. 맥을 잡아보니 위급한 상황은 넘긴 것 같았다.

중례는 한숨을 몰아쉬었다.

"도대체 왜 처방이 듣지 않는 거지? 다른 사람은 다 들었는데, 왜 상례만 회복을 못하는 거지?"

중례는 도저히 납득이 되지 않았다. 여질은 소합향원으로 웬만큼 치료가 된 듯했다. 하지만 여질 외에 뭔가 다른 병이 있는 것이 분명했다.

"학질이 아니란 말인가?"

중례는 여질에 학질이 겹친 것이라는 자신의 판단을 의심해보았다.

"학질이 아니라면 무엇이란 말인가?"

중례는 머릿속으로 의서의 내용들을 떠올려보았다. 학질과 유사하지만 학질이 아닌 질병에 대해 중점적으로 생각했다. 하지만 딱히 떠오르는 것이 없었다. 그저 머리만 복잡할 뿐이었다.

생각 끝에 중례는 함께 있던 지방 의원들의 추천을 받아 거제도에서 제법 용하다는 의원을 찾아갔다. 혹 그 의원에게서 의서를 빌려 볼 수 없을까 하는 생각이었다.

"오, 댁이 여질을 고쳤다는 의원이오?"

중례가 찾아가자 김인중이라는 그 의원이 그렇게 물었다.

"그렇소. 나는 한양 활인원에 소속된 의원인데, 혹 의서가 있으면 빌려 볼 수 있겠소?"

"이 시골 의사가 가진 의서라고 해봤자, 몇 권 되지 않소. 그래도 보고자 한다면 내어드리리다."

김인중은 자기가 가진 의서 십여 권을 내밀었다. 하지만 그것들은 모두 가장 기본적인 의서에 불과했다. 그 내용들은 이미 중례의 머릿속에 다 들어 있는 것이었다. 그래서 속으로 김인중이 한심하다는 생각이 들었다. 어떻게 이까짓 의서 십여 권만 보고 의원입네 하고 병자를 받는가 싶었다.

"실례가 많았소이다."

중례는 김인중이 내민 의서들을 후루룩 살펴보고는 일어섰다. 그러자 김인중이 씨익 웃으면서 말했다.

"혹 병자가 차도가 있다가도 이내 몽롱해지면서 정신 줄을 놓곤 하오?"

그 말을 듣고는 중례가 다시 앉으며 물었다.

"맞소. 내가 말도 하지 않았는데 어찌 알았소?"

"여질이 달리 여질이겠소? 여러 질병이 섞여 있어 잘 고칠 수 없기 때문이 아니오? 나도 여러 차례 여질 환자를 경험한 적이 있는데, 열 명이 여질에 걸리면 꼭 둘은 죽고, 셋은 낫지 않고 애를 먹였소. 그런데 노형은 마흔이 넘는 병자 중에 둘만 죽고, 하나만 애를 먹이고 있으니, 그것만으로도 대단한 것이오."

"그러면 의원께서는 낫지 않고 애를 먹이던 병자들을 치료한 적이 있겠군요?"

"물론 있지요. 하지만 그중의 절반은 고치지 못했소."

"어쨌든 절반은 고쳤다는 말 아니오? 절반은 어떻게 고쳤소?"

"나는 그저 끼무룻(반하半夏) 삶은 물과 함께 박쥐 똥과 주사를 섞어 만든 환을 먹여보았소. 그랬더니 낫지 않고 애를 먹이던 병자 중의 절반은 회복하더이다."

"여러 의서를 두루 살펴봤지만, 그런 처방은 본 적이 없소."

"물론 의서에 있는 처방은 아니오. 그저 나도 돌아가신 부친께서 해오시던 것을 따라 했을 따름이오. 그런데 우리 부친께서 생전에 하신 처방 중에 별난 것이 하나 더 있었소."

"그게 무엇이오?"

"여질에 걸린 뒤에 오래도록 낫지 않아 애를 먹인 병자가 하나 있었는데, 부친께서는 그 사람에게 특별한 처방을 하나 내려 고치셨소."

"그게 어떤 처방이오?"

"앞에 말한 그 처방으로 열병은 낫기는 나았는데, 어지럼증과 구토증 때문에 잘 먹지도 못하고 일어나지도 못하고, 또 사물이 자꾸 갈라져서 보인다고 하였소. 그래서 부친께서 내린 처방이 매 끼니를 생쌀을 씹어 먹고, 한 달 동안 맨발로 산을 타게 하는 거였소."

"맨발로 산을 타요?"

"그렇소, 그렇게 해서 그 사람은 정말 나았소."

"혹 그렇게 해서 나았다는 그 사람을 만나볼 수 있소?"

"물론이오. 그 사람이 바로 내 사촌동생인데, 집을 알려줄 테니 가서 한번 만나보시오."

중례는 김인중이 알려준 그 기상천외한 처방이 도저히 납득이 가지 않았다. 끼무릇 삶은 물이 열을 내리는 데 좋다는 말은 들어 봤지만, 주사와 박쥐 똥으로 환을 만들어 먹는다는 것은 당최 이해가 되지 않았다. 그래도 어쨌든 그것이 악질적인 여질을 고쳤다고 하니, 마냥 무시할 수도 없었다.

중례는 여질로 온갖 고생을 하다 김인중 부친의 처방으로 나았다는 그 사촌동생 김인국을 만나보았다. 그런데 김인국이 앓았다는 그 여질의 증세가 상례와 매우 유사했다. 그뿐만 아니라 김인중의 말대로 그는 여질의 후유증으로 엄청난 어지럼증에 시달렸는데, 큰아버지인 김인중 부친의 강압적이고 지엄한 처방을 받아들여 매일같이 생쌀을 씹어 먹고 맨발로 산을 탔더니, 한 달 만에 완쾌되었다고 하였다.

결국, 중례는 상례에게 같은 처방을 해보기로 했다. 그래서 우선 끼무릇과 주사, 박쥐 똥을 구하여 끼무릇 삶은 물에 박쥐 똥과 주사로 만든 환을 끼니마다 서른한 알씩 먹였다.

그랬더니 신기하게도 사흘 만에 상례의 몸에서 열이 내렸다. 하지만 어지럼증을 호소하며 제대로 걷지 못하는 증세는 여전했다.

또한 음식냄새를 맡으면 토하기도 했다. 그래서 중례는 김인중이 일러준 대로 상례에게 매 끼니로 생쌀을 먹게 하고, 매일같이 함께 산을 탔다. 물론 상례는 맨발이었다.

그렇게 며칠을 계속하자, 정말 거짓말처럼 상례의 상태가 호전되기 시작했다. 어지럼증도 조금씩 줄어들고, 구토증도 많이 줄어 웬만한 음식은 삼킬 수 있게 되었다.

"이렇게 한 달만 계속하면 나을 수 있다고 하니, 그 말을 믿고 계속해보자."

중례는 그런 말로 어지럼증을 호소하는 상례를 도닥였다. 그런데 상례를 데리고 산을 타기 시작한 지 열흘쯤 지났을 때, 대마도 정벌에 나섰던 병력이 돌아왔다. 중례가 듣기로는 대마도 정벌에 나선 조선군은 많은 왜구들을 죽이고, 대마도에 잡혀 있었던 조선인과 중국인 수백 명을 구출함으로써 대단한 승리를 거뒀다 하였다. 그런데 막상 돌아온 조선 병사들 중에는 부상을 입은 자가 수백 명이었다. 또한 돌아오지 못한 병사가 수백 명을 헤아린다 하였다. 그 바람에 중례는 더이상 상례의 치료에 전념할 수 없었다. 지방 의원 셋과 함께 부상당한 병사들을 치료하기에 급급했다.

그런데 그 와중에서 이종무는 중례를 불러 물었다.

"역병을 앓던 병자들은 모두 어찌되었는가?"

그 말을 듣자, 중례는 상례를 한성으로 데려갈 좋은 기회라 여겼다.

"다섯 중에 넷은 완쾌되어 병영으로 돌아갔습니다만, 병사 하나는 아직 낫지 않아 치료중입니다."

"수고했네. 그런데 완쾌되지 못한 병사의 상태는 심각한가?"

"네, 아직 제대로 걷지도 제대로 먹지도 못하고 있습니다."

"어허, 저런. 안됐구나."

"듣자 하니, 그 병사는 전라도엔 일가친척 하나 없는 사람이라 합니다."

"그렇다면 돌볼 사람도 없다는 뜻인가?"

"그렇습니다. 그래서 드리는 말씀인데, 혹 가능하다면 활인원으로 데려가 치료해주고 싶습니다. 마침 한성에는 일가친척도 있다고 합니다."

"내 그 병사의 지휘관을 불러 상의해보겠네."

하지만 며칠이 지나도 이종무는 아무런 언급도 하지 않았다. 그래서 중례가 몇 번이나 이종무를 찾아갔지만, 만날 수가 없었다. 그때 이종무는 거제도를 떠나고 없었다. 조정의 명령에 따라 고성의 구량량에 함선을 집결하고 다시 대마도 정벌에 나설 준비를 하고 있었다. 이종무가 2차로 대마도 정벌에 나서기로 한 날은 7월 15일이었다. 그런데 그 얼마 전부터 바다가 심상치 않았다. 바람이 거세지고 파도도 점점 높아지고 있었다. 하루는 강풍이 몰아쳐 포구에 정박해둔 병선이 7척이나 파손되었다. 거기다 배 한 척이 풍랑에 뒤집히는 바람에 수군 7명이 바다에 빠져 죽었다. 그 이후에도 거센 바람이 다시 몰아쳐 함선 8척이 바다로 밀려가 행방을 알 수 없게 되었다. 그 바람에 이종무는 2차 출정을 포기해야 했다.

이런 상황을 전해들은 중례는 고성으로 갔다. 어떻게 해서든 이종무를 만나 상례 문제를 해결해보려는 의도였다. 그 무렵, 상례의 상태는 조금씩 나아지고 있었다. 김인중의 말대로 끼니를 먹을 때마다 생쌀을 함께 먹고, 매일같이 산을 타게 했더니, 어지럼증이 한층 줄어들었다. 하지만 완쾌된 것은 아니었다. 여전히 어지럼증 때문에 애를 먹고 있었다.

상례의 어지럼증은 아침이 가장 심했다. 자고 일어난 직후엔 제대로 앉지도 못할 정도였다. 그러다 낮에 맨발로 한참을 산을 타면 그 무렵부터 어지럼증이 완화되곤 했다. 중례는 상례의 그런 증세를 도저히 이해할 수 없었다. 어떤 의서를 뒤져도 상례와 같은 병증을 기록한 내용은 없었다. 그러니 마땅한 처방을 발견할 수도 없었다. 그런 까닭에 오로지 김인중이 말한 대로 행할 수밖에 없었다.

구량량 병영을 찾은 중례는 잠도 자지 않고 이틀을 꼬박 기다린 끝에 가까스로 잠시나마 이종무를 만날 수 있었다. 중례는 이종무에게 상례의 몸 상태를 설명하고, 간곡하게 부탁했다.

"소인이 능력이 닿는 대로 온갖 처방을 다 해보았지만, 더이상 병증을 호전시킬 자신이 없습니다. 그러니 활인원으로 데려가 치료하게 해주십시오. 활인원에는 저의 스승이신 탄선 스님이 계시니, 필시 마땅한 처방을 내리실 수 있을 것입니다."

"알았다. 내 곧 전라도 수군에 통보하고 그 병사를 활인원으로 데려가 치료할 수 있도록 해주겠다."

이종무의 확답을 얻어낸 중례는 곧장 거제도로 돌아와 상례에게 그 소식을 전했다.

"상례야, 이제 우리 모두 함께 살 수 있게 됐다."

중례는 누워 있는 상례를 부둥켜안고 엉엉 울며 말했다. 그런데 상례의 반응이 좀 이상했다. 기뻐서 어쩔 줄 몰라 할 줄 알았는데, 그저 희미한 표정으로 웃을 뿐이었다. 그리고 숨을 몰아쉬면서 이런 말을 하였다.

"혀, 형님, 어제부터 자꾸 몸이 늘어지고…… 팔다리를 마음대로 움직일 수가 없습……"

그러고 보니 얼굴에 핏기도 없고, 음성도 몹시 떨렸다. 거기다 입에서 침까지 흘리고 있었다. 그러더니 숨을 가쁘게 몰아쉬다가 한순간 눈을 허옇게 까뒤집었다.

"상, 상례야!"

중례가 상례의 이름을 불러댔지만, 상례는 아무 반응도 보이지 않았다. 그저 몸이 축 늘어지더니 고개를 옆으로 떨구었다.

중례가 당황하여 맥을 짚었더니, 맥이 뛰지 않았다. 급히 인중에 침을 꽂았지만 소용없었다. 허리춤에서 구급약을 꺼내 씹어서 입에 넣어줬지만 전혀 삼키지 못했다. 가슴에 귀를 대어보니, 심장이 뛰지 않았다. 코끝에 손을 갖다대도 콧김이 전혀 느껴지지 않았다. 대침을 꺼내 가슴을 찔러보기도 하고, 모든 혈에 침을 있는 대로 다 꽂아보았지만 전혀 반응이 없었다. 혈이란 혈엔 모두 뜸을 떴지만, 역시 소용없었다.

그래도 중례는 포기할 수 없었다. 상례의 가슴을 마구 두드려도 보았고, 심지어 입에다 숨을 불어넣어보기도 했다. 하지만 상례의 몸은 점점 차갑게 굳어만 갔다.

중례는 온 얼굴이 눈물로 범벅이 된 채 상례의 몸에 엎드려 짐승처럼 울부짖었다. 뒤늦게 그 소리를 듣고 달려온 지방 의원들이 상

례의 몸에서 그를 가까스로 떼어놓자, 발악을 하며 울부짖다가 그
만 혼절하고 말았다.

8. 하늘의 단죄

소비는 양어머니 가이가 죽은 충격으로 한동안 만사에 의욕을 잃고 지냈다. 사실, 소비는 가이가 살아 있을 땐 그녀의 빈자리를 별로 느끼지 못했었다. 그런데 막상 가이가 죽자, 그야말로 졸지에 천애고아 신세가 된 듯했다. 그 때문인지 툭하면 눈물이 쏟아졌다. 그저 밥을 먹다가도 울컥울컥 울음이 쏟아졌고, 참새들이 떼를 지어 노는 것을 보다가도 밑도 끝도 없이 눈물이 쏟아졌다. 거기다 집이 갑자기 너무 넓어진 느낌이었고, 반대로 자신은 너무나 작아진 것 같았다. 집안에 누워 있으면 마치 거대한 성 안에 홀로 갇혀 있는 것처럼 무섭고 외로웠다. 그래서 가까스로 몸을 일으켜 마당에라도 나가면 마치 거대한 숲속에서 길을 잃은 것처럼 막막하고 두려웠다. 그 때문에 한동안 쉽사리 집밖으로 나오지 못했다. 집밖을 나서면 한 무리의 도적들이 덤벼들어 순시간에 자신을 낚아챌

것만 같은 두려움이 엄습했고, 그 때문에 늘 방안에 웅크리고 앉아 있었다.

두어 달을 그렇게 숨죽이며 지내고 있던 그녀는 급히 궁으로 입궐하라는 주상의 명을 받고서야 겨우 정신을 추슬렀다.

소비가 허겁지겁 입궐하여 편전에 나아갔더니, 주상이 근심어린 눈으로 말했다.

"노대의 말이 네가 도통 집밖으로 나오지 않는다고 하더구나. 그래서 일부러 불렀다. 괜찮은 것이냐?"

소비는 선뜻 대답이 나오지 않았다.

"그것이……."

"그래, 상심이 큰 것은 안다. 그렇다고 마냥 그리 지내면 되겠느냐? 너는 지금 많이 아픈 것이다. 그리고 그 아픔이 병이 되고 있다. 또 그 병을 고칠 수 있는 사람은 너밖에 없다. 명색이 네가 누구냐? 내가 아는 한 너는 조선 제일의 의원이다. 그런데 남의 병은 잘 고치면서 어찌 네 병은 고치지 못하느냐?"

주상은 호통 아닌 호통을 치고 있었다. 부드럽게 위로하는 말투였지만, 소비에겐 호통으로 들렸다. 주상의 말처럼 소비는 자신이 병든 것이 분명하다고 생각했다. 또 그 병을 고칠 수 있는 유일한 사람이 바로 자신이라는 것도 너무나 지당한 말이었다.

소비는 대답 대신 눈물을 줄줄 흘렸다. 무엇인가 변명을 하고 싶은데, 어떤 말을 해야 할지 전혀 떠오르지 않았다. 입을 열면 그저 울음만 터져나왔다.

주상이 다가와 소비의 어깨를 토닥였다.

"많이 힘든 게로구나. 이렇듯 네가 힘든 줄도 모르고 나는 너를 불러 어마님 간병을 시키려 했으니, 나야말로 참으로 못된 임금이구나."

그때서야 소비는 겨우 말문을 열었다. 주상의 토닥거림이 위안이 됐는지 내면 저 깊숙한 곳에서 작은 문이 하나 열리는 듯했다.

"아닙니다. 곧 돌아가서 채비를 하여 수강궁으로 들어가겠습니다."

"오호, 그래? 정녕 그리할 수 있겠느냐?"

"네, 그리하겠습니다."

"고맙구나. 네가 그리 말하니, 한결 마음이 놓이는구나."

주상의 그 말에 소비는 또 밑도 끝도 없이 눈물을 줄줄 흘렸다. 하지만 말문이 막히지는 않았다. 오히려 갑자기 속이 확 트이는 느낌이었다.

"소인을 믿고 다시 불러주시니, 성심을 다하여 대비마마를 치료하겠나이다."

그런 말을 던져놓고 편전을 빠져나가는 소비를 주상은 불안한 눈으로 바라보았다.

"제발 기운을 다시 내서 일어나야 할 텐데……."

소비는 마치 그런 주상의 말을 듣기라도 한 것처럼 전에 없이 힘이 솟아났다. 그래서 궁궐을 빠져나오면서 다짐하듯 중얼거렸다.

"그래, 나는 조선 제일의 의원이다."

소비는 주상이 한 말을 새기고 또 새겼다. 호통처럼 들린 말이 위로가 되어 다시 다가오기도 했다.

"내 병도 고치지 못하면서 어찌 남의 병을 고치겠어?"

그러고 보니, 지난 서너 달 동안 자신이 병을 고치는 의원이라는 생각을 까맣게 잊고 지냈었다. 그저 어미 잃고 두려움에 질린 짐승 새끼처럼 살았었다.

소비는 발걸음에 더욱 힘을 주었다. 그리고 한성부로 찾아갔다. 그것은 두려움을 벗어던지기 위한 다짐 끝에 나온 행보였다.

"아직 범인을 잡지 못했습니까?"

소비는 유영교를 찾아가 따지듯이 그렇게 묻는 것으로 자신의 결심을 다시 확인했다.

"그렇네. 자네도 알다시피 시신만 발견되었을 뿐 어떤 범행의 증거도 발견하지 못했네. 그래도 열심히 수사하고 있으니, 기다려 보게."

소비는 그 말만 듣고 한성부를 빠져나왔다. 사실, 소비도 한성부 의 수사가 진척이 없으리라 짐작하고 있었다. 가이의 시신을 발견 한 것만 해도 천운이라 할 정도로 범인은 아무런 자취도 남기지 않 았기 때문이다.

발견 당시, 가이의 시신은 차마 눈뜨고 볼 수 없는 상태였다. 소 비가 시신이 입고 있던 옷과 손에 낀 가락지를 보고서야 어머니라 는 것을 겨우 알아볼 정도였으니, 시신의 훼손 상태는 매우 심각했 다. 두 눈알은 달아나고 없었고, 내장도 다 파먹힌 뒤였다. 누군가 암매장한 것을 들짐승들이 파내어 그 꼴을 만들어놓은 것이었다. 하지만 들짐승이 시신을 파내지 않았다면 영원히 발견조차 되지 않았을 것이니, 오히려 들짐승들에게 감사해야 할 판이었다.

주상은 특명을 내려 반드시 범인을 찾아내라고 했지만 한성부에서는 범인에 관한 단서조차 하나 잡지 못했다. 소비도 별감 오노대를 통해 이미 그런 사실을 전해들었음에도 굳이 한성부를 찾아간 것은 자신이 한성부를 찾아가 수사를 재촉하고 따질 정도로 원기를 되찾았다는 것을 확인하고자 함이었다.

소비는 다음날 바로 수강궁으로 들어갔다. 소비가 없는 동안 대비 민씨의 병세는 좀더 악화된 상태였다. 전에는 곧잘 햇살을 즐긴다며 후원 행차를 하곤 했는데, 이제 거의 운신을 못했다. 홀로 걷지도 못할 뿐 아니라 잘 일어서지도 못했다. 그래도 정신은 말짱하여 소비를 보더니 위로하며 말했다.

"어미를 잃었다는 말을 들었다. 얼마나 상심이 컸느냐? 어쨌든 상심을 이겨내고 이렇게 와줘서 너무 고맙구나."

"그간 보살펴드리지 못해서 송구하옵니다."

"아니다. 네가 다시 온 것만으로도 나는 일어설 수 있을 것만 같다."

대비 민씨는 정말 소비가 온 뒤로 한결 혈색이 좋아지고, 얼굴도 밝아졌다. 소비의 침과 뜸이 효과를 보았는지, 한 달쯤 지나자, 다시 후원 나들이도 가능하게 되었다. 그러자 민씨는 한층 더 욕심을 내며 하루는 주상을 불러놓고 말했다.

"내 죽기 전에 꼭 한번 낙천정에 가보고 싶구나."

낙천정은 상왕이 한강 변에 지은 별궁이었다. 강변의 산중턱에 지은 낙천정에서는 광진 나루터가 굽어보일 뿐 아니라 주변의 아름다운 풍광이 한눈에 들어왔다. 그래서 이방원은 왕위에 있을 때도 자주 틈을 내서 낙천정 나들이를 하곤 했다. 그러다 왕위를 금상에게 내준 뒤로는 사흘이 멀다 하고 낙천정에 거둥하고 있었다. 그곳에 측근 신하들을 불러 사냥도 하고 풍광도 즐겼는데, 주상도 가끔 함께하곤 했다. 민씨도 어느 가을에 낙천정에서 닷새를 지낸 적이 있는데, 아직도 주변 풍광이 눈앞에 생생하다며 꼭 다시 가보고 싶다고 했던 것이다.

주상으로부터 대비의 말을 전해들은 상왕 이방원이 모처럼 대비전을 찾아와 약속했다.

"겨울이 지나고 내년 봄이 되면 낙천정으로 옮겨가도록 합시다."

그 말을 듣고 민씨는 아이처럼 좋아라 하였고, 상왕은 경자년(1420년)이 되자마자 약속을 이행했다. 경자년 정월 초나흘이었다. 아직 한파가 몇 차례 남아 있었지만, 상왕은 민씨와 함께 낙천정으로 거처를 옮겼다.

상왕과 대비의 어가가 낙천정으로 가던 날엔 잠시 눈발이 날렸다. 하지만 날씨는 그다지 춥지 않았다. 대비는 눈이 온다는 소리에 가마 창을 열고 머리를 내밀며 아이처럼 좋아하였다. 상왕은 그런 대비의 모습을 힐긋힐긋 보며 빙긋이 웃었고, 금상은 대비와 상왕을 번갈아 쳐다보며 흐뭇해하였다.

하지만 이날 소비는 동행하지 못했다. 만삭이 된 왕비 심씨가 언제 진통을 시작할지 몰라 산실청에서 대기하고 있었다. 다행스럽게도 심씨는 이번엔 식사 조절을 잘 하고, 몸을 부지런히 움직인 덕분에 살이 찌지 않았다. 소비가 그녀를 위해 특별히 식단을 짜서 바치기도 했고, 후원 거둥 일정도 촘촘하게 짜서 실천하도록 도왔다. 심씨는 지난번 셋째아들 용(안평대군)을 낳을 때 비만으로 인해 워낙 고생을 했던 터라 이번에는 비만 관리에 만전을 기하겠다는 결심이 대단했다. 그래서 소비가 마련한 식단을 철저하게 지키고, 후원까지 걸어가 산책하는 일도 절대 거르지 않았다. 심지어 눈이 펑펑 내리는 날도 후원으로 거둥하길 주저하지 않았다. 그 덕에 심씨는 넷째 아들 구(임영대군)를 순산했다.

심씨가 구를 낳은 날은 상왕과 대비가 낙천정으로 떠난 후 이틀이 지난 1월 6일 밤이었다. 밤새 함박눈이 펑펑 내리다 동이 틀 무렵에 그쳤는데, 그 순간에 심씨의 진통이 시작되었다. 하지만 진통은 오래가지 않았다. 진통이 시작된 지 채 일각도 되지 않아 우렁찬 울음소리와 함께 구가 세상에 나왔다.

그렇듯 심씨가 무사히 출산한 뒤, 소비는 이레를 더 산실청에 머물다 급히 주상의 호출을 받고 낙천정으로 갔다. 대비 민씨가 친정어머니인 삼한 국대부인 송씨의 생일을 맞아 헌수하기 위해 도성으로 들어오려 했다. 민씨가 도성으로 돌아오는 것에 대해 상왕과 주상은 반대했지만, 민씨는 이번에 친정어머니를 만나지 못하면 다시는 뵙지 못할 것이라며 뜻을 굽히지 않았다. 그래서 주상은 급히 소비를 호출하여 민씨의 상태를 자세히 살펴달라고 했다.

"거둥하셔도 되겠느냐?"

"거둥하시기엔 무리가 있습니다만, 워낙 의지가 강하셔서……."

대비 민씨의 건강 상태가 좋지는 않았다. 하지만 친정어머니를

만나야 한다는 민씨의 의지가 너무 강해 만류하는 것이 불가능
했다.

민씨는 도성으로 돌아온 뒤, 넷째 딸 정선공주의 집에서 이틀을
머무른 뒤, 친정집으로 향했다. 민무구를 비롯한 네 아들이 모두
상왕이 내린 사약을 받고 죽은 터라 친정집엔 송씨 홀로 지내고 있
었다. 그렇듯 송씨가 남편도 죽고 자식도 잃은 애처로운 신세였기
때문에 민씨는 친정어머니를 더욱 불쌍하게 여기고 만나기를 소원
했던 것이다.

민씨는 어머니 송씨를 보자마자, 눈물을 줄줄 흘리며 얼싸안고
통곡했다.

"불효막심한 이 딸년이 궁궐로 들어갈 욕심을 부리지만 않았어
도 어머니께서 이렇게 외롭게 사시지는 않았을 터인데……."

민씨는 넋두리를 늘어놓으며 온 얼굴에 눈물이 범벅이 된 채 통
곡했다. 어머니 송씨가 여러 말로 토닥거려봤지만 아무 소용이 없
었다.

"사위 하나 잘못 들여 이게 다 무슨 꼴입니까? 이 딸년이 과욕
을 부려 본방(친정)은 풍비박산이 나고 아우들은 모두 구천을 떠도
는 귀신이 되어 늙은 어머니께서 의탁할 곳도 없이 홀로 지내는 신
세가 되었으니, 이 불효막심한 딸년은 저승에 가서 아버님 뵐 낯이
없게 되었습니다."

그런 말들을 쏟아내며 통곡을 이어가던 민씨는 뒤에서 민망스러
운 표정으로 서 있던 상왕 이방원을 원망어린 시선으로 노려보더
니 갑자기 벌떡 일어섰다. 그리고 기어코 상왕에게 달려들어 멱살

을 움켜쥐고 소리쳤다.

"모든 것이 이방원 네놈 탓이다. 네놈이 내 아우들을 모두 죽였지? 나쁜 놈아! 배은망덕한 놈아! 악귀 같은 놈아! 죽어라 이놈! 너도 죽어라 이놈아! 무슨 낯짝으로 여길 와? 여길 오냐구!"

너무 순식간에 벌어진 일이라 말릴 틈도 없었다. 주상은 당황하여 어쩔 줄을 몰랐고, 상왕은 민씨의 손아귀에서 벗어나기 위해 안간힘을 쓰고 있었다. 하지만 쉽사리 민씨를 떨쳐내지 못했다. 워낙 악을 쓰며 죽을힘을 다해 달라붙는 터라 쉽게 떼어놓을 수가 없었다. 그러다 상왕의 용포가 찢어지고 말았고, 그 바람에 상왕이 분을 참지 못하고 민씨를 강하게 뿌리쳤다. 그런데 그렇듯 악을 쓰던 민씨는 한순간에 상왕의 손에 밀려 힘없이 뒤로 나뒹굴어졌다.

소비는 그들이 뒤엉켜 싸우는 것을 바라보며 하늘이 그들을 단죄하는 것이라고 생각했다. 수많은 사람을 죽이고 용상을 차지한 대가를 치르는 것이라고 생각했다. 그러면서 속으로 이렇게 뇌까렸다.

'어머니, 보고 계시나요? 하늘이 원수들을 단죄하는 것이 보이시나요?'

그렇듯 소비가 먹먹한 마음으로 서 있는데, 주상이 대비 민씨를 안고 소리쳤다.

"어서 어마님을 안으로 모셔라!"

궁녀들이 달라붙어 민씨를 방으로 옮기느라 야단법석이었다. 그때서야 소비는 퍼뜩 정신을 차리고 방으로 뛰어들었다.

대비의 상태는 자못 심각했다. 평소엔 혼자 제대로 일어서지도 못하는 몸으로 그렇듯 악다구니를 쓰며 기운이란 기운은 모두 쏟아냈으니 쓰러지지 않는 것이 더 이상했다. 더구나 상왕이 거세게 뿌리치는 바람에 넘어지면서 땅에 뒤통수를 찧기까지 했다.

민씨의 얼굴은 핏기를 완전히 잃고 파랗게 변해가고 있었다. 무엇보다 의식을 깨우고 체온을 되돌려놓는 것이 급선무였다. 소비는 일단 사향 가루를 코에 발라 숨을 자극하고, 이어 청심원을 으깨어 민씨의 입에 넣어 삼키게 했다. 그리고 침으로 몇 군데 혈을 찌르고 배에 뜸을 떴다. 그러자 민씨는 낮은 신음소리를 쏟아냈다.

"회복하신 것이냐?"

주상이 사색이 된 얼굴로 물었다.

"안색은 돌아오고 있습니다."

주상은 자그맣게 안도의 한숨을 쏟아냈다. 하지만 안심하기엔 아직 일렀다. 민씨의 호흡이 거칠었고, 맥도 가늘었다.

"언제쯤 깨어나시겠느냐?"

"아직 장담할 순 없습니다. 워낙 원기가 없으셔서 우선 탕약을 올린 뒤, 경과를 지켜봐야 할 것 같습니다."

다행히 소비가 올린 탕약을 먹고 민씨는 의식을 회복했다. 그런데 사랑채에서 급히 소비를 호출했다.

사랑채엔 상왕이 누워 있었다. 상왕은 아귀처럼 달려든 민씨의 손아귀를 떼어내느라 순간적으로 너무 과하게 힘을 썼던 모양이다.

"갑자기 현기증이 나고 몸이 떨리더니, 이젠 숨쉬기도 괴롭구나."

상왕은 숨을 거칠게 몰아쉬고 있었다. 이미 왜국 승려 출신 의원인 평원해가 침과 뜸을 놓고 청심원까지 사용했지만 상왕의 상태가 별로 호전되지 않았다고 했다.

소비는 처음엔 순간적으로 힘을 잘못 사용하여 생긴 일시적인 병증으로 생각했다. 하지만 막상 맥을 잡아보고는 생각이 달라졌다. 중풍맥이었다. 거기다 불규칙적이고 급하고 빠르게 뛰었다. 만약 이 상태에서 발병을 한다면 심각한 상황으로 치달을 수 있다는 뜻이었다.

소비는 잠시 상왕의 인중을 손가락으로 두드린 뒤, 침을 놓았다. 그리고 참기름 한 홉에 사향소합원 환을 으깨어 마시게 했다. 중풍 초기에 쓰는 응급약이었다. 이후 머리의 중풍혈에 침을 놓았더니, 상왕의 상태가 호전되었다. 현기증도 사라지고 몸 떨림이나 호흡 곤란도 멈췄다.

"오호, 너의 의술이 신통하구나."

상왕이 몸이 한결 가벼워졌다면서 덧붙인 말이었다.

"이제 완쾌되신 것이냐?"

상왕이 드러누웠다는 소리를 듣고 안채에서 달려온 주상이 물었다. 하지만 소비는 중풍에 대해선 언급하지 않았다. 아직 초기인데다 군이 주상을 걱정시킬 필요는 없다고 생각했다.

"갑자기 황망한 일을 당하셔서 몇 군데 혈이 막혔던 것뿐이옵니다. 막힌 혈을 뚫었으니 이제 괜찮을 것입니다."

그러면서 소비는 상왕의 맥을 다시 한번 짚어보았다. 미약하지만 여전히 중풍맥이 잡혔다. 그대로 두면 머지않아 발병할 가능성이 높았다. 하지만 당장은 별달리 조치할 것이 없었다. 무리하지 않고 찬바람만 조심한다면 피해 갈 수도 있는 상태였다.

"한기를 조심하셔야 하겠습니다. 혹여 종기가 생길 시엔 더욱 한기를 조심하셔야 합니다."

그런 당부를 남기고 안채로 돌아가니, 민씨가 의식을 회복하고 죽을 먹고 있었다. 죽을 다 먹은 뒤에 소비가 민씨의 맥을 짚어보았더니, 안정을 되찾은 상태였다. 하지만 몸속에서 자라나고 있는 적취의 상태는 여전히 악화일로에 있었다. 아무리 섭생을 잘 한다고 해도 민씨의 명줄은 여름을 넘기기 쉽지 않다고 판단했다. 하지만 소비는 전혀 내색하지 않았다. 이미 손쓸 방도도 없는데 괜히 병자를 자극해서 좋을 것이 없었기 때문이다.

민씨는 친정집에 이틀을 더 머물다 낙천정으로 돌아갔다. 물론 소비도 동행했다. 왕비 심씨를 더 돌봐야 한다는 핑계를 대고 산실청으로 돌아갈 수도 있었지만, 소비는 그렇게 하지 않았다.

소비는 민씨의 마지막을 자신의 눈으로 직접 확인하고 싶었다. 자신의 손으로 부모의 원수를 갚을 순 없었지만 적어도 하늘이 그녀에게 내린 단죄 현장만이라도 직접 지켜보고 싶었다.

소비의 예상대로 민씨는 여름의 무더위를 이겨내지 못했다. 7월에 이르러 온몸에 열이 나서 심각한 학질 증세를 보이기 시작하더니 더이상 사지를 움직이지 못했다. 그런 상태가 며칠 지속된 뒤에는 말을 하지 못했다. 하지만 말도 듣고 사람도 알아보았다.

임종이 머지않았다고 판단한 상왕은 급히 민씨를 창덕궁으로 옮기게 하였다. 창덕궁 서별실로 옮겨졌을 때 민씨는 더이상 사람을 알아보지 못했다. 그리고 이틀이 지나자 눈도 뜨지 못했다. 하지만 여전히 귀는 들리는 상태였다. 소비는 민씨와 단둘이 있을 때, 그녀의 귀에 대고 이렇게 속삭였다.

"죽기 전에 마음으로라도 죄 없이 죽은 사람들에게 용서를 비소서. 대비께서 죽게 만드신 수많은 사람들 중에는 소인의 아비와 어미도 있습니다. 제발 그분들께도 용서를 비소서."

닷새 뒤에 민씨는 숨을 거뒀다. 소비는 그녀가 숨을 거두는 순간을 눈을 부릅뜨고 목도했다. 그리고 대비 민씨의 국상이 시작되자, 궁궐에서 나온 소비는 홀로 생모의 돌무덤을 찾아가 소리 내어 엉엉 울었다.

9. 사생결단

중례는 잰걸음을 치다 광통교가 보이자 육조 거리를 향해 뛰기 시작했다. 전의감에서 시행한 초시에서 중례는 18명의 합격자에 들었다. 이제 9명을 뽑는 복시에 합격하면 의관이 되는 것이었다.

의술을 익힌 이후 3년을 기다린 끝에 작년 기해년(1419년) 가을에 초시를 치러 통과했고, 올해 경자년(1420년) 식년을 맞아 복시를 치렀다. 그리고 마침내 예조에 복시 합격자 방이 붙는 날이었다.

광통교를 건넌 중례가 육조 거리에 들어서자, 사람들이 몹시 붐볐다. 관청마다 사람들이 긴 줄을 형성하고 있는데다, 오가는 군중도 유난히 많았다. 무과와 잡과의 최종 합격자 방이 붙는 날이었기 때문이다. 특히 의과, 천문과, 역과, 율과, 지리과 등 잡과 합격자 방이 한꺼번에 붙는 날이라 예조 앞에는 사람들이 떼로 몰려 있었다.

"이럴 줄 알았으면 좀더 일찍 집을 나설걸……."

중례는 군중을 헤집고 예조 앞으로 달려가며 뇌까렸다.

중례와 재희는 지난해 7월에 서활인원에서 나와 서소문 밖에 별도의 살림을 냈다. 중례가 거제도에서 돌아왔더니, 재희가 함께 살 집이 생겼다며 무척 좋아했는데, 알고 보니 중례가 거제도에 내려간 사이 오치수가 재희에게 집을 마련해준 것이었다. 비록 초가집이었지만 담장과 대문까지 제대로 갖추고 마당에 텃밭까지 딸린 제법 어엿한 살림집이었다. 가운데 대청을 둔 본채는 좌우에 방이 셋이나 되는데다 부엌과 헛간까지 연결되어 있었고, 대문 옆에는 두 칸에 불과했지만 행랑채까지 있는 서른 칸 남짓한 규모였다.

중례는 오치수가 마련해준 그 집에 사는 것이 꺼림칙하였지만 재희가 워낙 마음에 들어 하는 터라 그냥 눌러살기로 하였다. 어차피 호랑이 굴로 들어가기로 마음먹은 이상 더이상 오치수를 멀리할 이유가 없다는 생각도 하였다.

중례의 집에서 광통교까지는 건장한 사내의 걸음으로도 한 시진은 족히 걸리는 거리였다. 중례는 그 길을 잰걸음으로 걷기도 하고 뛰기도 하였기에 숨이 턱밑까지 차올라 있었다. 날씨도 몹시 더웠다. 음력 5월이라 더위가 한창 기승을 부리고 있었다. 광통교에서 육조 거리로 가는 도상을 가득 메운 군중 사이를 헤집고 가자니 땀이 비 오듯 하였다. 그리고 가까스로 육조 거리 초입에 있는 공조 정문 앞에 이르렀을 때였다. 뒤에서 누군가가 어깨를 툭툭 치며 말을 붙였다.

"자네 기다린다고 새벽부터 여기 서 있었는데, 이제 오면 어떻게 하나?"

유영교였다.

"냉수부터 쭉 들이켜. 그렇게 땀을 많이 흘려서야 어디 자네 이름 석 자 확인이나 하겠는가?"

유영교가 물통을 내밀었다.

"한성부 우물에서 갓 길어 온 물일세. 내가 자네한테 이 냉수를 주려고 몇 번이나 두레박을 끌어올렸는지 아나?"

"고맙습니다."

중례는 벌컥거리며 물통을 다 비웠다. 중례가 물통을 내려놓자, 유영교가 심술궂은 표정으로 말했다.

"너무 실망하지 말어. 의과 취재야 3년만 더 기다리면 또 볼 수 있는데, 뭘."

"무슨 말씀이세요?"

"내가 합격자 명단을 모두 살펴봤는데, 아무리 찾아봐도 자네 이름은 없었어."

"네?"

그 소리에 중례는 허물어지듯 제자리에 털썩 주저앉았다.

상례를 거제도 산기슭에 묻고 나서 한동안 넋을 잃고 지내다가 가까스로 몸을 추스르고 일어나 한을 품고 준비한 것이 의과 취재였다. 의술이 부족하여 죽어가는 아우를 살려내지 못했다는 죄책감에 치를 떨며 의관이 되기로 결심한 터였다. 의관이 되면 내약방 서고에 있는 수많은 의방 비서를 마음껏 익혀 다시는 사랑하는 사람을 죽게 내버려두지 않겠다고 다짐하고 또 다짐했었다. 그런데 낙방이라니. 중례는 하늘이 무너지는 것 같아 정신이 아뜩하고 눈물이 마구 솟구쳤다. 그래서 퍼질러 앉아 소리 내어 엉엉 울 참이었다.

그러자 유영교가 당황한 얼굴로 소리쳤다.

"미, 미안하네. 내가 자네 좀 놀려보느라 농을 좀 했네. 자네가 이렇게까지 절망할 줄은 미처 몰랐네. 미안하네, 미안해. 자네 안 떨어졌어. 자네 붙었다구. 그것도 장원이네, 장원."

그 소리에 중례는 벌떡 일어나 합격자 방문이 붙어 있는 예조 담벼락을 향해 마구 뛰어갔다. 예조는 공조, 형조, 병조, 사헌부, 중추부를 거쳐 삼군부와 함께 맨 안쪽에 있었다. 사람들이 워낙 많아 접근이 쉽지 않았지만, 중례는 사람들을 이리 밀치고 저리 밀치며 가까스로 합격자 명단 앞에 섰다.

유영교의 말대로 장원이었다. 합격자 명단의 최상단에 '노중례' 세 글자가 또렷하게 보였다. 중례는 자신의 이름을 몇 번이고 확인했다.

"내 말이 맞지? 자네가 장원이잖아, 장원."

어느새 뒤따라온 유영교가 중례의 어깨를 툭툭 쳤다.

"나는 자네가 해낼 줄 알았네."

유영교는 중례의 손을 끌어당겼다.

"자, 가세."

유영교는 중례를 광통교 근처 청계천 북쪽의 한 주점으로 이끌고 갔다.

"오늘은 내가 살 것이니, 맛있는 요리도 먹고, 술도 마시고, 제대로 한번 놀아보세. 경사 아닌가, 경사. 세상에 이렇게 좋은 날이 또 어디 있겠는가? 이런 날 낮술을 먹는 거지, 안 그런가? 노의관!"

중례는 너무 기쁜 나머지 유영교가 부어주는 술을 사양하지 않고 마셨다. 술이 들어가자, 그간에 마음에 담고 있던 말들을 자기도 모르게 술술 쏟아냈다. 그러다 한순간 하늘이 빙글빙글 돈다 싶더니 갑자기 탁자에 코를 박고 쓰러졌다. 원체 술이 약한데다 아침 일찍 끼니도 제대로 챙겨 먹지 않고 온 터라 술기운이 더 빨리 돌았던 것이다.

정신없이 쓰러져 자던 중례가 눈을 떴을 땐, 이미 해가 서녘으로 기울어져 있었다. 그가 누워 있던 곳은 주점 뒤뜰 나무 그늘 밑에 놓인 평상이었다.

"노의관, 이제 정신이 좀 드는가?"

"아, 네."

"이 사람아, 사내대장부가 그렇게 술이 약해서 어데 쓰겠나?"

중례는 여전히 정신이 몽롱하였다.

"정신 좀 들었으면, 이제 이 말을 해도 되겠구만."

"무슨 말인데요?"

"거 왜, 자네 작년에 거제도 내려가기 전에 흉측한 시신 하나 보지 않았는가?"

"아, 네……. 눈알이 달아나고 양물이 송두리째 잘려나간 그 시신 말입니까?"

"그렇지. 그런데 자네가 떠나고 두어 달쯤 뒤에 그 시신의 신원이 밝혀졌거든."

"그래요? 그게 누군데요?"

"동소문 밖에 살던 진사 안광길이라는 자로 밝혀졌어."

"진사라면 양반 아닙니까?"

"양반이지. 그것도 제법 떵떵거리는 부잣집 양반이라네."

"아니, 그런 분이 왜 그 꼴을 당했을까요?"

"그런데 이상한 것이 있어."

"이상한 것이라뇨?"

"아무래도 이 사건에 정충석이란 놈이 관련되어 있는 것 같단 말이야."

"정충석이라면 정재술의 서자 말입니까?"

"그렇지. 바로 자네 집안을 풍비박산 낸 바로 그 정충석이 놈 말이야."

중례는 갑자기 술이 확 깨는 것 같았다.

"정충석이 이 사건과 어떻게 엮여 있는데요?"

"청계천 유곽에 계궁선이라는 기생이 하나 있는데 안광길이 몹시 좋아했거든. 그런데 공교롭게도 정충석도 계궁선을 탐내고 있었던 거야. 그래서 안광길과 정충석이 모두 계궁선을 첩으로 들이려고 혈안이 되었었는데, 그런 와중에 안광길이 그런 꼴을 당한 거지."

"그러면 계궁선은 지금 어디 있습니까?"

"어디 있긴, 정충석의 후원 별당을 차지하고 있지."

"그러니까 정충석이 계궁선을 차지하기 위해 안광길을 죽였다는 말이지요?"

"그렇지. 내가 처음부터 뭐라고 했어. 이 사건은 분명히 계집을 사이에 둔 치정 살인이라고 했잖은가?"

"그렇다면 정충석을 잡아들였나요?"

"아니."

"왜요?"

"물증이 없어. 정충석이 안광길을 죽였을 것 같은 생각은 드는데, 아무리 캐어봐도 아무런 물증이 잡히지 않아. 그렇다고 무턱대고 정충석을 범인으로 지목할 수도 없고……. 혹 잘못 건드렸다간 오히려 내가 당하기 십상이거든. 만약 물증만 잡을 수 있다면 정충석을 한 방에 보낼 수도 있을 텐데 말이야. 이제 정재술 대감도 죽고 없으니, 잘만 하면 정충석을 요절낼 수 있지 않을까?"

정재술이 죽은 것은 올봄이었다. 작년 여름부터 거동을 못하고 누운 채로 명줄만 이어가더니, 해를 넘기고 봄이 한창 무르익었을 때 마침내 숨을 거뒀다. 오희묵은 정재술의 부고를 전하면서 걱정이 태산인 얼굴이었다. 정충석의 망나니 행각이 더욱 심해질 것인데, 어떻게 감당해야 할지 모르겠다는 것이었다. 하지만 아들 오희묵과 달리 아버지 오치수의 태도는 전혀 달랐다. 자신이 오랫동안 모시던 상전이 죽었음에도 슬픈 기색 하나 보이지 않았다. 오히려 정재술의 죽음을 기다리기라도 했던 양 입가에 묘한 웃음까지 물면서 정충석에 대한 두려움으로 어두운 얼굴을 하고 있던 희묵에게 이런 말을 했다고 했다.

"늙은 여우보다는 마구 날뛰는 망나니를 다루는 게 쉽지 않겠니?"

그런 오치수의 말을 전해듣자, 중례는 어쩌면 오치수와 정충석 사이에 한판 큰 싸움이 벌어질 것 같은 느낌이 들었었다.

"잘만 하면 물증을 얻을 수도 있을 것 같습니다."

"그래? 어떻게 말인가?"

"정재술이 죽고 나서 오치수와 정충석이 시전의 상권을 서로 차지하기 위해 다투고 있는 것 같습니다. 그러니 그들 둘 관계를 잘 이용하면 뭔가 나오지 않겠습니까?"

"오, 만약에 둘 사이가 틀어졌다면 그럴 수도 있겠어. 그리고 정충석과 관련된 일이 한 가지 더 있네."

"한 가지 더요?"

"국무당 가이 사건도 정충석 짓이 아닌가 싶어."

"네? 정말입니까?"

"들리는 소문에 의하면 국무당의 딸 소비를 정충석이 첩으로 앉히려 했는데, 국무당이 말을 듣지 않았다는 거야. 그래서 정충석이 국무를 불러 죽이겠다고 협박을 하며 노발대발한 적이 있다는데, 아무래도 그것이 마음에 걸려. 정충석은 자기 말을 어기는 것을 절대 용납하지 않는 놈이거든."

정충석이 소비의 어머니인 국무를 죽였을 것이란 말에 중례는 이번 기회에 정충석을 반드시 요절내고 말겠다는 생각을 더욱 굳혔다. 소비가 어머니를 잃고 몇 달 동안 집안에 박혀 꼼짝도 하지 않았다는 말을 재희로부터 전해듣고는 중례도 마음이 무척 아팠다. 그래서 몇 번이나 소비를 만나 위로의 말이라도 전하려 했지만 궁궐 안에 있는 그녀를 만날 방도가 없었다.

"정충석 이놈, 내 반드시 너를 죽인다!"

중례는 어금니를 질끈 깨물었다.

며칠 뒤, 중례는 오치수를 찾아갔다. 명목은 의과 장원 소식을 전한다는 것이었지만 속내는 따로 있었다. 자신의 짐작대로 오치수와 정충석의 관계가 틀어졌는지 은근히 떠보려는 것이었다. 오희묵을 통해 정재술이 죽은 이후에 오치수와 정충석의 관계가 예전 같지 않다는 말은 들은 터였다. 하지만 오치수는 속에 능구렁이를 몇 마리나 품고 있는 늙은이였다. 아들 오희묵에게도 속을 드러내지 않을 정도였다. 그래서 중례는 오치수를 직접 만나 그의 속내를 알아보려 했다.

오치수는 중례를 보자마자, 한바탕 칭송을 늘어놓았다.

"축하하네. 의과 장원을 했다니, 역시 자네는 대단해. 내가 사람 하나는 제대로 본 것이지."

"모두 대행수님의 배려 덕분입니다."

"무슨 소리? 자네가 그동안 피나는 노력을 한 덕분이지."

그렇듯 환담을 주고받던 중에 중례는 자못 심각한 얼굴로 이런 말을 슬쩍 내뱉었다.

"그런데 대행수님, 이상한 소문을 들었습니다."

"이상한 소문이라니?"

"시전의 큰손이라는 정충석이 사람을 죽였다는 말을 들었습니다."

"그런 소문을 어디서 들었는가?"

"일전에 한성부에 들렀는데, 전부터 잘 아는 나장이 은밀히 일러준 말입니다. 그래서 혹 대행수님께 화가 미치지 않을까 염려스러워 드리는 말씀입니다."

그러자 오치수가 피식 웃었다.

"자네가 잘 안다는 나장이 혹 유영교인가?"

그 물음에 중례는 당황하여 말을 얼버무렸다.

"아, 아니……."

"유영교 그놈, 아직도 정신을 못 차렸나보군. 한 번 혼이 났으면 함부로 덤비지 말아야지. 그야말로 하룻강아지 범 무서운 줄 모르는 자로군."

그 말을 듣자, 전에 유영교가 육의전 뒷골목에서 괴한들에게 습격을 당해 크게 다쳤었다는 말이 떠올랐다.

"나야 겁 좀 주는 걸로 끝냈지만, 정충석은 달라. 쥐도 새도 모르게 죽기 십상이야."

오치수가 입가에 엷은 미소를 물고 잠시 중례를 물끄러미 쳐다보았다. 마치 모든 것을 다 알고 있다는 표정이었다. 순간, 중례는 등골이 서늘하였다.

하지만 오치수는 이내 표정을 바꾸며 온화한 말투로 물었다.

"유영교와 친한가?"

"네, 제겐 친형님 같은 사람입니다."

그러자 오치수는 입을 다물고 눈을 감은 채 아무 말도 하지 않았다. 잠깐이나마 방안에 무거운 정적이 흘렀다. 그리고 오치수가 입을 열었다.

"그렇다면 유영교를 죽게 내버려둘 순 없지 않겠는가?"

"설마, 그런 일이 있겠습니까?"

"정충석은 설마가 통하지 않는 위인이야."

"그, 그러면……."

"뭘 망설이는가. 이 길로 달려가서 유영교에게 알려야지. 정충석이 목숨을 노리고 있다고."

중례는 그길로 오치수의 집을 빠져나와 한성부로 달려갔다.

"제발, 제발……."

중례는 유영교에게 제발 아무 일도 없기를 빌고 또 빌며 뛰었다.

중례가 온몸이 땀으로 범벅이 된 채 한성부에 도착했을 때, 유영교는 보이지 않았다. 그래서 서리 서달수를 찾아가 물었다.

"유나장님 못 보셨나요?"

"그렇지 않아도 등청을 하지 않아 집에 사람을 보냈더니, 어제 등청한 뒤 밤에 안 들어왔다는 거야. 그래서 나도 궁금해하고 있던 참일세."

중례는 다리에 힘이 풀려 털썩 주저앉고 말았다.

"왜 그러나? 무슨 일이 있는가?"

"아무래도 유나장님에게 무슨 일이 벌어진 것 같습니다."

"무슨 일이라니?"

하지만 그 물음에 중례는 마땅히 대답할 말이 없었다.

"아, 아닙니다."

중례는 다시 오치수의 집으로 달려갔다. 유영교를 구해줄 수 있는 인물은 오치수밖에 없다는 생각이었다.

하지만 오치수는 출타하고 없었다. 그래서 중례는 오희묵의 점
포로 달려갔다.

"형님, 혹 대행수님께서 어디 가셨는지 알 수 있겠습니까?"

작년부터 두 사람은 호형호제하는 사이가 됐다. 물론 오희묵이
먼저 의형제를 맺자고 제의했고, 중례가 받아들였다.

"아우, 무슨 일인가?"

오희묵은 온몸이 땀으로 뒤덮인 채 숨을 헐떡이는 중례를 아래
위로 훑으며 놀란 표정으로 되물었다.

"제가 꼭 부탁드릴 일이 있어서……."

"아버지는 서강 나루에 가셨는데, 밤이나 되어야 돌아오실 것이
네만……."

"밤에요?"

"도대체 무슨 부탁인가? 내게 말해보게."

오희묵은 중례의 소매를 끌며 점포 뒷방으로 데려갔다. 그리고
냉수 한 사발을 내놓았다. 중례는 냉수를 벌컥벌컥 들이켠 뒤에 한
숨을 한 번 길게 쏟아내고는 자초지종을 늘어놓았다.

"그러니까, 자네 말은 포도 나장 유영교가 정충석에 의해 쥐도
새도 모르게 죽었을 것이다 이 말인가?"

"대행수님 말씀이 그렇다는 겁니다."

"아버지 말이 그랬다면 이미 일이 벌어졌을 거야. 정충석 그놈
이 마음먹었다면 사람 하나 죽이는 것은 일도 아니니까."

"혹 유나장님이 잡혀 있을 만한 곳을 모르십니까?"

오희묵은 잠시 뜸을 들이더니 말했다.

"사실, 두어 달 전부터 내가 정충석 뒤에 사람을 하나 붙여뒀거든."

"정충석을 감시했다는 말이에요?"

"감시는 아니고, 하도 엉뚱한 짓을 해대니 불안해서 견딜 수가 있어야지. 그래서 그냥 정충석이 무슨 짓을 하는지 좀 살피려고……. 어쨌든 그자를 한번 만나보세."

"그자가 어디 있는데요?"

"따라오게. 마침 오늘 만나기로 되어 있거든."

오희묵은 시전 뒤쪽의 허름한 민가로 중례를 이끌고 갔다.

"무술이 출중하고 눈치도 빠른 자네. 자네는 모르겠지만, 힘 좀 쓰는 자들도 그 사람 이름만 들으면 슬슬 피하지."

"이름이 뭔데요?"

"마인국이라는 사람인데, 몇 년 전에 갑자기 한성에 나타난 자야. 한땐 삼군부에 있었다고도 하고, 삼봉의 호위 무사였다고도 하는데, 다 뜬소문이니 알 수 없는 일이지. 어쨌든 일 하나는 똑 부러지게 잘한다네."

마인국은 머리에 이미 하얗게 서리가 내린 중늙은이였다. 하지만 체구가 좋고 눈빛이 예사롭지 않았다.

"혹 서활인원의 노의원 아니오?"

마인국이 중례를 보더니 먼저 알아보고 물었다.

"그렇소만, 어떻게 저를 아십니까?"

"아니오. 그저 명성을 듣고……."

마인국은 말을 얼버무렸다. 그리고 유영교를 찾는다는 소리를 듣고 오희묵에게 말했다.

"이 일은 별건이니 별도로 중국 은자 다섯 냥을 준비하시오."

오희묵이 고개를 끄덕인 후, 물었다.

"유나장은 살아 있소?"

"장담하지 못하오."

중례가 그 말에 불안한 표정으로 물었다.

"그러면 이미 놈들이 나장님을 죽였단 말이오?"

"그건 모르겠소. 어쨌든 한 시진 뒤에 여기서 봅시다. 살아 있는 몸이든, 시신이든 반드시 데려오겠소."

그렇게 훌쩍 나간 마인국은 정말 한 시진 뒤에 돌아왔다.

"어떻게 됐습니까? 유나장을 구했습니까?"

중례의 급한 물음에 마인국이 냉정한 태도로 말했다.

"우선 은자를 주시오."

오희묵이 은자 다섯 냥을 내밀자, 그때서야 마인국은 유영교가 있는 곳을 알려줬다.

"살아 있습니까?"

"부상이 제법 심하지만, 살아 있소."

마인국은 그 말을 끝으로 훌쩍 가버렸다. 마인국의 말대로 유영교는 부상이 심해 운신을 제대로 하지 못했다. 다리 한쪽은 뼈가 부서졌고, 양쪽 팔에는 칼에 베인 상처가 여러 군데 있었다. 또한 얼굴은 만신창이였다. 눈이 너무 부어서 사람 얼굴을 제대로 알아보지도 못했다. 하지만 그래도 의식은 명료한 편이었다.

"중례, 자넨가?"

"네, 저 중례입니다. 알아보시겠습니까?"

"자네가 어떻게 알고 나를……."

유영교는 기어코 혼절하고 말았다. 정신력으로 버티고 있다가 기어코 정신 줄을 놓고 만 것이다. 중례는 우선 지혈제를 뿌리고 응급조치를 한 뒤, 유영교를 깨웠다. 다행히 조금 뒤에 유영교가 정신을 차렸다. 중례는 우선 유영교에게 죽을 쑤어 먹이고, 탕약을 달여 먹였다. 그렇게 사흘을 정성껏 치료했더니 겨우 몸을 일으켰다. 그래서 유영교를 서활인원 별청으로 옮겼다. 그나마 가장 안전한 곳이 그곳밖에 없었다. 마침 탄선도 지방에 출타하고 없어서 별청이 비어 있었다.

"어떻게 된 겁니까?"

중례가 유영교에게 당시 상황을 물으니, 유영교가 기억을 더듬었다.

"일을 마치고 집으로 가는데, 몇 놈이 갑자기 덮쳤어. 모두 단도를 들고 있었는데, 한참을 싸웠지. 그러다 한순간에 머리를 맞고 쓰러졌는데, 그다음부터는 기억이 안 나. 정신을 차리고 보니까, 머리에 검은 두건을 씌워놓았고, 입에는 재갈이 물려 있고, 몸은 밧줄에 묶인 상태였어. 이후 마구잡이로 정신없이 맞았지. 그래서 또 정신을 잃었는데, 얼마나 지났는지 알 수 없었어. 그런데 갑자기 잠시 무슨 싸우는 소리가 나더니, 누군가 나를 구해줬어. 그게 다야."

"정충석이 한 짓입니다."

"정충석이?"

"네, 그놈들은 정충석의 부하들일 겁니다."

"그런데 자네는 어떻게 나를 찾아냈는가?"

"차차 말씀드리겠습니다. 우선 몸을 회복하는 데 주력하십시오."

"한성부와 집엔 연락을 해줬는가?"

"아직 안 했습니다."

"왜?"

"놈들이 또 무슨 짓을 할지 모르잖아요. 그러니 다 나을 때까지는 여기 숨어서 지내세요."

그렇듯 중례가 유영교를 숨겨놓고 치료하고 있는데, 오치수가 사람을 보내 중례를 불렀다. 중례를 보더니 오치수가 물었다.

"유영교는 무사한가?"

"네, 겨우 목숨은 구했습니다."

"다행이군. 하지만 안심하지 말게. 정충석이 살아 있는 한 유영교가 무사하긴 힘들 거야. 또 자네가 유영교를 구한 것을 알면 자네 역시 그냥 두지 않을 걸세."

그 말을 듣자, 중례는 약간 겁이 났다. 오치수의 말이 결코 빈말이 아니란 것을 잘 알고 있었기 때문이다. 하지만 이미 쏟아진 물이었다. 사생결단할 수밖에 없는 일이었다.

오치수가 잔뜩 굳어 있는 중례의 표정을 가만히 살폈다.

"자네가 죽지 않으려면 적을 먼저 죽여야 하지 않겠는가?"

중례도 어금니를 꽉 깨물었다.

"그래야지요."

"그런데 적을 죽일 방도는 있는가?"

"……."

"하긴, 한낱 힘없는 관노 신세인 자네가 무슨 수로 정충석 같은 자를 상대할 수 있겠는가?"

듣고 보니, 맞는 말이었다. 마음 같아선 단번에 달려가 요절을 내고 싶었지만, 그게 어디 마음대로 될 일인가. 중례는 자기도 모르게 깊은 한숨을 쏟아냈다.

"하지만 전혀 방도가 없는 것은 아니지."

"혹 좋은 방도라도……."

"물증을 찾아내면 되지."

"어떤 물증을 말씀하시는 건지요?"

"정충석이 사람을 죽였다는 물증 말일세."

하지만 중례는 아무리 생각해도 정충석이 살인을 했다는 물증이 무엇인지 떠오르지 않았다. 중례가 잠시 생각에 잠긴 사이 오치수가 말을 이었다.

"정충석이 계궁선을 차지하려고 안광길을 죽였는데, 그때 정충석은 안광길의 눈알을 파내고 양물과 양쪽 손가락도 잘라냈지."

"그러니까 안광길의 눈알과 생식기, 그리고 손가락을 찾아내면 된다 이 말씀입니까?"

"그렇지."

"이미 어디 파묻었거나 썩어 없어졌을 텐데, 그것들을 어떻게 찾아냅니까?"

"천만의 말씀, 정충석은 절대 그것들을 버릴 놈이 아니지. 어딘가에 잘 보관하고 있을 게야. 놈에겐 승리의 전리품이거든."

"하지만 설사 정충석이 그것들을 보관하고 있다고 하더라도 어떻게 그것을 찾아내겠습니까?"

그 말에 오치수가 빙긋이 웃었다. 그리고 문서 같은 것을 하나 내밀었다.

"이것을 가져가서 면밀히 살펴보게."

오치수가 내준 것은 정충석의 집안을 그린 도면이었다. 도면을 살피던 중례는 오치수가 일부러 찍어놓은 붉은 점을 발견했다.

"이 붉은 점이 있는 곳에 안광길의 눈알과 생식기, 그리고 손가락이 묻혀 있다는 것이겠지?"

중례는 곧 그것을 들고 유영교에게 갔다.

"정말 이 붉은 점이 있는 곳에 그것들을 숨겨뒀을까?"

유영교는 믿지 못하겠다는 표정을 지었다.

"혹 이것이 함정일 수도 있지 않겠는가?"

유영교의 말에도 일리가 있었다. 중례 역시 오치수의 태도가 석연치 않다고 생각했다.

"워낙 교활한 자라 저도 선뜻 믿음이 가지 않습니다만······. 그래도 다른 방도가 없지 않습니까?"

유영교는 한동안 뭔가 골똘히 생각하더니 말했다.

"안 되겠네, 나를 한성부로 데려다주게. 판관 나리를 만나야겠네."

"이 몸으로 뭘 하시려고요?"

"내게 생각이 있어. 날 한번 믿어봐."

중례는 여러 말로 유영교를 만류했지만, 유영교는 기어코 한성부로 가서 판관 윤동진을 만났다. 윤동진은 만신창이가 된 유영교를 보더니 깜짝 놀랐다.

"이게 도대체 어떻게 된 일인가?"

"정충석의 뒤를 쫓다가 이렇게 됐습니다."

"정충석이라면 얼마 전에 돌아가신 정재술 대감의 서자 말인가?"

"그렇습니다."

"도대체 그자가 왜 자네를 이 지경으로 만들었단 말인가? 그리고 정충석의 뒤는 왜 쫓았는가?"

"정충석이 기생 계궁선을 차지하기 위해 진사 안광길을 살해한 것으로 판단하고 계속 놈의 뒤를 캐고 있었습니다. 그러다 정충석의 수하들에게 당한 것입니다."

"자네를 공격한 자들이 정충석의 수하들이 확실한가?"

"확실합니다."

"정충석이 안광길을 살해했다는 증좌가 있는가?"

"있습니다."

그러면서 유영교는 중례가 가져다준 도면을 내밀었다.

"이것이 무엇인가?"

"정충석의 집안을 그린 도면입니다. 그리고 여기 붉은 점이 찍힌 곳에 증좌가 있습니다."

"여기에 무슨 증좌가 있단 말인가?"

"정충석이 여기에다 안광길의 눈알과 생식기, 그리고 손가락을 묻어뒀습니다."

"뭐라! 그게 정말인가?"

"네, 확실합니다."

"자네 말을 어떻게 믿는가?"

"일단 한번 믿어보시지요."

윤동진은 고개를 갸웃거리며 유영교를 잠시 바라보더니, 결심을 굳힌 듯 말했다.

"좋아, 자네가 그토록 확신을 하니, 내 믿어봄세. 하지만 무턱대고 공신의 집을 들이칠 수는 없으니, 뭔가 적당한 구실이 필요하네."

"제가 구실이 되겠습니다. 저를 이 지경으로 만든 놈들이 그 집으로 들어가는 것을 두 눈으로 똑똑히 봤다고 하면 되지 않겠습니까?"

윤동진은 곧 유영교를 말에 태워 앞세우고는 한성부 나장 스무 명 남짓을 이끌고 정충석의 집을 들이쳤다. 이미 정충석이 출타하고 없다는 사실을 확인해둔 터였다. 한성부 판관이 왔다는 말에 정충석의 집 청지기는 어리둥절한 얼굴로 문을 열어줬고, 유영교는 곧장 오치수가 붉은 점으로 표시해둔 곳으로 가서 수하 나장들에게 땅을 파게 했다. 그러자 작은 단지 하나가 묻혀 있었다. 단지 속에는 간장이 가득차 있었는데, 그 속에 손을 넣어 휘저었더니, 사람 눈알과 생식기, 그리고 손가락이 나왔다.

"이놈, 이제 너는 죽었다!"

유영교는 이내 윤동진에게 증좌를 찾았다고 보고했다. 그러자 윤동진은 정충석의 가솔들을 모두 포박하여 마당에 모아놓고, 기생 계궁선을 끌어내어 문초했다.

"네년은 정충석이 안광길을 살해한 사실을 알고 있었느냐?"

그러자 계궁선이 울면서 실토했다.

"이년은 나중에야 알았습니다. 하지만 저도 정충석의 손에 죽을까봐 차마 관아에 고할 수 없었습니다."

윤동진은 곧 한성 부윤에게 이 사실을 알리고, 의금부에 협조를 요청하여 대대적으로 군사를 동원한 끝에 정충석과 그 수하들을 모두 잡아들였다.

10. 마침내 내약방으로

아직 동짓달도 이르지 않았는데, 때 이른 싸락눈이 날렸다. 작년에 윤달이 든 여파로 올해도 이제 시월 말인데도 북풍이 제법 매서웠다. 중례는 겨울 버선에 미투리 장화를 단단히 신고 전옥서를 향해 출발했다.

지난 6월부터 중례는 혜민국에 배치되어 의관생활을 본격적으로 시작했다. 의과 취재에서 장원으로 합격했는데 내약방도 전의감도 아닌 혜민국에 배치된 것은 극히 이례적인 일이었다. 대개는 의과 합격자 9명 전원이 내약방에 배치되는 것이 일반적이었다. 혜민국 의원들은 의과 취재 출신이 아닌 향의(鄕醫, 의과 출신이 아닌 의원) 출신 중에 선발된 자들이었다. 그런데 의과 합격자가, 그것도 장원을 한 의관이 혜민국으로 발령나자, 뒷말이 무성했다. 올해 식년 의과 취재에 최종 합격한 9명 중 8명이 양홍달의 제자였고, 양홍달의 제자가 아닌 사람은 중례가 유일했다. 그런 까닭에 중례가 양홍달의 제자가 아니기 때문에 장원을 했음에도 내약방에 입성하지 못했다는 소문이 돌고 있었다.

중례 또한 이미 그 소문을 듣고 있었다. 전의감과 내약방은 양홍달과 그의 집안이 장악하고 있는 아성이었다. 양홍달과 그의 동생 양홍적, 그리고 양홍달의 아들들인 양제남과 양회남까지 전의감과 내약방 의관으로 재직하며 의관들을 쥐락펴락하는 마당이었다. 그런데 익히 이름조차도 들어본 적이 없는 노중례가 느닷없이 등장하여 의과 장원을 꿰차자, 양홍달의 심사가 몹시 뒤틀렸다. 그러니 중례를 곱게 볼 리가 없었고, 그것은 결국 중례를 내약방이 아닌 혜민국에 배치한 배경이 되었다.

중례는 내약방에 입성하지 못한 것을 매우 애석하게 여겼지만 그래도 정식으로 의관이 된 것을 위로로 삼았다. 하지만 혜민국에 배치된 뒤에도 중례는 여전히 양홍달 일가의 입김에 시달려야 했다. 혜민국에 배치되자마자 중례는 바로 월령의원에 고정되고 말았다. 월령의원이란 전옥서, 한성부, 의금부, 형조 등에 갇혀 있는 죄인들을 진료하는 당번 의관을 일컫는 것인데, 원래는 혜민국 의관들이 돌아가면서 한 달씩 맡았다. 그런데 웬일인지 중례는 벌써 넉 달째 월령의원에서 벗어나지 못하고 있었다. 아무리 신참이라지만 한 사람이 그렇게 몇 달씩이나 월령의원을 맡는 경우는 지금껏 없었다. 하지만 중례는 별다른 불만을 표시하지 않고 묵묵히 월령의원을 감내하고 있었다.

중례는 사흘째 계속해서 전옥서로 출근하고 있었다. 전옥서엔 병증이 중한 병자들이 많았다. 감옥에 갇힌 죄수들인 까닭에 제대로 치료를 받지 못하고 죽는 경우도 허다했다. 때론 죄수들 사이에 전염병이 돌아 줄초상이 나는 경우도 있었다. 그럴 경우, 월령의원은 전염병을 막지 못한 책임을 져야 했다. 지난여름에도 전옥서에 괴질이 돌아 여러 죄수가 죽어나가는 바람에 담당 월령의원이 장을 맞고 유배를 갔다. 그 때문에 의관들 사이에선 월령의원은 재수 없으면 매 맞고 유배 가는 자리로 인식되고 있었다.

죄수들 중에는 감옥에서 주검으로 발견되는 경우도 많았다. 별다른 질병이 없어도 심한 문초를 당한 후유증을 이겨내지 못하고 죽는 것이다. 지난달에도 주검으로 발견된 죄수가 무려 셋이나 되었다. 그리고 그중 하나는 중례가 익히 잘 아는 자였다. 바로 정충석이었다. 정충석은 체포된 뒤 한성부를 거쳐 의금부로 넘겨졌고, 그곳에서 모진 형문을 당하고 참형이 확정되어 전옥서에서 죽을 날만 기다리고 있던 중이었다.

정충석은 의금부에서 전옥서로 넘겨진 지 불과 며칠 만에 죽었다. 참형이 확정되고 추분이 지난 뒤에 형을 집행할 예정이었지만, 전옥서로 이송될 때 이미 그는 완전히 초주검이 되어 있었다. 몸을 축 늘어뜨린 채로 말도 제대로 못하고, 음식도 삼키지 못했다. 중례는 그 닷새 동안 정충석을 매일 치료했다. 어떻게든 놈에게서 아버지의 죽음에 대한 진실을 듣기 위함이었다. 침에 뜸에 탕약에 미음까지 끓여다 바치며 놈의 회복을 위해 최선을 다했다. 덕분에 닷새째 되던 날 잠시 놈의 의식이 명료해진 순간이 있었다. 그때 중례가 이를 갈며 물었다.

"네놈이 내 아버지를 죽였지?"

정충석은 입술이 다 터진 상태로 피식피식 웃으며 되물었다.

"네놈 아비가 누군데?"

"의주 판관으로 계시던 노상직이라는 분이다."

"노상직? 네놈이 노상직의 아들이었더냐?"

"그렇다, 이 죽일 놈아!"

"흐흐흐, 세상 참 좁네."

"쓸데없는 소리 하지 말고 바른대로 말해라! 네놈이 내 아버지를 죽였지?"

정충석이 숨을 몰아쉬었다. 말을 하려 해도 음성이 제대로 나오지 않았다. 알아듣지 못할 말을 몇 마디 하더니 이내 호흡이 거칠어졌다. 정충석은 맥없이 고개를 가로저었다.

"그러면 오치수냐?"

오치수라는 말에 정충석이 잠시 눈 밑을 파르르 떨더니 그만 고개를 떨어뜨렸다.

"야, 정충석!"

중례가 멱살을 잡고 고개를 바로 세워보았지만, 이내 가망이 없었다. 숨은 가늘게 쉬고 있었지만, 되살릴 수 없는 상태였다. 정충석은 결국 그날 밤을 넘기지 못하고 숨을 거뒀다.

정충석이 죽은 다음날, 중례는 오치수를 찾아가 정충석의 부고를 전했다. 오치수는 정충석이 감옥에서 숨이 끊어졌다는 말을 듣고 그저 담담한 표정으로 물었다.

"죽기 전에 별다른 말은 없었는가?"

"전옥서로 올 때부터 거의 의식이 없었습니다. 말도 하지 못할 뿐 아니라 물도 제대로 삼키지 못했습니다. 그러니 무슨 말을 했겠습니까?"

중례는 그런 말을 하면서 오치수의 표정을 살폈다. 오치수의 입가에 잠시 옅은 미소가 보였다.

'이놈, 이제 네 차례다.'

중례는 속으로 그렇게 뇌까렸다. 하지만 어떻게 오치수를 응징할지 전혀 떠오르지 않았다. 오치수는 정충석이 잡혀간 뒤, 그의 재산을 모두 차지했다. 육의전의 점포는 물론이고 정재술이 정충석에게 남긴 재산까지 송두리째 삼켜버렸다. 이제 그야말로 조선 제일의 거상이 된 그였다. 삼정승과 판서들은 물론이고 삼사와 의금부, 한성부까지 그의 손이 닿지 않는 곳은 없었다. 한낱 관노 출신의 혜민국 의관에 불과한 중례가 그런 놈을 상대로 싸운다는 것은 그야말로 달걀로 바위 치는 격이었다. 하지만 분명히 어딘가에 놈의 약점이 있을 것이라고 생각하며 중례는 마음을 굳게 먹었다. 그래서 반드시 달걀로 놈의 바위를 뚫고 말리라 다짐하고 또 다짐했다.

그리고 드디어 놈의 바위를 뚫을 송곳 하나를 찾아냈다. 그것도 전옥서에서 우연찮게 찾았다. 그래서 전옥서로 향해 가는 중례의 발걸음이 급했다.

"이번에야말로 반드시 오치수 네놈을 무너뜨리고 말 것이다!"

중례는 흩날리는 싸락눈을 맞으며 달리면서 몇 번이나 같은 말을 반복했다. 어쩌면 그를 만난 것은 오치수를 응징하라는 하늘의 뜻인지도 모른다고 중례는 생각했다.

중례가 고덕만의 존재를 안 것은 불과 이레 전이었다. 고덕만은 그간 중례가 애타게 찾았던 인물이었다. 아버지 노상직이 평양 감영 옥사에서 목이 졸려 죽을 당시 감영의 형방이었던 자가 바로 고덕만이었다. 중국에서 사은사 행렬을 따라 돌아오는 길에 이름만 겨우 확인했던 그를 마침내 만난 것이다. 다른 곳도 아닌 전옥서 감옥에서, 그것도 의원과 병자의 관계로 말이다.

고덕만은 보름 전에 이감된 미결수였다. 전옥서에 이감되기 전에는 경기 감영 옥사에 갇혀 있었다 했다. 죄목은 공물 절도죄였다. 그곳 아전과 짜고 관청의 물품을 몰래 훔쳐 빼돌렸다는 것인데, 고덕만은 이에 대해 억울함을 호소했다. 하지만 옥사에 갇혀 있는 죄수치고 억울함을 호소하지 않는 자는 없었다. 그런 까닭에 중례는 고덕만이 억울함을 호소할 때도 한 귀로 듣고 한 귀로 대충 흘렸다. 물론 그때만 해도 고덕만의 이름조차 모를 때였다. 그저 병증을 보이는 죄수가 있다 하여 치료차 그를 만났을 뿐이었다. 그런데 고덕만이 처음 보는 중례에게 넋두리처럼 자신의 억울함을 호소했던 것이다.

고덕만은 경기 감영의 1차 심리에서 삼천 리 밖으로 유배형에 처해졌는데, 억울하다며 2심을 청구하여 형조의 심리를 받기 위해 대기중인 상태였다.

"모든 것이 무고요. 내 조상님의 이름을 걸고 맹세할 수 있소."

고덕만은 진료받는 내내 그런 식으로 자신의 결백을 주장했다. 하지만 중례는 그저 고개만 끄덕이며 듣는 둥 마는 둥 했다. 그러면서 병증을 다스리는 것과 관련한 말들만 했다.

"분노와 울분은 병증을 악화시킬 수 있습니다. 이 병이 본래 마음에서 비롯되는 병이거든요."

고덕만의 병명은 심열증이었다. 원인은 분노와 울분, 그리고 우울함이었다. 사실, 죄수에게 심열증은 매우 흔한 질병이었다. 그래서 웬만한 병증에 대해서는 별다른 치료를 하지 않았다. 하지만 고덕만의 심열증은 제법 심각했다. 가슴이 답답한 증세는 심열증 병자들이 흔히 보이는 것이었지만, 고덕만은 때론 호흡곤란 증세까지 보였다. 한번은 몸을 가누지 못할 정도로 심각한 증세를 보였는데, 침과 환약으로 겨우 회복시켰다.

"나도 알지. 하지만 울분이 솟구치는 것을 어쩌란 말이오?"

고덕만은 그나마 조금 모아둔 돈도 송사와 옥바라지로 모두 써 버렸고, 그 때문에 이제 아내와 자식 놈도 찾아오지 않는다며 눈물을 흘리며 호소하기도 했다.

"어디서 빌어먹고 사는 것은 아닌지 모르겠소. 식구들을 생각하면 밤잠이 오지 않소. 이럴 줄 알았으면 차라리 애초에 송사를 포기하는 것인데……. 그랬으면 식구들이 길에 나앉는 일은 없었을 것인데……."

고덕만은 중례가 듣든 말든 끊임없이 주절주절 신세한탄을 했다. 그러다 이레 전에 만났을 땐 이런 말을 하였다.

"이게 다 천벌을 받은 것이오. 암, 천벌을 받은 것이고말고. 의원님 들어보시오. 내가 본래는 평양에서 아전으로 있던 사람이오. 뭐 벌써 십 년이 다 된 일이지만, 그래도 평양 감영에서 형방생활을 할 땐 제법 떵떵거리고 살았소. 그런데 괜히 욕심을 부려서 리……."

중례는 아무 생각 없이 그의 말을 흘려듣다가 그가 평양 감영에서 형방생활을 했다는 말에 정신이 번쩍 들었다.

"지금 뭐라 했습니까? 십 년 전에는 평양 감영에서 형방으로 지냈다 했습니까?"

중례가 정색을 하고 묻자, 고덕만도 순간적으로 경계하는 표정을 지었다.

"그, 그렇소만……."

"정확하게 언제까지 평양 감영에 있었습니까?"

"10년 전이니까, 경인년(1410년)까지 평양에 있다가……. 그, 그런데 왜 그러시오?"

중례는 가슴이 두근거리고 손까지 떨렸다.

"혹시 성함이……."

"내 이름 말이오? 고덕만이라 하오, 고덕만."

중례는 어찌해야 하나 머리가 복잡했다. 그렇게 수소문을 해도 찾을 수 없었던 사람을 이렇게 우연찮게 만날 줄이야 싶었다. 하지만 섣불리 말을 꺼냈다간 입을 다물어버릴지도 모른다는 생각에 무슨 말부터 해야 할지 선뜻 떠오르지 않았다.

"그런데 내 이름은 왜 묻소?"

"제가 찾는 사람이 있어서 혹 아시는가 해서……."

중례는 그렇게 둘러대고 고덕만의 표정을 살폈다.

"찾는 사람이 누구요? 내가 아는 사람이면 말해주리다."

"십 년 전쯤에 평양 감영에서 도사를 지낸 한문수 어른이라고……."

중례는 일단 한문수의 이름을 언급해보았다.

"아, 한문수. 그 사람은 내가 형방을 그만둘 무렵에 함경도 어디 현령이 되어 떠났는데, 뒤에 소식을 들어보니, 부임 도중에 급살을 맞았다고 하던데……."

"그래요?"

몇 년 전에 안 일이지만, 중례도 한문수가 죽었다는 사실은 알고 있었다. 하지만 부임 도중에 급살을 맞았다는 말은 고덕만에게서 처음 들었다.

"그런데 그 사람은 왜 찾는 거요?"

그쯤 되자, 중례도 더이상 말을 돌리지 않았다.

"그러면 혹 정충석이란 자를 아시오?"

정충석의 이름을 듣자, 고덕만의 얼굴이 사색이 되었다. 정충석이 죽은 줄 전혀 모르는 표정이었다.

"의원이 정충석을 어찌 아시오?"

"정충석이야 장안에서 모르는 사람이 어디 있겠습니까? 돌아가신 정재술 대감의 서자에다 기생 문제로 사람을 죽인 흉악한 살인범이 아니오."

그 소리에 고덕만은 매우 놀란 표정이었다.

"정재술 대감이 죽었소?"

"올봄에 돌아가셨지요."

"그러면 정충석은 어찌되었소?"

"정충석도 죽었소. 죽은 지 이제 한 달밖에 안 됐는데, 그것도 이곳 전옥서에서 죽었지요. 바로 저 옆방이오."

고덕만은 그때서야 안도의 한숨을 쏟아내며 말했다.

"그 천벌을 받을 부자가 모두 죽었다니, 십 년 묵은 체증이 다 내려가네."

"도대체 그 사람들이 무슨 짓을 했길래 그런 말을 하는 겁니까?"

하지만 고덕만은 말을 얼버무리고 대답을 피했다.

"아, 아니 그저 나쁜 놈들이었다 이거지 뭐……."

고덕만은 그 말을 끝으로 입을 다물어버렸다.

중례는 고덕만의 입을 열 방도를 생각하던 끝에 그의 가족을 찾아보기로 했다. 닷새 동안 수소문한 끝에 겨우 그들의 행방을 찾아냈다.

전옥서에 도착한 중례는 고덕만을 따로 불러내어 진료했다. 옥사 안은 아무래도 듣는 귀가 많아 제대로 대화를 나눌 수 없었기 때문이다.

고덕만은 전에 없이 잔뜩 경계심을 드러내며 말을 붙이지 않았다. 하지만 가족 일을 언급하자, 그의 경계심은 여지없이 무너졌다.

"제가 좀 알아보았더니, 부인과 자녀분들은 무사히 지내고 있더군요."

"어디서 어떻게 지내고 있소?"

"그전에 뭐 하나 물어볼 말이 있소."

"무엇이오? 내가 아는 것이면 다 말해주겠소."

"혹 오치수 대행수님을 아시오?"

중례는 고덕만이 오치수의 이름을 듣고 어떤 반응을 보이는지 보고자 했다.

"오치수?"

고덕만의 입술이 파르르 떨렸다. 그 모습을 보고 중례는 고덕만이 오치수를 매우 두려워하고 있다는 것을 눈치챘다. 그래서 또 한마디 툭 던져보았다.

"대행수님은 댁을 잘 아시는 것 같던데⋯⋯."

그 말에 고덕만이 팔을 부들부들 떨었다. 짐작대로 고덕만은 오치수를 피하고 있는 것이 분명했다.

"제가 대행수님과 무척 친하거든요. 그래서 댁의 가족들을 대행수님께 부탁해보려고요. 옛날에 서로 도움을 주고받던 사이이니, 대행수님께서 기꺼이 부인과 자녀들을 받아주시지 않겠습니까?"

"아, 안 돼! 오치수는 안 돼!"

"왜요? 오치수가 두렵습니까? 아니면 오치수에게 큰 죄라도 지었습니까?"

"부, 부탁이오. 제발 오치수에게 나에 대해 말하지 마시오."

중례는 대답은 하지 않고 고덕만을 무섭게 쏘아보았다. 고덕만이 겁을 먹고 눈길을 피하자, 다그치듯 물었다.

"노상직이란 분을 아시오?"

"노상직? 노상직이라면⋯⋯."

"의주 판관을 지낸 노상직 어른을 모르시오?"

"아, 아오."

"그분이 내 부친이오."

"네?"

소스라치게 놀란 고덕만은 눈길을 어디에 둬야 할지 몰라 고개를 돌렸다.

"내 물음에 똑바로 대답하면 댁의 가족들은 무사할 것이고, 제대로 답하지 않으면 댁의 가족들은 모두 죽은목숨일 거요. 댁이 나보다 오치수를 잘 알 테니 제대로 대답해야 할 겁니다."

"아, 알았소. 뭐든 물어보시오. 아는 대로 다 대답해드리리다."

"제 부친은 스스로 목을 맨 것이오, 아니면 누군가에 의해 살해된 것이오?"

고덕만은 몸만 떨고 금방 대답을 하지 못했다.

"알았소. 내 이 길로 가서 댁의 가족들을 모두 오치수에게 넘기겠소."

"다, 다 말하리다."

"하나도 숨김없이 죄다 말하시오."

"의원님의 부친께서는 살해되신 겁니다."

"범인이 누구요?"

"범인은 모릅니다만 제 짐작으로는 정충석이 수하들을 시켜서 한 일이 아닐까 합니다."

"살해되었다는 것은 어떻게 확신하시오?"

"오작인과 서리가 작성한 가검시서에 사망 원인이 늑사(勒死, 목이 졸려 죽음)로 기록되어 있었고, 내가 다시 시신을 확인했을 때도 누군가가 끈으로 목을 졸라 죽은 것이라고 판단했으니까요."

그 말을 듣고서 중례는 당시 오작인이었던 대치가 남긴 가검시서를 내밀었다.

"그때 댁이 보았던 가검시서가 바로 이것이오?"

가검시서를 본 고덕만이 깜짝 놀라며 말했다.

"아니, 어떻게 이걸……."

"당시 오작인이었던 대치가 숨겨뒀던 것이오. 여기 있는 수결은 댁의 것이오?"

고덕만은 넋이 반쯤 나간 얼굴로 고개를 가로저었다.

"그 수결은 당시 평양 감영의 서리로 있던 김영준의 것이오."

"김영준, 그자는 지금 어디에 있소?"

"모르오. 그 사건이 벌어진 뒤에 갑자기 자취를 감췄소. 함께 검시에 참여했던 나장들도 모두 자취를 감췄소."

"그러면 이것은 누가 한 짓이오?"

중례는 아버지 노상직의 유서를 조작하기 위해 쓴 글씨들을 디밀었다. 하지만 고덕만은 전혀 모르는 눈치였다.

"이것이 무엇이오?"

"이 글씨들에 대해 모른단 말이오?"

"모르겠소. 도대체 이것들이 다 무엇이오?"

"누군가가 내 부친의 유서를 조작하기 위해 글씨 연습을 한 것이오."

고덕만이 알겠다는 듯 고개를 끄덕였다.

"당시 판관 어른의 유서가 나왔다는 말을 듣고 당연히 조작되었을 것이라고 생각했소. 하지만 누가 유서를 조작했는지는 모르오. 다만 정충석이 누군가를 시켜 유서를 조작했을 것이라고 짐작만 하고 있었소."

"그렇다면 내 부친의 죽음에 오치수는 전혀 연관이 없다는 말이오?"

"당시 오치수는 평양에 오지도 않았으니, 판관 어른의 죽음에 오치수가 직접적으로 연관이 되어 있다고 생각해본 적은 없소."

"그렇다면 댁은 오치수를 언제 처음 보았소?"

"정재술 대감의 제의로 한성에 왔는데, 그때 처음 보았소."

"그렇다면 댁은 왜 그렇게 오치수를 두려워하는 것이오?"

"정충석과 오치수가 정재술 대감 몰래 나를 죽이려 했기 때문이오. 다행히 그때 낌새를 미리 알아채고 야반도주를 했기에 망정이지, 아니면 벌써 놈들 손에 목이 달아났을 것이오."

"그들이 왜 그렇게 댁을 죽이려 한 것이오?"

"내 입을 막기 위함이었겠지요. 나중에 알고 보니, 당시 그 사건과 관계된 사람 중에 살아남은 자가 없더라고요."

"그러면 혹 의주 목사였던 윤철중 어른의 죽음에 대해선 아는 바가 없소?"

"그 일에 대해선 직접적으로 듣거나 본 바는 없소. 다만 의원의 부친인 노상직 판관을 죽인 것으로 봐서 정충석과 오치수가 공모하여 저지른 일이 아닐까 하고 짐작만 했을 뿐이오."

고덕만은 확실히 윤철중의 죽음에 대해선 아는 것이 없어 보였다. 중례는 한숨을 쏟아내며 고민에 빠졌다. 고덕만을 만나기만 하면 당시 사건의 전모를 모두 밝혀낼 수 있을 것만 같았는데, 막상 고덕만에게 얻어들은 말로는 아버지의 결백을 증명할 수가 없었다. 더구나 고덕만의 말에 따른다면 아버지를 죽인 자는 정충석이고, 오치수는 전혀 관계가 없었다. 또한 정충석이 이미 죽어버려서 오치수와 정충석이 공모하여 윤철중을 죽였다는 것을 증명할 방도도 없었다.

중례가 그런 생각으로 고민에 휩싸여 있는데, 고덕만이 물었다.

"그나저나 우리 식구들은 다 어떻게 하고 있소? 제발 좀 알려주시오."

고덕만의 가족은 전옥서에서 멀지 않은 작은 초가를 빌려 임시로 머물고 있었다. 그의 부인은 남편을 옥바라지하기 위해 온갖 잡일을 하며 돈을 구하고 있었지만, 그녀가 번 돈으론 자식들의 입에 풀칠도 제대로 하지 못하는 상태였다.

"그래도 거리에 나앉아 구걸을 하고 있지는 않아 다행입니다."

고덕만은 눈물을 뚝뚝 흘리며 말했다. 그리고 무릎을 꿇고 중례에게 용서를 빌었다.

"이게 다 죄 없는 사람을 죽게 만들어 천벌을 받는 것이오. 내가 쓸데없는 욕심을 부려 정충석의 꼬드김에 넘어가지만 않았더라면 적어도 의원의 부친이 죄를 인정하고 자살을 했다는 누명을 쓰지는 않았을 텐데…… 정말 죄송합니다."

고덕만은 용서를 빌고 또 빌었다. 중례는 참담한 심정으로 고덕만을 바라보다, 전옥서를 빠져나왔다. 전옥서 바깥에 여전히 싸락눈이 내리고 있었다. 중례는 잠시 하늘을 올려다보았다. 싸락눈이 그의 눈으로 마구 파고들었다.

"이제 어떻게 아버지의 결백을 밝혀내지?"

중례는 아무리 생각해도 혼자 힘으로는 아버지의 결백을 밝혀낼 수 없을 것 같았다. 누군가의 도움을 받지 않고는 오치수와 싸워 이길 가능성이 없다고 판단했다.

"그래, 스승님을 한번 찾아가보자. 혹 스승님이라면 내게 힘을 보태주실 수 있을지 몰라."

중례는 어릴 적 스승이자 아버지의 친구였던 이수의 집으로 향했다. 스승 이수를 찾아뵙지 못한 세월이 어언 십 년이었다. 그런데 이렇게 불쑥 찾아가는 것이 맞느냐는 생각도 있었지만, 그런 예의 따위를 따질 계제가 아니었다. 그리고 이제야 옛 스승을 찾는 핑곗거리가 전혀 없는 것도 아니었다. 어쨌든 대과는 아니더라도 의과 취재에라도 합격을 했으니, 학문을 가르친 옛 스승을 찾는 명분은 된다 싶었다.

다행히 이수는 퇴청하여 집에 머물고 있었다. 중례가 찾아왔다는 말을 듣고 이수는 버선발로 마당으로 뛰어나왔다.

이수는 중례를 보자마자 얼싸안으며 눈물을 펑펑 흘렸다.

"어디 보자. 이제 어엿한 장정이 되었구나. 그간 얼마나 고생이 많았느냐? 너를 얼마나 기다렸는데, 이제야 이렇게 왔느냐?"

방에 앉자마자, 이수는 눈물을 글썽이며 물었다. 중례는 한동안 말없이 울기만 했다. 그리고 한참을 울고 나서 중례가 말했다.

"이번에 의과 취재에 장원으로 합격하여 혜민국 의관이 되었습니다."

"그래, 잘되었구나. 그나마 잘되었어."

"이 모든 것이 스승님께서 잘 가르쳐주신 덕입니다."

"아니다. 그건 과한 말이다. 모든 것이 너의 노력에 의한 것이지, 이 못난 스승이 무슨 도움이 되었단 말이냐? 내 진작 너를 찾아봤어야 하는데, 그간 나도 사는 꼴이 바빠 정신이 없었구나. 그렇지 않아도 엊그제 꿈에 네 아버지가 나타났는데, 이렇게 네가 나를 찾아줬구나. 그래, 혹 내가 도울 일은 없느냐? 내가 도움이 될 수 있는 일이 있다면 꼭 도와주마."

그쯤에서 중례는 지금껏 아버지의 결백을 밝히기 위해 해온 일들을 낱낱이 설명했다. 중례의 말을 모두 듣고 난 뒤에 이수가 물었다.

"그러니까, 네 말대로라면 오치수란 자가 윤철중 목사를 죽인 진짜 범인이란 것이지?"

"그렇습니다. 명백합니다."

"그런데 오치수가 범인임을 밝힐 확실한 증거도, 증인도 없다는 것이지?"

"네."

"그렇다고 섣불리 건드렸다간 오히려 일이 더 복잡해질 것 같고…… 어쩐다?"

이수는 이런저런 구상을 하다가 이렇게 말했다.

"비록 한낱 장사치에 불과하지만 오치수란 놈은 결코 쉬운 상대가 아닌 것 같다. 많은 재물을 가졌다면 필시 정승 판서들에게 줄을 대고 있을 터, 섣불리 증거나 증인도 없이 살인범으로 몰고 가면 그냥 당하고만 있을 작자가 아니다. 더구나 이 문제는 최종적으로 성상 전하께서 결정하실 일이다. 그런데 성상께서도 증거나 증인도 없이 네 아버지가 누명을 썼다고 하면 받아들이시지 않을 것이다. 더구나 당시 이 사건의 최종 판결은 태상왕(이방원) 전하께서 내리신 것이니 성상께서는 결정을 쉽사리 번복하시지 않을 것이다."

"그러면 제가 어떻게 하면 되겠습니까?"

"이번 의과에서 장원을 했다 했느냐?"

"그렇습니다."

"그런데 이상하구나. 원래 의과 합격자는 내약방에 배치되기 마련인데, 그것도 장원을 했는데 왜 혜민국에 배치되었는지 알 수 없구나."

"저도 알 수 없는 일이라⋯⋯."

중례는 차마 양홍달의 입김이 작용한 결과라는 말은 하지 못했다. 들은 소문일 뿐 명백한 증좌가 있는 일도 아니었기 때문이다.

"나도 짐작 가는 일이 없지는 않다. 어쨌든 너는 어떻게 해서든 내약방으로 들어가는 것이 우선일 것 같다. 그래야 전하를 직접 배알할 일이 생길 것이고, 또한 너의 억울함을 전하께 아뢸 기회를 얻을 수 있을 것이다. 그래서 나는 너를 내약방에 배치할 방도를 모색할 생각이다."

며칠 뒤, 이수는 주상을 만나 유배지에서 잔병치레로 고생하고 있는 양녕대군을 위해 의원을 보낼 것을 주청했다. 그러자 주상이 말했다.

"유배중인 형님이 병마로 고생을 하고 있다니 무척 신경이 쓰입니다. 그렇다고 큰 병을 앓는 것도 아니고 이런저런 잔병치레라고 하는데, 그 때문에 어의를 보낼 수도 없고……."

그때 이수가 한 가지 안을 냈다.

"혜민국에 이번 의과 취재에서 장원을 한 젊은 의관이 하나 있는데, 취재에 합격하기 전부터 활인원에서 많은 병자를 돌봤다고 합니다. 그 의원을 대군에게 보낸다 한들 조정에서 문제삼지는 않을 것 같습니다."

"그 의원이 누구요?"

"어린 시절에 제가 가르쳤던 아이인데……."

"혹 그 의원의 이름이 노중례 아닌지요?"

"전하께서 노중례를 어떻게 아십니까?"

"잠저 시절에 활인원을 드나들다가 만난 적이 있습니다. 그때 오작인 신분으로 의술을 배우고 있다고 했는데, 의과 취재에 장원을 했군요. 좋습니다. 노중례를 형님께 보내지요."

이수가 노중례를 양녕에게 보낸 것은 나름 뜻깊은 의도가 있었다. 양녕이 유배지에서 여러 가지 잔병으로 고통받고 있다는 사실을 상왕 이방원도 익히 알고 있었다. 그 때문에 상왕은 은근히 양녕에게 어의를 보냈으면 했는데, 죄인 신분인 그에게 어의를 보내면 조정에서 말들이 많을 것 같아 망설이고 있는 중이었다. 이수가 그 사실을 알고 주상에게 고하여 노중례를 보낸 것이다. 그리고 노중례가 양녕을 치료하고 오면 필시 주상이 노중례를 불러 양녕의 상태를 물을 것인데, 그때 노중례가 뛰어난 의술을 드러내어 주상의 눈에 들기를 바란 것이다.

이수는 양녕대군이 머물고 있던 경기도 광주로 노중례를 보내면서 자신의 의중을 자세히 알렸다.

"그러니 양녕대군의 병증을 면밀히 파악하여 꼭 제대로 치료해야 할 것이다. 병증이 그다지 심각하지는 않다고 하니, 네 의술이면 치료하는 데 큰 문제가 없을 것이다."

하지만 막상 중례가 유배지에 가서 양녕대군을 만나보았더니, 그의 병증이 결코 가볍지만은 않았다. 듣기로는 몇 가지 잔병치레를 하고 있다고 했지만, 양녕의 병증은 녹록한 것이 아니었다.

양녕은 세 가지 병을 동시에 앓고 있었다. 그중에 양녕을 가장 괴롭히는 것은 치질이었다. 원래 술을 좋아하고 육식을 즐기는 터라 아주 가벼운 치질이 있었는데, 폐위된 후 광주로 내쫓기면서 폭음을 하는 경우가 잦아 치질이 한층 심해진 상태였다.

양녕은 또다른 질병인 산증(疝症)으로 인해 자주 복통에 시달리고 소변을 잘 보지 못하는 상태였다. 그리고 때론 허리 통증에도 시달렸는데, 이는 모두 성욕을 절제하지 못한 데서 비롯된 병증이었다.

그런데 양녕의 병 중에 가장 심각한 것은 치질이나 산증이 아니라 내상(內傷) 습병(濕病)이었다. 습병이란 습기에 의해 발생하는 것인데, 이는 다시 외감(外感) 습병과 내상 습병으로 나눠진다. 외감 습병은 흐린 날씨나 장마, 안개와 이슬, 습지 등 습한 환경에서 비롯되는 것이라 생활 환경을 바꾸면 낫지만, 내상 습병은 주로 음식 습관으로부터 비롯된다. 특히 과일주나 단술, 졸인 젖, 당분이 많은 과실을 즐길 경우 얻는 질병이다. 양녕이 좋아하는 음식이 죄다 내상 습병을 유발하는 것들이었는데, 아직 젊은 덕에 병증을 잘 느끼지 못하는 상태였다. 아주 미약할 정도의 황달과 관절에 열감이 느껴지고 가끔 이유 없이 무릎이 쑤시고 붓는 정도였다. 그 때문에 양녕은 습병을 전혀 인식하지 못하고 있었다. 그저 사지의 근육이 약해져 쑤시는 것뿐이라고 생각했다.

하지만 양녕의 습병은 그렇듯 가벼운 정도가 아니었다. 황달 기운이 생기고 부종까지 나타났다면 이미 비장과 간이 많이 상해 있다는 뜻이었다. 거기다 귀에 이명이 자주 생기고 눈꺼풀이 떨리는 증세가 있었다. 이는 곧 중풍의 초기 증세였다. 만약 습병에 중풍이 겹친다면 치명적인 상태로 진행될 가능성이 높았다. 중풍 하나만으로도 감당하기 쉽지 않은 질병인데, 습병이 함께 나타나면 갑자기 정신이 혼미해져 인사불성이 되기 십상이었다. 그럼에도 양녕은 습병에 대한 경각심이 전혀 없었다. 중례가 몇 번이나 습병의 심각성에 대해 설명했지만, 양녕은 그저 치질의 고통만 호소할 뿐이었다.

"산증이야 모두가 술과 여색 탓이니, 내가 당분간 술과 여색을 끊으면 다 해결될 일이다. 그러니 빨리 치질이나 좀 고쳐보아라."

그런 태도를 보이는 양녕을 중례는 두 달 만에 고쳐놓았다. 물론 치질과 산증을 해소하고 습병까지 해결했다. 그리고 혜민국으로 복귀했더니, 이수의 말처럼 주상이 중례를 편전으로 불렀다.

"그간 수고가 많았다. 형님께서 이제 병증이 거의 사라졌다 하시며 감사 인사를 전해왔구나. 그래, 형님께서는 어떤 병을 앓고 계셨느냐?"

"대군께서는 치질, 산증, 습병을 동시에 앓고 계셨는데, 단순한 잔병치레 수준은 아니었습니다. 특히 습병은 증세를 잘 느끼지 못하고 계셨지만, 옅게나마 중풍기가 있어 자칫 위험한 지경으로 치달을 수 있는 상태였습니다. 그 때문에 치료 기간이 꽤 오래 걸렸고, 향후 드실 약까지 만들어드려야 했습니다."

"그게 사실이냐? 그렇다면 그간 형님께서 꽤나 고통스러워하셨겠구나. 치질과 산증은 흔한 병이지만 습병은 쉬운 병이 아닌데, 그 모든 병을 어떻게 치료했느냐?"

"우선 음주와 여색을 끊게 한 가운데, 치질은 완월사(토끼똥)에 들기름과 약제를 섞어 매일 세 번씩 항문에 발라 치료하였고, 향후에도 지속적으로 사용하도록 했습니다. 또한 산증은 심각한 지경이 아니어서 통증이 있는 부분은 흰소금을 볶아서 찜질을 하였고, 부어오른 음낭엔 총백(葱白), 소금, 사상자(蛇床子)를 볶아서 찜질하고, 더불어 오령산(五苓散)을 복용케 하였더니 말끔히 치료되었습니다."

"옳거니. 약을 제대로 쓴 게로구나. 그렇다면 습병은 어떻게 알아냈느냐? 나도 궁금하구나."

"습병의 증세가 있으면 진맥시에 습맥(濕脈)이 잡히기 마련입니다. 습맥이란 대부분은 맥이 가라앉고 늘어지면서 미약합니다. 이때 넓게 퍼져나가면서 늘어지는 맥은 음양이 모두 허하여 습열이 심해지는 것이며, 습열이 있으면 반드시 통증이 수반되기 마련입니다. 그리고 위로 뜨고 늘어지는 맥은 병이 겉에 있음을 나타내고, 아래로 가라앉으면서 늘어지는 맥은 병이 속에 있음을 나타냅니다. 또한 늘어지면서도 뜨는 맥은 풍과 습이 서로 대치한 상태를 의미합니다. 대군께서는 바로 풍과 습이 대치하는 맥이 잡혔습니다."

"오호. 진맥이 그렇듯 오묘한 것인 줄 내 미처 몰랐구나. 그래서 치료는 어떻게 하고, 약재는 무엇을 사용했느냐?"

"우선 부기가 있던 무릎과 다리는 뽕잎을 싸서 찜질하여 통증을 줄이고 부기를 뺐고, 더하여 피마자 잎을 붙여 남은 부기를 제거했습니다. 또한 이진탕(二陳湯)에 술에 적신 복령(茯苓)과 강활(羌活), 창출(蒼朮)을 더하여 풍 기운을 흩뜨리고 동시에 습기를 없앴습니다. 그리고 재발을 방지하기 위해 인삼과 백출을 넣은 환약을 만들어 매일 드시도록 조치하고 왔습니다. 이는 비장을 보하여 다시는 습병을 앓는 일이 없도록 하기 위함이었습니다."

"오호, 장하구나. 약재에 밝고 처방도 정확하도다. 어찌 젊은 나이에 그토록 깊은 의술을 가지게 된 것이냐?"

"모두 스승님의 가르침 덕분이옵니다."

"그것이 어디 스승의 가르침만으로 되겠느냐? 각고의 노력과 남다른 너의 재주가 더해지지 않고서는 불가능한 일이지."

주상은 중례의 의술을 몇 번이나 더 칭찬하고 사은품까지 내리며 말했다.

"내약방으로 들어오라. 앞으로 너를 자주 불러 의학에 대해 물을 것이니, 더 넓게 공부하고 더욱 깊게 닦도록 하라. 향후에 너와 내가 꼭 같이 해야 할 일이 있다."

11. 반달 아래 선 연인들

천달방 신궁(지금의 창경궁)을 나선 주상과 상왕 이방원이 사냥을 떠났다. 소비는 사냥 행렬에 따라가지 않고 풍양궁으로 바로 갔다. 풍양궁은 이방원이 왕위에서 물러난 뒤에 지은 이궁으로 한성에서 백 리도 넘게 떨어져 있었다. 이방원은 대비 민씨가 죽기 전부터 자주 그곳에 머물곤 했다. 민씨가 살아 있을 때 소비도 두어 번 그곳을 방문한 적이 있는데, 풍광이 아름답고 휴식하기 좋은 곳이었다. 대비 민씨가 죽은 후로 소비는 경자년(1420년) 시월부터 줄곧 상왕의 건강을 돌봐왔는데, 대부분의 시간을 그곳 풍양궁에서 보냈다. 소비가 상왕을 돌보게 된 것은 오로지 주상의 뜻이었다. 왜인 출신으로 조선에 귀화한 승려 의관 평원해가 상왕을 그림자처럼 호종하며 건강을 돌보고 있었지만, 주상은 안심이 되지 않았는지 소비를 상왕전에 딸려 붙여 평원해를 돕도록 했다.

이방원은 간간이 앓았던 중풍 증세가 심해진 상태였다. 소비는 침과 뜸으로 거의 수개월을 치료한 끝에 기어코 이방원을 회복시켰고, 이후로 이방원은 소비를 절대적으로 신임하여 어디를 가든 꼭 데리고 다녔다.

그런데 웬일인지 이번 사냥길엔 소비를 풍양궁에 떨궈놓고 갔다. 이방원은 전에 없이 건강에 자신감을 보였다.

"산길이 험하니 아녀자가 따라갈 곳이 아니다. 너는 풍양궁으로 먼저 가서 푹 쉬고 있거라."

그렇게 사냥을 떠난 날이 이틀 전인 4월 12일이었다. 그날부터 이틀 동안 이방원은 주상을 대동하고 산을 헤집고 다니며 사냥을 했고, 잠은 인근의 영평현(지금의 포천 지역)에서 잤다. 그 덕에 소비는 정말 오랜만에 달콤한 휴식을 즐길 수 있었다.

풍양궁 안엔 궁을 돌보는 차비노와 서리들, 그리고 군졸 몇 명뿐이었다. 시어머니같이 구는 상궁들이나 늘 시샘어린 눈으로 보는 나인들도 모두 영평에 머물고 있는 터라 눈치볼 사람도 없었다.

소비는 풍양궁 수각(水閣)에 앉아 가만히 볕을 즐기고 있었다. 그곳은 이방원이 좋아하는 장소였다. 자그마한 연못을 파고 그 가운데 만든 정자였다. 이방원은 볕이 따뜻한 날이면 자주 그곳에 누워 침을 맞곤 했다. 언제가 침을 맞던 이방원이 소비에게 물었다.

"내 얼핏 들었는데, 네 어미가 국무였던 가이라고 하던데 맞느냐?"

"그렇습니다."

"가이는 남편이 없었는데, 어찌 네가 가이의 딸이 되었느냐?"

"어머니께서 신당에 버려져 있던 저를 주워서 길렀다 합니다."

"음, 그런 사연이 있었구나. 그렇다면 친부모에 대해선 전혀 모르는 것이냐?"

그 물음에 소비는 얼른 대답이 나오지 않았다. 그래서 망설이고 있는데, 이방원이 말을 이었다.

"어허, 내가 괜한 것을 물었구나."

그때 소비는 속에서 불길 같은 것이 솟구치는 것을 느꼈다. 내 부모는 네놈이 죽이지 않았느냐 하고 소리소리 지르고 싶은 걸 억지로 참은 탓이었다. 소비는 이방원을 대할 때마다 그 뜨거운 불길을 숨기느라 애를 먹었다. 원수이기 전에 의원으로서 고쳐야 할 병자라고 스스로를 다독이고 또 다독이며 지내야만 했다. 그러다 하루는 이방원의 맥을 짚다가 속에서 타오르고 있던 불길이 훅 꺼져버리는 느낌에 사로잡혔다.

장옹(腸癰, 소장이나 대장에 생기는 종기)이었다. 삭맥(數脈, 보통보다 빨리 뛰는 맥)에 삽맥(澁脈, 거친 맥)이 겹치는 것으로 봐서 상태가 자못 심각했다. 그런데 이방원은 통증을 전혀 느끼지 못하는 것 같았다. 장옹은 상태가 아주 나빠질 때까지는 병자가 통증을 느끼지 못하는 경우가 많았다. 또한 웬만한 의원은 진맥으로 장옹을 짚어내지 못했다. 그래서 대개 배꼽 주변에 창종이 생기거나 배가 심하게 부풀어올라야 그때서야 알게 된다. 하지만 소비의 예리한 손끝엔 장옹의 맥이 분명히 잡혔다.

그러나 소비는 아무 언급도 하지 않았다. 그뒤로 맥을 잡을 때마다 장옹이 자라고 있다는 것을 느꼈지만 입을 꾹 다물고 있었다.

어차피 심해지면 배꼽에서 농이 흘러나오거나 대변에 농혈이 섞여 나오게 되어 있었다. 그전에 평원해가 장옹을 잡아낸다면 약을 쓰겠지만, 그땐 이미 돌이킬 수 없게 된다. 그리고 만약 장옹에 중풍까지 겹친다면 죽은목숨이나 진배없었다.

소비는 그저 구안와사를 고치는 데만 열중했다. 그리고 구안와사가 완치되자, 이방원은 건강을 완전히 회복한 것처럼 몹시 들떴다. 하지만 중풍의 뿌리는 그렇게 쉽게 뽑히는 것이 아니었다. 혹여 무리하여 기력을 쇠진하면 돌발적으로 발병하여 다시 악화되는 것이 중풍이었다. 그런 까닭에 평원해는 이번 사냥을 강력하게 만류했다. 하지만 이방원이 워낙 사냥을 좋아하는 터라 말을 듣지 않았다. 그간 구안와사로 인해 사냥을 자제하고 있었던 터라 더욱 고집을 부렸다.

이번에 사냥터로 잡은 부명산은 제법 험준한 곳이었다. 비록 험한 곳까지 가지 않는다고 해도 이방원의 건강 상태론 분명 무리가 있는 산행이었다. 더구나 이틀이나 지속되는 산행이었다. 하지만 이방원은 자신감이 넘쳐 보였다. 그런 까닭에 소비를 떼어 놓고 간 것이다.

소비는 크게 한 번 숨을 들이마신 뒤, 휴 하는 소리를 내며 숨을 내쉬었다. 그리고 하늘을 올려다보았다. 뭉게구름이 무척 여유롭게 떠다니고 있었다. 하지만 소비의 마음은 하늘처럼 여유롭지 않았다. 이방원 곁에 있는 내내 마음이 편치 않았다. 아무리 의원의 신분이라곤 하지만 부모를 죽인 원수를 치료하고 있는 자신이 한심할 때도 많았다. 또한 의원으로서 병자의 병을 알고도 숨기고 있다는 것도 불편했다. 그런 까닭에 이방원을 보지 않고 지낸 지난 이틀의 휴식은 그야말로 오랜만에 맛보는 자유였다.

그런데 이방원이 도착할 시간이 가까워지고 있었다. 늦어도 해가 지기 전에는 어가가 도착할 예정이었다. 이미 정오를 지난 지도 제법 되었다. 해가 조금씩 서쪽으로 기울고 있었다. 아니나다를까, 어가가 이미 십 리 밖에서 출발했다는 소식이 전해졌다. 소비는 옷매무새를 살핀 뒤, 어가를 맞을 준비를 하였다.

이방원은 먼길을 거둥한 뒤엔 반드시 침을 맞는 습관이 있었다. 이번에도 예외 없이 침을 놓아달라 할 것이 분명했다. 이방원에게 바깥나들이 후에 침을 맞는 습관이 생긴 것은 소비가 곁에 온 뒤부터였다. 그전까지는 침 맞는 것을 무척 싫어했다. 그런데 소비의 침을 맞고 난 뒤부터 태도가 완전히 달라졌다. 더구나 소비가 침으로 구안와사를 완전히 치료한 뒤부터는 거의 매일같이 침을 놓아달라고 했다. 어떤 때는 하루에 두 번을 요구하기도 했다. 그만큼 이방원은 소비의 침을 좋아했다.

소비의 침술은 아주 특별했다. 소비는 다른 의원과 달리 침의 온도를 매우 중시했다. 병증에 따라 냉침, 한침, 평침, 온침, 열침, 번침 등으로 구분하여 사용했는데, 이를 육침법이라고 불렀다. 육침법 중에 냉침은 얼음 사이에 침을 꽂아뒀다가 쓰는 침이고, 한침은 차가운 물에 침을 넣어뒀다가 쓰는 침이며, 평침은 실온에 뒀다가 쓰는 침이다. 그리고 온침은 따뜻한 물에 넣어뒀다가 쓰는 침이고, 열침은 뜨거운 물에 넣어뒀다가 쓰는 침이며, 번침은 불에 달구어 쓰는 침이다. 이 여섯 가지의 침법 중에 소비가 이방원에게 사용한 것은 평침과 온침 두 가지였다. 나머지 네 가지 침법은 조선 의학에선 철저히 금기시했다. 그나마 온침에 대해서는 너그러운 편이었다. 의관에 따라서는 온침도 쓰지 못하게 하는 자도 있었으나 이방원의 주치의 평원해는 별로 개의치 않았다. 덕분에 소비는 온침을 마음대로 쓸 수 있었는데, 특히 중풍을 치료할 땐 반드시 온침을 썼다. 다행히 이방원도 온침을 매우 좋아했다.

사실, 소비는 활인원에서 냉침과 한침, 열침과 번침을 사용하여 환자들을 고친 적이 많았다. 냉침과 한침은 온역이나 학질에 효과적이었고, 습증이나 중풍 환자에겐 열침이나 번침이 아주 효과적이었다. 그러나 중풍을 앓고 있던 이방원에게는 열침과 번침을 쓸 엄두를 내지 못했다. 특히 번침은 아예 입 밖에 꺼낼 수도 없었다. 조선 의학에서는 번침을 아주 사악한 침법으로 여기고 있었기 때문이다. 그만큼 번침은 의술에서 미지의 세계였다. 번침뿐 아니라 평침을 제외한 모든 침법이 미지의 세계로 남아 있었다. 실상 냉침에서 번침에 이르는 육침의 세계는 소비만이 제대로 사용할 수 있는 침법이었다.

원래 육침법을 고안한 사람은 소비의 스승 탄선이었다. 하지만 탄선은 육침법을 고안하긴 했으나 자유자재로 사용하진 못했다. 탄선이 쓸 수 있는 침법은 평침 외에 온침 정도였다. 번침만 하더라도 탄선은 깊게 탐구하지 못해 자유롭게 사용할 수 없었다. 그런데 소비는 달랐다. 소비는 다섯 살 때 처음 침을 잡은 이래 몸으로 익힌 침법이라 그런지 육침법을 아주 자유자재로 사용하고 있었다. 그만큼 소비의 침술은 타고난 것이었다. 스승인 탄선조차도 침술에 있어서만큼은 소비의 상대가 되지 않았다.

그런 까닭에 탄선은 기회가 있을 때마다 소비에게 이렇게 타일 렀다.

"나 이외에 누구에게도 육침법을 거론해서는 안 된다. 세상에서 육침법을 제대로 쓸 수 있는 사람은 오직 너 하나뿐인데, 섣불리 세상에 내놓았다가는 큰 곤란을 겪을 수 있다."

소비는 탄선이 왜 그런 당부를 했는지 잘 알고 있었다. 육침법을 함부로 드러냈다간 사악한 침술로 사람을 속인다는 말을 듣기 십상이었다. 특히나 소비는 무녀의 딸이라 그런 말을 듣기 딱 좋은 처지였다.

소비는 스승 탄선의 당부를 다시 한번 되새기며 물을 끓였다. 온침에 쓸 물은 우선 팔팔 끓인 뒤, 다시 일정한 온도까지 식힌 뒤에 사용해야 했다. 물의 온도가 적당한 때에 이르면 물을 유기그릇에 나눠 담고 뚜껑을 덮어놓고 사용해야 한다. 그 때문에 물을 끓이고 식혀 적절한 온도를 유지하는 것이 매우 중요했다.

소비가 온침을 쓰기 위한 준비를 모두 끝냈을 때, 어가가 풍양궁에 당도했다. 예상했던 대로 이방원은 도착하자마자 곧장 소비에게 침을 놓으라고 명했다. 이방원은 매우 피곤해 보였다. 이틀 동안 산을 누비며 사냥을 한 것이 다소 무리가 됐던 모양이었다.

온침을 맞은 이방원은 평소보다 빨리 잠에 빠져들었다. 평소에도 온침을 맞으면 잠을 자곤 했지만, 그토록 빠르게 잠든 적은 없었다. 아무래도 간밤에 잠자리가 불편했던 모양이다. 원래 잠자리에 예민한 그였기에 현청에 마련된 침소가 편했을 리 없었다.

소비는 잠든 이방원의 맥을 잡아보았다. 중풍과 장옹의 상태를 짚어보기 위함이었다. 중풍은 잠잠한 편이었지만, 장옹은 한층 깊어져 있었다. 소비는 맥을 짚던 손을 이방원의 아랫배로 옮겨보았다. 하지만 소비의 손끝엔 장옹이 쉽사리 잡히지 않았다. 장옹이 배 속 깊은 곳에 똬리를 틀고 있다는 뜻이었다. 소비는 복부를 깊이 눌러보고 싶었지만 참았다. 혹여 이방원이 깜짝 놀라 깨어날까 염려한 탓이었다.

이방원은 침을 뽑은 뒤에도 한동안 잠에서 깨어나지 못했다. 그러다 저녁 수라가 준비되었을 때쯤 몸을 일으켰다. 그리고 주상과 함께 저녁을 맛있게 먹고 일찌감치 잠이 들었다.

풍양궁의 주인인 그가 일찍 침소에 들자, 시녀들과 시위군들도 움직임을 멈추고 일찍 일과를 끝냈다. 소비 또한 자신의 숙소로 돌아와 일찌감치 잘 준비를 하였다. 이튿날 한성 신궁으로 돌아갈 예정이었다. 상왕 이방원이 이번에 풍양궁으로 거둥한 것은 순전히 사냥 때문이었다. 중풍을 앓은 이래 제대로 사냥길에 나서보지 못한 지가 벌써 두 해를 넘긴 터였다. 그간 사냥터에 간 적은 몇 번 있었지만 그저 구경만 했을 뿐 직접 사냥에 참여하진 못했었다. 그런데 이번엔 직접 말을 타고 사냥을 즐겼다. 구안와사에서 벗어나자 중풍을 완전히 이겨냈다고 생각하고 결정한 일이었다. 하지만 주상은 그런 부왕의 건강이 염려되었다. 그래서 함께 사냥에 참여하고, 함께 한성으로 환궁하자고 제안했다. 혹여 풍양궁에서 건강에 이상이라도 생긴다면 주상이 풍양궁에 계속 머물러야 했기 때문이다. 그리되면 주상이 정사를 제대로 볼 수가 없었고, 이런 사정을 잘 알고 있던 이방원은 아들의 제안을 기꺼이 받아들이며 신궁으로 돌아가기로 한 것이다.

"주상 전하 납시오!"

소비가 이불을 내리려고 하는데, 바깥에서 들린 소리였다. 소비가 급히 버선발로 뛰쳐나가자, 주상이 서 있었다.

"전하, 어인 일로 소인의 처소를 찾으셨나이까?"

"다행히 아직 자지 않았구나. 내 네게 물어볼 말이 있어 들렀다."

"그렇다면 소인을 부르시면 될 것을……."

"놀랐느냐?"

"그저 황송하여……."

"허허, 물어볼 말이 있긴 한데…… 늦은 밤이라 네 처소에 들어가긴 그렇고……. 잠시 따를 수 있겠느냐?"

주상은 주변을 모두 물리고, 소비를 연못 위 수각으로 이끌고 갔다. 그리고 옆에 앉힌 뒤 말했다.

"낮에 봄볕이 좋더니, 밤엔 달빛이 매우 좋구나."

"예 전하, 아주 좋은 봄밤이옵니다."

"돌아보니, 내가 너를 본 지도 벌써 꽤 되었구나. 벌써 6년이란 세월이 흘렀으니……. 그간 너는 내겐 늘 은인이었다. 하마터면 죽을 뻔한 세자 향을 살렸고, 난산으로 죽음의 문턱에 선 왕비와 왕자를 무사하게 하였다. 어디 그뿐이냐. 병마에 시달린 어마님을 돌보아줬고, 이제 아바님까지 돌봐주고 있으니, 너는 그야말로 내겐 세상에 둘도 없는 은인이다."

"전하, 과찬이옵니다. 소인은 그저 의원으로서 할일을 한 것뿐이옵니다."

"너는 그렇게 생각하지만 나는 아니다. 그래서 하는 말인데……."

주상은 잠시 말을 끊고 헛기침을 두어 번 하고는 말을 이었다.

"네게 따로 상을 내리자니 마땅한 것이 없고, 그렇다고 아녀자라 벼슬을 내리기도 애매하고…… 음……."

주상은 또 말을 끊고 헛기침을 하였다.

"내가 이런 말을 하면 네가 어떻게 생각할지 모르지만…… 고심 끝에 결심하였는데…… 음, 내 너에게 첩지를 내리려 하는데, 어찌 생각하느냐?"

"첩지라 하시면?"

"그러니까 너를 후궁……"

그러자 소비가 갑자기 무릎을 꿇고 머리를 조아리며 말했다.

"전하, 용서하십시오. 소인은 전하의 첩지를 받을 자격이 없습니다."

"자격이 없다니?"

"소인은 이미 정혼자가 있습니다. 제 스승께서 맺어준 인연이옵니다."

"그, 그러냐? 몰랐구나."

"황공하옵니다, 전하."

"아, 아니다. 내 말은 없던 것으로 하거라. 으음…… 달이 참 좋구나. 내일모레가 보름이라지?"

주상은 그렇게 자리를 털고 일어섰다. 소비는 주상의 모습이 보이지 않을 때까지 목례를 한 채 그 자리에 서 있었다. 소비는 주상이 사라진 뒤에도 한참 동안 그 자리에서 움직일 수 없었다. 이상하게 몸이 떨리고 가슴이 뜨겁게 달아올랐다.

"정혼자라니……."

소비는 혼잣말로 중얼거렸다. 자신의 입에서 정혼자라는 말이 튀어나올 줄 상상도 하지 못했다. 어떻게 해서든 그 순간을 모면하기 위해 꾸며낸 거짓말이었다. 그 때문인지 알 수 없었지만 숙소로 돌아오는 내내 소비는 몸을 부들부들 떨었다. 그리고 방문을 열고 들어서자, 다리에 힘이 빠져 풀썩 주저앉고 말았다.

"후궁이라니…… 첩지라니……."

소비는 혼이 다 빠져나가는 것 같았다. 주상을 만난 세월을 돌이켜보면, 그를 남자로 바라본 적이 없지도 않았다. 어쩌면 처음 보았을 때부터 그런 감정이 있었는지도 모른다. 하지만 언감생심 그의 여자가 되겠다는 마음을 품어본 적은 한 번도 없었다. 아니, 그런 마음을 품을 수조차 없었다. 일국의 왕자로서 올려다보기도 벅찰 만큼 높은 곳에 서 있는 그였다. 더구나 그는 더 높은 곳으로 올라가 하늘로 솟구쳐오르는 용을 품에 안은 임금이 되었으니, 어찌 그를 마음에 품을 수 있겠는가? 그런데 막상 후궁이니, 첩지니 하는 소리를 듣자, 가슴이 쿵쾅거리고 온몸이 뜨겁게 달아오른 것은 왜일까? 정녕 마음속에 그를 품고자 하는 욕망이 도사리고 있었던 말인가?

소비는 고개를 가로저었다. 한땐 분명 주상을 남자로 생각한 적이 있긴 했지만, 상왕이 부모의 원수인 것을 알고는 완전히 마음을 접었었다. 그런 까닭에 주상의 후궁이 된다는 생각에 마음이 달아오른 것은 분명 아니었다. 사실, 그녀의 가슴을 뜨겁게 달군 것은 후궁이니 첩지니 하는 말이 아니었다. 오히려 주상의 후궁이 되는 것을 피하기 위해 거짓말로 둘러댔던 정혼자라는 말이었다. 정혼자. 결혼 상대로 정해둔 사람. 소비에게 그런 사람이 있었던가?

"정혼자……."

그 말을 입에 담자, 문득 떠오르는 얼굴이 있었다. 노중례, 바로 그 사람이었다. 소비의 일생에서 가슴을 뜨겁게 만든 유일한 사람은 그 사람밖에 없었다. 소비가 결혼이라는 단어를 떠올리면 언제나 그 사람의 얼굴이 어른거렸다. 아파 누운 그녀의 어깨에 전해지던 그의 뜨거운 열기가 되살아나곤 했다.

소비는 갑자기 중례가 몹시 보고 싶었다. 중례를 못 본 지도 어언 3년이나 되었다. 그 3년 동안은 소비에겐 그야말로 암흑 같은 시간이었다. 부모를 죽인 두 원수를 간병하면서 처음으로 사람을 살리는 의원이 된 것을 후회했던 시간이었다. 불구대천의 원수들을 매일같이 대하며 그들의 숨이 끊어지길 기다리는 삶이란 한마디로 지옥 그 자체였다. 누군가를 죽이고 싶다는 것이 얼마나 고통스러운 일인지 매일같이 확인해야 했다. 매 순간 복수의 불길이 타올랐고, 매 순간 그 불길을 끄기 위해 스스로와 싸워야 했다. 그리고 그들 둘 중 하나는 황천길로 떠났다. 또한 남은 하나도 숨이 끊어질 날이 머지않았다. 이미 그의 몸속엔 죽음이 똬리를 틀고 있었다.

그런데 그 원수 이방원의 몸속에 똬리를 튼 죽음이 매일같이 스멀스멀 기어나와 소비 자신에게도 옮겨오는 느낌이었다. 그렇게 누군가의 죽음을 기다리는 것은, 누군가가 죽기를 바란다는 것은 죽음의 늪에 함께 빠지는 일이었다.

소비는 이제 그만 그 죽음의 늪에서 벗어나고 싶었다. 더이상 누군가를 미워하지도, 누군가가 죽기를 바라며 살고 싶지도 않았다. 그래서 중례가 더 보고 싶은지도 몰랐다. 그가 곁에 있다면 당장에라도 죽음의 늪에서 벗어날 수 있을 것만 같았다.

하지만 주상이 후궁이니 첩이니 하는 말을 하기 전에는 단 한 번도 그런 감정에 빠진 적이 없었다. 오로지 불구대천의 원수 이방원이 숨이 끊어지는 모습을 직접 확인한 후 어머니의 돌무덤에 달려가 전하고 싶은 마음뿐이었다. 당신을 죽인 그놈이 마침내 죽었다고, 그러니 이제 편안히 저세상으로 가시라고, 그래서 더이상 이 딸년을 염려하지 마시라고.

그런데 왜 주상이 자기의 여자가 되라고 하는 순간, 원수 놈의 마지막을 어머니께 알리겠다는 마음보다 중례에게 달려가고 싶은 마음이 더 앞서게 됐던 것일까? 소비는 자신의 그런 심경 변화를 이해할 수 없었다. 자신의 마음을 이렇게도 들여다보고 저렇게도 헤아려보았지만 결코 답을 찾아낼 수 없었다. 하지만 분명하게 얻은 결론 하나는 있었다. 주상의 후궁이 되는 순간, 영원히 죽음의 늪에서 헤어나지 못할 것이라는.

소비는 생각에 생각을 덧칠하고, 그 덧칠한 생각 위에 또다른 생각들을 덮고 또 덮으며 꿈인지 생시인지 알 수 없는 망상 속에서 밤을 보냈다. 얼핏 꿈속에서 중례를 본 듯도 했고, 중례의 얼굴이 다시 주상의 얼굴로 변하기도 했다. 그리고 주상이 갑자기 이방원으로 돌변하여 자신의 목을 조르며 소리쳤다.

"네년이 독사처럼 내 몸속에 똬리를 틀고 앉아 나를 죽이려는 것이냐! 흐흐흐, 이년 내 반드시 너부터 죽이고 말리라!"

소비는 목을 잡고 한참을 숨넘어가는 소리를 내다 가까스로 꿈에서 깨어났다.

"내의녀는 뭐하시오?"

바깥에서 궁녀의 재촉소리가 들렸다. 벌써 아침이었다. 상왕전에 탕약을 올려야 하는 시간이 다가오고 있었다. 조반을 들기 전에 올려야 하는 쌍화탕이었다. 이방원은 식전에 먹는 쌍화탕을 무척 좋아했다. 물론 소비가 온 뒤로 생긴 습관이었다. 쌍화탕을 많이 마셔보았지만, 소비가 올린 쌍화탕만한 것이 없다며 하루도 거르는 일이 없었다.

소비는 급히 쌍화탕을 마련하여 이방원의 처소로 갔다. 시간이 약간 늦은 터라 오상궁이 눈을 내리깔고 인상을 찌푸리고 있었다. 쌍화탕을 올리자, 오상궁은 은수저로 한 숟갈 뜬 뒤, 기미를 하였다.

"쌍화탕은 아직 오지 않았느냐?"

안에서 이방원이 재촉하는 소리가 들리자, 오상궁은 소비를 한 번 째려보고는 대답했다.

"이미 대령해 있사옵니다. 곧 올리겠습니다."

오상궁은 고갯짓으로 소비에게 쌍화탕을 가지고 들어가라고 했다.

"냄새가 아주 좋구나. 매일 맡는 냄새인데, 항상 새롭구나."

이방원은 눈을 감고 쌍화탕을 코에 대고 잠시 음미한 뒤, 천천히 마셨다.

이방원이 쌍화탕을 마시고 난 뒤, 소비는 그의 맥을 짚었다. 쌍화탕을 마신 뒤라 그런지 맥이 활달했다. 하지만 그 활달함의 뒤끝에 따라붙는 삭맥이 예사롭지 않았다. 그의 대장 속에 똬리를 틀고 있는 장옹이 솟구쳐오를 날이 머지않았다는 뜻이었다.

"괜찮으냐?"

이방원이 그저 지나가는 말처럼 물었고, 소비 또한 평소와 다름없는 대답을 하였다.

"맥은 활달하지만, 무리하셔서는 안 됩니다."

"무리할 일이 뭐 있겠느냐? 그저 가마에 가만히 앉아 있으면 될 일인데……."

이방원은 그렇듯 대수롭지 않게 말했지만, 백 리가 넘는 길을 가마를 타고 가는 것도 결코 녹록한 일은 아니었다. 특히나 병자라면 가마로 인한 피로는 한층 심할 수밖에 없었다.

어가는 사시(오전 9시)쯤에 풍양궁을 나섰다. 그리고 해가 지기 전에 천달방 신궁에 당도했다. 다행히 그날 밤 이방원은 별 탈 없이 일찍 잠들었다. 또한 이후로 며칠 동안 특별한 병증을 드러내지는 않았다. 그런데 신궁으로 돌아온 지 이레째 되던 날, 이방원은 동교에 나가 매사냥을 구경하고 낙천정에서 점심을 먹고 돌아왔는데, 갑자기 중풍 증세가 있었다. 거기다 이질까지 동반하였다. 이

때문에 내약방에 비상이 걸렸다.

이방원의 증세는 자못 심각하였다. 주치의 평원해는 물론이고, 이미 내약방에서 물러난 태의 양홍달과 대전의 어의들도 모두 신궁으로 달려왔다. 그들은 중풍 증세를 잡는 데 온 힘을 쏟았다. 이질은 그저 일시적인 증세로 생각하고 그다지 심각하게 보지 않았다. 그들의 판단대로 이질은 하루 만에 멈췄다. 하지만 중풍은 쉽게 잡히지 않았다.

이방원은 중풍으로 인해 음성이 정확하지 않았고, 오른쪽 팔과 오른쪽 다리가 제대로 움직이지 않았다. 이방원의 병세가 심각하다는 것을 안 의정부에서는 주상에게 명산에 기도드리기를 요청했고, 각 사찰에서도 태상왕의 회복을 기원하는 기도를 드리도록 하자고 요청했다. 주상은 곧 각처로 사람을 나누어 보내 기도하게 했다. 또한 죄인들을 석방하는 한편, 종묘에 기도드리고, 소격전에 요청하여 기도를 올리도록 했다. 거기다 모든 신하들의 문안 인사를 금지시키고, 군대로 동원하여 신궁 주위를 엄하게 호위하라고 지시했다.

그쯤 되자, 조정에서도 국상에 대비하기 시작했다. 평원해와 양홍달을 비롯한 모든 의관들도 심정은 비슷했다. 조선 최고의 의관들이 치료에 전념했지만, 이방원의 병세는 나날이 악화되었고, 이제 의식마저 잃은 상황이었다.

"이상한 일이오. 분명히 중풍은 완화되었는데, 계속 기력을 잃고 계시니 알 수 없는 일이오."

이방원의 중풍 치료를 주도하고 있던 양홍달이 평원해에게 토로

한 말이었다. 평원해 역시도 양홍달과 같은 생각이었다. 이미 중풍은 웬만큼 호전된 상태였다. 음성도 정확해졌고, 팔과 다리도 발병 이전 수준에 가까웠다. 그런데 이방원은 날이 갈수록 수척해지고, 기력을 잃어갔다.

"도대체 이유가 무엇인가? 중풍이 완화되었다면, 기력을 회복하시는 것이 당연한 일이 아닌가?"

주상이 양홍달과 평원해를 불러놓고 다그쳐보았지만, 그들에게선 뻔한 대답만 돌아왔다.

"풍으로 인해 기력을 너무 잃은 탓에 원기 회복을 못하시는 것 같습니다. 원기 회복을 위한 탕제를 올리고 있으니, 곧 좋아지실 것입니다."

하지만 그들의 말 속에는 확신이 없었다. 주상 또한 그들의 말을 믿지 않았다. 답답한 나머지 주상이 소비를 불러들였다. 약방 승지와 내약방 도제조, 그리고 양홍달과 평원해까지 모두 도열해 있는 상황이었다.

"그동안 내의녀가 태상왕 전하를 간병했으니, 내의녀에게 치료를 맡길 것이다."

주상이 지푸라기라도 잡는 심정으로 한 말이라 아무도 반론을 제기하지 못했다.

소비가 그들 대신들과 어의들이 지켜보는 가운데, 이방원의 맥을 잡았다. 그리고 이방원의 복부와 항문도 함께 살폈다. 중풍에다 장옹이 겹친 상태였다. 장옹이 워낙 깊이 있어 양홍달도 평원해도 알아내지 못했지만, 소비는 이질을 함께 앓는다는 소리를 들었을 때부터 이미 장옹이 크게 악화된 것이라고 짐작했었다. 살펴보니, 이방원의 항문에선 여전히 농변이 조금씩 나오고 있었다. 다른 의원들은 그것을 그저 이질이 약간 남아 있는 것이라 생각했다. 원래 중풍을 앓을 때도 변이 새어나오는 경우가 있었기 때문에 그들은 농변에 대해선 신경쓰지 않았던 것이다.

하지만 소비는 장옹에 대해선 언급하지 않았다. 이미 돌이킬 수 없는 지경인 탓도 있었지만 장옹을 언급하여 의관들을 곤란하게 할 이유도 없었고, 굳이 이방원을 치료할 생각도 없었다.

"소인도 중풍 이외엔 다른 맥을 감지하지 못했습니다."

소비까지 그렇게 나오자, 주상은 다른 방도가 없다고 생각했다. 하지만 자식 된 도리로 최선을 다해야 한다는 생각에 또 한 사람의 의원을 불러들였다.

"활인원에 가서 탄선을 불러오라."

그 말에 양홍달과 평원해의 얼굴이 하얗게 질렸다. 혹여 탄선이 와서 자신들이 발견하지도 못한 병증을 들먹이면 큰일이다 싶었다. 소비 또한 깜짝 놀랐다. 스승 탄선이 진맥한다면 장옹을 언급할 것이 분명했다.

그때 우의정 정탁이 나서서 말했다.

"전하, 탄선은 지금 활인원에 없습니다. 지난 3월에 경기 감영이 있는 수원에 돌림병이 돌아 그곳에 나가 있습니다."

"그렇다면 어서 경기 감영에 파발을 띄워 탄선을 불러오라."

"전하 그것은 안 될 말씀이옵니다. 탄선이 궁중으로 들어왔다가 돌림병이 대궐로 묻어 들어오면 어찌하시려 그러십니까?"

그 말에 주상이 한숨을 쏟아내더니, 갑자기 생각난 듯 말했다.

"그러면 노중례를 불러오라."

주상은 양녕의 병을 고친 노중례를 매우 신뢰하고 있었다. 더구나 노중례는 탄선의 제자이니, 내약방 의관들이 잡아내지 못하는 질병을 찾아낼 수도 있을 것이라 생각했다. 하지만 옆에 섰던 양홍달이나 평원해는 속으로 코웃음을 쳤다. 의관이 된 지 이제 겨우세 해째 접어든 노중례 따위가 뭘 알겠냐 싶었던 것이다. 소비 또한 노중례의 의술에 대해선 잘 몰랐다. 비록 감각이 남다른 면이 있는 것은 사실이었지만 의술을 익힌 지 오래되지 않은 터라 내장 깊이 똬리를 틀고 있는 장옹을 찾아낼 순 없을 것이라 여겼다. 그런데도 소비는 얼굴이 화끈 달아오르고 마음이 들떴다. 그저 그를 볼 수 있다는 것만 해도 너무도 좋았다. 거기다 주상이 그를 매우 신뢰하고 있다는 생각까지 들자, 잔뜩 기대감에 부풀었다. 만약 중례가 장옹을 잡아낸다면 그에 대한 주상의 신임이 한층 깊어질 것이라고 생각하니, 그가 장옹을 잡아냈으면 하는 마음까지 들었다.

주상의 부름을 받고 중례가 급히 신궁 태상왕전으로 들어왔다. 중례는 주상이 왜 자신을 불러들였는지 영문을 몰라 어리둥절했다. 거기다 들어서면서 소비를 발견하고는 한층 얼떨떨한 얼굴이 되었다. 무려 삼 년 만의 해후였다. 당연히 중례의 마음이 들뜰 수밖에 없었다.

하지만 중례는 이내 냉정을 되찾았다. 한눈에 자신이 어떤 자리에 왔는지 깨달았기 때문이다. 중례는 주상의 명에 따라 이방원의 맥을 짚었다. 이후 복부를 살피고, 항문 아래 손을 넣어보았다. 그리고 이윽고 입을 열었다.

"태상왕 전하께서는 중풍에다 장옹이 겹친 것이옵니다. 그런데 중풍은 이미 많이 완화되었으나, 장옹이 자못 심각하옵니다."

소비는 중례의 입에서 장옹이라는 말이 나오는 순간, 저도 모르게 가느다란 한숨을 쏟아냈다. 한숨의 의미는 두 가지였다. 장옹으로 인해 벌어질 일에 대한 번잡스러움과 중례가 장옹을 찾아냈다는 경이로움이 겹친 것이었다. 의술을 익힌 지 불과 몇 년 만에 중례는 조선 최고의 의원으로 우뚝 설 수 있는 기반을 마련한 셈이었지만, 그로 인해 내약방을 장악하고 있는 양홍달 세력의 견제 또한 거세질 것이 분명했다. 그래도 소비는 중례가 뛰어난 의원으로 성장한 것에 더 큰 의미를 두었다.

"장옹이라 했느냐?"

주상이 먼저 물었다.

"그렇습니다."

"장옹이 무엇이냐?"

"장에 종기가 생긴 것을 일컫습니다."

그러자 주상이 양홍달을 향해 물었다.

"장옹이라 하는데, 양태의는 어찌 생각하는가?"

양홍달은 당황하는 기색이 역력했다.

"장옹이라면 당연히 복부가 솟아오르고 농혈이 나타나야 합니다. 그런데 그런 증세는 없었습니다."

그러자 중례가 말했다.

"장옹이 깊이 있어 복부가 솟아오르지 않은 것이며, 비록 농혈은 나타나지 않았으나 농변은 있었습니다. 지난번 이질을 앓고 계셨다 들었사온데, 제가 지금 살펴보니, 그것은 이질이 아니라 농변이었을 것입니다. 또한 지금도 자세히 살펴보면 농변의 흔적이 있사옵니다.”

양홍달은 헛기침만 할 뿐 대구를 하지 못했다. 이에 주상이 중례에게 물었다.

“그러면 어찌하면 되겠느냐? 치료법은 있느냐?”

“장옹이 심각하여 예후를 알 수 없습니다.”

“병명을 알면 치료책도 알 것이 아니더냐?”

“이미 병증이 너무 깊어 돌이킬 수는 없습니다. 다만 일시적으로 기운을 일으킬 방도는 있습니다. 그런데 소신의 능력으로 할 수 있을지 알 수 없습니다.”

“그것이 무엇이냐?”

“육침을 고루 쓰고, 뜸과 탕약을 더하여 순간적으로 원기를 회복시킨다면 잠시나마 의식을 회복하실 수는 있을 것입니다. 하지만 소신은 육침을 제대로 쓰지 못합니다.”

“육침이 무엇이며, 육침을 제대로 쓰는 자는 또 누구냐?”

“육침이란 제 스승께서 고안한 것으로 침법인데, 병증에 따라 냉침, 한침, 평침, 온침, 열침, 번침을 번갈아 사용하는 의술입니다. 그런데 육침을 제대로 행할 수 있는 사람은 세상에서 오직 한 사람뿐이라고 들었습니다.”

“그것이 누구냐? 네 스승 탄선이냐?”

“아닙니다. 바로 저기 있는 내의녀 소비입니다.”

소비는 그 말에 가슴이 덜컥 내려앉았다. 스승 탄선은 육침법을 세상에 알리는 순간, 의관들이 승냥이떼처럼 달려들어 물어뜯을 것이라 했었다. 그런데 중례가 육침을 언급했으니, 양홍달을 비롯한 내약방 의관들이 그냥 있을 리가 없었다. 아니나다를까 양홍달이 쌍심지를 돋우고 앞으로 나섰다.

"전하, 세상 어느 의서에도 육침법이란 것은 존재하지 않습니다. 특히 번침이란 한낱 사술에 불과한 것으로 사악한 의원들이 병자들을 현혹할 때 쓰던 침법입니다. 또한 냉침과 한침, 열침이라는 말은 듣지도 보지도 못한 침법입니다. 그런데 어찌 감히 태상왕 전하께 사용할 수 있겠습니까?"

평원해 또한 가세했다.

"성상 전하, 지금 전하께서 지푸라기라도 잡는 심정이란 것을 잘 알고 있습니다. 하지만 보지도 듣지도 못한 사술을 쓰시면 아니 되옵니다."

그러자 주상이 무섭게 화를 내며 그들을 쏘아붙였다.

"그렇다면 명산에 기도하고, 사찰의 중들을 동원하여 기도를 하는 것은 어떠한가? 또한 종묘에 기도하고 소격전에서 기도를 올리게 하는 것은 어떠한가? 그리하면 아바님께서 쾌차하시는가? 그리고 그대들이 보지 못하고 알지 못하면 모두 사술인가? 또한 그것이 비록 사술이라 하더라도 자식 된 도리로 잠시라도 의식을 회복할 길이 있다면 어찌 행하지 않겠는가?"

"신들이 그런 뜻이 아니라……"

"그 입 다물라!"

주상은 그들에게 호통친 후 소비에게 물었다.

"노중례의 말이 사실이냐?"

소비도 더이상 숨길 수 없었다. 이제 중례를 위해서라도 육침을 행하지 않을 수 없다고 판단했다.

"소인이 육침을 써보겠습니다. 하지만 예후를 장담할 수는 없습니다."

"알았다. 모든 책임은 내가 질 것이니, 너의 의술을 펼쳐보아라."

"알겠습니다. 의관 노중례의 도움이 필요하니, 함께하도록 해주십시오."

"그리하라!"

소비는 육침 중에 온침, 열침과 번침 순서로 시침했다. 소비가 시침하는 동안 중례는 뜸을 놓았다. 그리고 침과 뜸을 모두 놓은 뒤 마지막으로 소비가 올린 탕약을 먹었더니, 신기하게도 의식을 잃고 있던 이방원이 눈을 떴다. 주상과 평원해, 양홍달과 우의정이 지켜보는 가운데 벌어진 일이었다.

"주상……."

이방원이 눈을 뜨고 고개를 움직이더니 마침내 입을 열고 꺼낸 첫마디였다.

"아바님, 정신이 드시옵니까?"

"지금이 낮이냐, 밤이냐?"

"밤이옵니다."

"주위를 모두 물려라. 내 주상과 단둘이 할 말이 있다."

"모두 물러가라!"

결국, 주상만 남겨두고 모두 상왕전에서 물러났다. 하지만 모두 신궁에 머물며 상왕전의 상황을 살펴야 했다. 특히 소비는 몇 번이나 상왕전을 들락거려야 했다. 이방원은 쌍화탕을 요구하기도 했고, 타락죽을 요구하기도 했다. 쌍화탕과 타락죽은 소비가 직접 달이고 만들어 올렸다. 그 바람에 소비와 중례는 사적인 대화는 전혀 나누지 못했다.

이방원이 쌍화탕과 타락죽을 먹자, 주상은 대소 신료들을 모두 퇴궐시켰다. 노중례를 제외한 모든 의관도 신궁에서 물러나 내약방에서 대기하도록 했다.

그런데 자정 무렵에 주상이 급히 노중례와 소비를 상왕전으로 호출했다. 이방원의 의식이 다시 흐려진 탓이었다. 두 시진 남짓 버티던 기력이 완전히 쇠진한 것이었다.

"다시 소생하실 수 있겠느냐?"

주상이 다급하게 묻자, 소비가 고개를 가로저었다. 주상은 곧 상왕전으로 왕비와 세자, 왕자들을 불러들이고, 파발을 띄워 양녕대군과 효령대군, 공주와 부마들을 호출했다.

하지만 이방원은 그들이 상왕전에 당도하기도 전에 숨을 거뒀다. 주상이 통곡을 하며 목놓아 울었고, 소비와 중례는 주상의 통곡을 뒤로하고 상왕전에서 물러나왔다.

두 사람은 사람들의 눈을 피해 인적이 드문 신궁 뒤뜰로 갔다. 중례가 앞장서고 소비가 뒤를 따랐다. 마침내 뒤뜰 후미진 곳에 이르자, 소비가 털썩 주저앉아 울기 시작했다.

"어머니, 이제 이 딸년 걱정을 하지 마시고 마음 편히 가세요. 훨훨 날아가세요."

소비는 눈물을 흘리며 그렇게 중얼거렸다. 중례는 소비의 행동을 이해할 수 없었지만, 사연을 묻지는 않았다. 그저 그녀의 어깨를 토닥거리며 울음을 그칠 때까지 함께 있어주었다. 중천에 뜬 반달이 그들 두 사람을 그윽이 내려다보았다.

12. 역병의 그늘 속에 피는 꽃

주상이 빈전에 앉아 있는데, 영의정 유정현이 급한 걸음으로 달려와 아뢰었다.

"전하, 사흘 전에 낙산 산자락에 불이 났는데, 매장하지 않은 시신들이 불타고 있어 그 냄새가 주변 마을에 진동하고 있다 하옵니다."

임인년(1422년) 3월 초부터 도성 밖에서 퍼지기 시작한 역병이 두어 달 만에 도성 전역으로 퍼져나갔다. 그 바람에 가난하거나 자손이 없는 집에서는 장례는 고사하고 관도 마련하지 못해 시신을 산자락에 버리기 일쑤였다. 그런데 누군가가 고의로 산자락에 불을 질렀는지 시신들이 버려진 골짜기에서 불길이 시작되었다.

"불길은 잡혔습니까?"

"관군들을 동원하여 불길을 잡고 있지만, 아직 번지고 있는 중입니다."

"버려진 시신은 얼마나 된다 합니까?"

"수십 구는 족히 된다 하옵니다."

"버려진 시신이 낙산 자락에만 있습니까?"

"아닙니다. 인왕산과 목멱산 자락에도 버려진 시신이 많은데, 쥐들이 눈알을 파먹고 산짐승이 살을 뜯어먹어 차마 눈뜨고 볼 수 없는 지경이라 하옵니다."

역병으로 죽은 시신은 비단 산자락에만 버려져 있는 것은 아니었다. 도성 안에도 길거리에 버려진 시신이 부지기수였다. 버려진 시신들은 대개 노비들이었는데, 어느 집 노비인지 알아볼 수 없도록 얼굴을 불로 지지고 옷을 벗겨서 버렸다. 그 때문에 귀후소에 소속된 매골승들이 매일같이 시체를 치우느라 정신이 없었다.

"이러다 역병이 대궐까지 퍼지는 것 아닙니까?"

"어제 서활인원의 중 탄선이 경기 감영에서 돌아와 혜민국에 머물며 역병 잡을 대책을 마련하고 있습니다. 다행히 탄선의 활약으로 경기도에 퍼졌던 역병은 잡혔다 하니, 도성의 역병도 머지않아 잡을 것이옵니다."

"어쨌든 역병이 궐을 침범하지 않도록 각별히 유의하고, 혹여 지금 조성하고 있는 산릉의 일꾼과 관원들에게도 역병이 번지지 않도록 해야 합니다."

이렇듯 주상이 역병의 창궐로 국상을 무사히 치르지 못할까봐 노심초사하던 그 시간, 혜민국엔 방역단이 꾸려졌다. 방역단의 최일선엔 역시 역병에 대한 경험이 많은 서활인원 사람들이 있었다.

탄선을 중심으로 여연을 비롯한 매골승들과 종심 등의 무녀들, 거기다 중례와 소비가 가세했다. 탄선은 방역단의 총지휘를 맡고, 여연은 매골승들을 이끌고 버려진 시신들을 처리하는 일을 맡았으며, 중례와 소비는 혜민국 의관과 의녀들을 이끌며 병자들의 치료를 담당했다. 또한 종심이 이끄는 무녀들은 도성 안 25방으로 흩어져 각 마을의 상황을 파악하고, 병자들의 상태를 보고했다.

도성에 창궐한 역병의 기세는 경기도 수원에 비할 바가 아니었다. 수원은 고을과 고을 사이가 떨어져 있고, 각 고을의 호구도 많지 않았지만, 도성은 25방이 모두 가까이 붙어 있는데다 고을마다 호구가 밀집되어 있어 역병의 기세를 꺾는 데 어려움을 겪고 있었다. 거기다 수원의 역병은 온역(溫疫, 봄철에 유행하는 전염병)으로 더위가 시작되면 자연스레 사라지는 경향이 있었지만, 도성에 창궐한 것은 악역(惡疫, 치명률이 매우 높은 전염병)이었다. 악역은 보통 역병과 달라 그 종류만 해도 서른 가지에 이르고, 각각이 원인이 달라 약재를 쓰기가 매우 어려웠다.

"이번에 창궐한 악역은 아이들에겐 큰 피해가 없고 노인들에겐 치명적이다. 그러니 노인 병자에 대해 각별히 신경을 써야 할 것이다."

탄선의 말대로 노인 희생자가 가장 많았다. 하지만 그렇다고 노인만 죽는 것은 아니었다. 아이들 중에서도 굶주리고 가난한 경우엔 죽음에 이르기도 했고, 청년이나 중년이라 해도 애초에 몸이 약한 사람은 악역을 이겨내지 못했다. 또한 중년에서는 남자에 비해 여인네들의 피해가 더 많다는 특징이 있었다.

악역에 걸린 병자들이 가장 먼저 드러내는 증세는 발열이었다. 그다음엔 두통이 이어지고 다시 심통이 시작되는데, 심통이 심해지면 발작으로 이어지고, 그즈음에서는 푸른 변을 싸고 의식을 잃고 쓰러졌다. 이런 일련의 과정은 대개 십여 일에 걸쳐 이뤄지는데, 발작이 일어날 지경이면 회복하기 힘든 상태라 할 수 있었다.

"내가 지금껏 여러 악역을 경험했지만, 이번 악역은 처음 겪는 것이다. 발열이 두통으로 이어지는 것은 알 수 있겠으나, 이후에 심통은 어찌하여 일어나며 심통이 다시 발작으로 이어져 푸른 변까지 싸는지 도저히 알 수가 없구나."

탄선의 말대로 매우 특이한 악역이었다. 그 때문에 어떤 약을 써야 할지 쉽게 감이 잡히지 않았다. 그런데 그나마 한 가지 다행스러운 것은 건강한 아이들이나 청장년은 대개 두통 단계에서 회복되었다는 사실이었다. 이런 점에 착안하여 중례가 한 가지 방안을 내놓았다.

"제가 판단해보건대, 죽음에 이른 모든 병자들은 심통이 발작으로 이어진 다음에 목숨을 잃었습니다. 그 때문에 심통을 약화시킨다면 발작이 일어나지 않을 것이고, 발작이 일어나지 않는다면 죽음에 이르는 일은 없지 않을까 싶습니다."

이런 중례의 의견에 따라 심통에 좋은 약재를 써서 병자들을 집중적으로 치료해보았지만, 소용이 없었다. 심통에 이른 병자는 반드시 발작으로 이어지고, 발작을 일으킨 병자는 푸른 변을 싸고 죽었다.

그래서 이번에는 악역의 초기 단계인 발열과 두통을 완화하는 약재를 사용하여 병자들을 치료해보았다. 하지만 이번에도 역시 실패였다. 허약한 사람이나 육십이 넘은 노인들은 일단 걸렸다 하면 태반이 숨이 끊어졌다. 물론 그중에는 칠순을 넘긴 노인임에도 두통 단계까지만 겪고 회복되는 이도 있었지만, 극히 드문 일이었다.

"남은 방법은 하나밖에 없다. 역병은 모두 사람 간의 접촉으로 이뤄지는 것이니, 접촉을 차단하는 수밖에 도리가 없다."

탄선이 이런 결론을 내리고 봉쇄령을 요청하자, 주상은 정승들과 판서들을 불러들여 비상 회의를 한 끝에 도성 전역에 봉쇄령을 내렸다.

"도성의 모든 문을 봉쇄하고, 도성 순라군, 대소 신료, 역병 업무를 맡은 관원, 궁궐에 물품을 대는 시전 상인, 한성부와 궁궐 출입 관원과 차비노, 숙수 등을 제외한 도성의 백성들은 바깥출입을 엄금한다."

이렇게 되자, 도성 거리는 사람 그림자를 찾아보기 어려운 지경이 되었고, 대신 거리 곳곳은 시신들로 채워졌다. 출입을 통제하는 바람에 장례를 치를 수 없게 된 백성들이 밤에 몰래 시신을 골목에 버려놓고 사라졌기 때문이다. 이런 사실을 조정에서도 잘 알고 있었지만, 시신을 버리는 것을 묵인했다. 시신을 집안에 그대로 두게 되면 나머지 가족까지 역병에 걸릴 것을 염려한 까닭이다.

봉쇄령이 떨어진 이후 혜민국엔 더이상 병자들이 몰려들지 않았다. 덕분에 방역단도 때때로 휴식을 취할 수 있는 여유가 생겼다. 중례도 봉쇄령이 떨어진 지 열흘 만에 모처럼 퇴근을 할 수 있었다. 또한 사흘간의 휴가도 받았다.

　지친 몸으로 중례가 집에 들어섰을 땐 땅거미가 막 지고 있었다.

　"오라버니, 손님이 오셨습니다."

　대문을 막 들어서는 중례를 보고 재희가 급히 안채에서 뛰어나왔다. 안채엔 오희묵이 기다리고 있었다.

　"여보게, 급히 나와 같이 가줘야겠네."

　오희묵은 근심이 가득한 얼굴로 중례를 보자마자 다그치듯 말했다.

　"무슨 일이십니까?"

　"아버지가 누우셨네. 혹 돌림병이 아닌지 걱정일세."

　"증세가 어떻습니까?"

　"머리가 깨지듯 아프다고……."

　"언제부터 그런 증세가 있었습니까?"

　"오늘 아침부터 갑자기 그러시네."

　"어디 계십니까?"

　"인왕산 절간에 계시네. 열흘 전부터 그곳에만 계셨는데, 오늘 낮에 기별이 와서 가봤더니 드러누워 계셨네."

　오치수는 도성에 역병이 심화되자, 열흘 전에 인왕산 사찰로 피신을 한 상태였다. 인왕산으로 떠날 때만 해도 어떤 병증도 보이지 않았다고 했다.

　"지금 도성 백성들의 왕래가 금지되어 있고, 더구나 밤인데 인왕산으로 향했다간 순라군들에게 잡힐 것입니다."

　중례의 그 말에 오희묵은 염려할 것 없다고 했다.

"이미 우리를 안내해줄 순라군들을 포섭해뒀네. 돈이면 뭐 안되는 일이 있겠는가?"

"약재가 필요한데, 어디서 구하죠."

"걱정 말게. 도성 한약방에서 약재란 약재는 다 쓸어 담아 왔네."

오희묵이 챙겨 온 약재에서 적당한 것들을 골라낸 중례는 곧 집을 나섰다. 오희묵이 호언했던 대로 순라군 둘이 길안내를 하였다. 중례와 희묵이 인왕산 사찰에 도착했을 때는 이미 밤이 무르익은 때였다.

희묵의 말대로 오치수는 심한 두통에 시달리고 있었다. 하지만 그것만으로 그가 역병에 걸렸는지는 알 수 없었다. 비록 한여름이었지만 인왕산 산사의 바람은 찼다. 더구나 최근 사흘 연속 비가 내려 기온이 많이 떨어진 상태였다. 그로 인해 감기에 걸렸을 수도 있었다.

그런 생각으로 오치수를 진찰했는데, 이상하게도 몸에 열은 없었다. 오치수는 그저 머리가 깨지듯이 아프다고만 했다. 발열은 없이 두통만 있다면 최소한 악역은 아니었다. 중례는 오치수의 맥을 잡아보았다. 중풍맥이었다.

중례는 급히 침을 꺼냈다.

"무슨 병인가?"

중례가 급히 서두르는 것을 보고 희묵이 다급하게 물었다.

"중풍에 앞서 오는 급성 두풍입니다. 그대로 두면 바로 중풍으로 이어집니다. 빨리 침으로 머리에 피를 내야 합니다."

중례는 피침으로 오치수의 정수리 쪽을 찔러 제법 한참 동안 피를 짜냈다. 이어 호침을 여러 개 써서 목과 머리의 경혈에 시침을 하였다.

침을 뽑은 뒤에는 목덜미에 뜸을 뜨고, 마지막으로 탕약을 달여 먹이자, 오치수는 더이상 두통을 호소하지 않았다. 이후 중례는 사흘 동안 산사에 머물며 오치수를 치료했다.

"다행히 일찍 조치한 덕분에 중풍은 막았습니다. 하지만 아직 안심할 수 없으니, 제가 고른 약재를 달여 끼니마다 드셔야 합니다."

"그래, 고맙네. 자네 아니었으면 큰일날 뻔했네."

오치수는 전에 없이 부드럽고 진정어린 음성이었다. 중례는 이런 승냥이 같은 자도 죽음 앞에선 별수없구나 싶었다.

"요즘 역병으로 혜민국을 비울 수가 없어 사나흘 뒤에 시간을 내서 다시 오겠습니다."

중례는 그 말을 남기고 일어섰다. 사찰 입구까지 오희묵이 뒤따라와서 말했다.

"자네는 우리 집안의 은인일세. 내 목숨에 이어 아버지 목숨까지 구해줬으니 이 은혜를 다 어떻게 갚겠나?"

중례는 대답은 않고 그저 목례만 하고 돌아서 내려왔다. 산길을 내려오는 내내 중례는 마음이 착잡했다. 자신이 또 무슨 짓을 했나 싶었다. 아버지에게 누명을 씌워 죽게 하고 자신의 집안을 몰락시킨 장본인의 목숨을 구해준 것이 영 찜찜했다. 차라리 죽도록 내버려둘 것을 하는 생각이 들었지만, 그때마다 머리를 내흔들었다.

"저놈을 살려놓아야 아버지의 결백을 증명할 수 있다. 어떻게 해서든, 무슨 방법을 동원하든 반드시 저놈으로 하여금 아버지의 결백을 밝히게 만들어야 한다."

중례는 눈에 핏발을 세우고 주먹을 불끈 쥐며 그런 말들을 쏟아냈다. 하지만 막상 놈의 입에서 아버지의 결백을 증언하게 할 방법은 떠오르지 않았다. 설사 형틀에 앉는다고 해도 결코 자백할 놈이 아니란 것쯤은 중례도 잘 알고 있었다. 자백하는 순간, 놈이 그토록 애지중지하는 모든 재산이 한꺼번에 사라질 판이니 놈에게서 자백을 기대하는 것은 어리석은 일이었다.

산을 내려오는 내내 중례는 아버지의 결백을 증명할 방도를 백방으로 생각해보았지만, 역시 마땅한 것이 없었다. 가장 확실한 것은 놈의 자백이지만, 놈의 배에 창을 찔러 창자를 끄집어낸다 해도 놈은 결코 범행을 털어놓을 위인이 아니었다. 하지만 분명한 것은 놈이 죽어버리면 아버지의 결백을 밝힐 방도도 영영 사라진다는 것이었다. 그런 까닭에 중례는 가까스로 분노를 억누르고 놈을 살려놓았다.

"때를 기다리면 반드시 기회는 올 것이다. 참고 또 참으며 때를 기다리자."

중례는 집으로 오는 동안 수도 없이 그렇게 다짐하고 또 다짐했다. 그리고 새벽녘에 집에 당도했는데, 누이동생 재희가 잠도 자지 않고 기다리고 있었다.

"오라버니, 간밤에 혜민국에서 사람이 왔다가 갔습니다. 오는 대로 급히 혜민국으로 오라고 했습니다."

"무슨 일이라고 하더냐?"

"탄선 스님께서 갑자기 쓰러지셨다 했습니다."

"뭐라고?"

중례는 혜민국으로 마구 달렸다. 집 근처 골목을 돌던 순라군들이 서라며 고함을 지르고 쫓아오는 것도 모르고 뛰었다. 온몸이 땀으로 범벅이 되어 바지가 다리에 감길 지경이었지만, 단 한순간도 쉬지 않았다. 어느덧 뒤따라오던 순라군들이 지쳐 포박을 포기하고 주저앉았다.

"스승님, 제발……."

스승 탄선이 역병에 걸렸다고 생각하니 눈앞이 캄캄했다. 탄선은 이미 환갑을 훌쩍 넘은 노인이었다. 이번 악역은 노인들에겐 저 승사자와 다름없었다. 악역에 걸린 노인치고 살아남은 사람은 거의 없었다. 그 때문에 노인이 있는 양반가는 일찌감치 산속에 마련해둔 별장으로 피신하고 없었다. 나이로만 본다면 탄선도 피신해야 할 처지였다. 그런데도 역병을 잡는다고 가장 선두에 서서 방역단을 지휘하고 있었다. 중례도 탄선의 그런 모습을 당연시했다. 중례를 위시하여 소비와 종심, 여연 등 방역단을 이루고 있는 모든 구성원들 중 누구도 탄선이 역병에 걸릴 수 있다는 생각을 하지 못했다. 모두들 그저 탄선을 역병잡이 대사로만 인식했지, 악역에 취약한 노인이라는 생각을 하지 못했다.

중례가 꺽꺽 숨을 몰아쉬며 혜민국에 도착했을 땐, 목탁소리와 함께 염불소리가 새벽 공기를 뚫고 퍼져가고 있었다. 그 염불소리 마디마디에 곡소리도 함께 묻어났다.

"스, 스승님!"

중례는 직감적으로 자신이 늦었다는 것을 깨달았다. 늘 태산같이 버티고 있던 스승이 이렇듯 허망하게 떠날 줄은 상상도 하지 못했었다.

"아닐 거야, 아닐 거야!"

중례는 쏟아지는 눈물을 소매로 닦으며 뛰었다. 탄선의 처소에 가까워질수록 목탁소리는 더욱 짙어지고 곡소리도 한층 구슬프게 들려왔다.

"스승님!"

중례가 문을 열어젖히며 방안으로 들어서자, 모두들 처참한 표정으로 울고 있었다.

"스승님, 이게 무슨 일입니까?"

중례는 엎어지듯 탄선의 몸을 안고 울었다. 탄선의 몸엔 아직 온기가 남아 있었다. 명이 끊어진 지 불과 일각도 되지 않은 듯했다. 중례는 반사적으로 스승의 맥을 짚었다. 하지만 일말의 기대감은 무참히 무너졌다. 스승의 맥은 미동도 없었다. 중례는 스승의 심장에 귀를 대어보았다. 역시 미동도 없었다. 중례는 스승의 가슴에 엎어진 채로 엉엉 울었다. 그 원수 놈의 목숨을 구하느라 스승을 지키지 못했다는 자책감에 중례는 악을 쓰며 펑펑 울었다. 그놈에게 달려가지만 않았어도 최소한 스승의 임종은 지킬 수 있었을 것이라고 생각하니 더욱 가슴이 찢어지는 것 같았다. 그래서 중례는 주먹으로 자신의 머리를 마구 때렸다.

"너무 자책하지 말아요. 옆에 있었던 우리도 어쩔 도리가 없었어요."

소비가 중례의 팔을 붙들고 달랬다.

"스승님께서는 노의관님 같은 제자를 둬서 행복했다고 말씀하셨어요. 그리고 역병으로 다른 사람이 아닌 당신께서 죽는 것이 차라리 다행이라고 하셨어요."

"그래도 내가 곁을 지켰어야 했어요."

"그 마음 스승님도 잘 알고 계셨어요."

그 말에 중례는 더욱 서럽게 울었다. 소비 또한 중례 옆에 앉아 함께 울었다. 탄선은 그들의 울음소리를 듣는지 못 듣는지 그저 눈을 감고 바위처럼 누워 있을 뿐이었다.

탄선은 그렇게 한순간에 훨훨 저세상으로 떠나버렸다. 역병이 번진 곳이면 앞뒤 가리지 않고 뛰어가 태산처럼 버티고 서서 밀려드는 악충의 해일을 온몸으로 막아서던 그였다. 그런 까닭에 역병이 만연한 상황에서 그의 공백이 주는 위기감은 매우 컸다. 혜민국을 중심으로 형성된 방역단은 물론이고 조정의 대신들까지 역병의 두려움에 사로잡힐 지경이었다.

"이제 역병을 누가 막는단 말이오?"

정승들이 모여 그런 한탄을 쏟아냈고, 주상 또한 비통한 심정으로 탄선의 죽음을 애도했다. 그리고 탄선의 부재는 공포를 심화시켰고, 공포는 다시 봉쇄령을 강화하는 조치로 이어졌다.

"봉쇄령을 한 달 더 연장하고, 도성 백성들의 출입을 더욱 엄금하라!"

하지만 강력한 봉쇄령에도 불구하고 역병은 여름 내내 도성을 뒤덮고 있었고, 그로 인해 도성에는 노인들이 남아나지 않았다. 재산깨나 있는 집안의 노인들은 도성에서 멀리 떨어진 촌락이나 산속 별장으로 피병을 한 덕에 살아남았지만 피병을 가지 못한 여염의 노인들은 그저 앉아서 저승사자를 맞이해야 했다. 집집마다 곡성이 끊이지 않았고, 골목마다 시신들이 버려지지 않은 곳이 없었다. 하지만 조정은 장례식을 엄금하고 있었다. 장례식으로 인해 사람들이 붐비면 역병이 더욱 기승을 부릴 것을 염려한 조치였다. 그 때문에 장례를 미루고 시신을 가매장하는 집이 많았다. 탄선의 시신 역시 인왕산 자락에 가매장되었다. 이후 시월에 이르러 찬바람이 불기 시작하면서 역병이 잦아들자 비로소 다비식을 하였다.

중례와 소비는 탄선의 다비식이 끝나고 한 달 뒤에 혼례를 올렸다. 두 사람의 혼례는 탄선의 유언에 따른 것이었다. 탄선은 이미 오래전부터 두 사람을 맺어주기로 결심했고, 혹 자신에게 변고가 생길 것을 대비하여 종심에게 유서까지 맡겨뒀었다. 유서의 골자는 두 사람이 혼인하고, 힘을 합쳐 조선 의학의 밑거름이 되라는 내용이었다.

탄선이 종심에게 유서를 맡긴 것은 수원에서 역병이 발생했을 때였다. 그 무렵, 탄선은 문득 자신에게 죽음의 그림자가 다가오고 있음을 직감했다. 몸에 특별한 조짐이 있었던 것은 아니었지만 육신을 벗을 날이 머지않았다는 생각이 든 것이다. 유서를 받아들고 종심은 괜히 불안하여 밤마다 탄선의 방을 기웃거리곤 했다는데, 다행히 수원에서는 변고가 없어서 유서를 새까맣게 잊어버리고 있었다 했다. 그런데 도성에 와서 이런 변고가 날 줄은 생각도 하지 못했다며 꺽꺽 울었다.

중례는 스승의 유언을 받들어 소비와 혼례를 올렸지만, 그래도 안타까운 마음이 있었다. 소비에게 청혼하고자 하는 마음은 이미 오래전부터 품었지만, 그 마음을 발설하지 않은 것은 어떻게 해서든 신분을 회복한 뒤에 그녀를 아내로 맞이하고자 했기 때문이다.

혼례를 올린 첫날 중례가 그런 속내를 내비치자, 소비가 말했다.

"서방님께서 어떤 신분이든, 또 어떤 처지에 있든 저는 괜찮습니다. 서방님께서 천인의 신분이 아니었다면 어찌 저와 인연이 닿았을 것이며, 어찌 저 같은 여인은 서방님을 바라볼 수가 있었겠습니까? 서방님께는 불행으로 닥친 일이 제겐 행운이 된 것이지요. 저는 그저 서방님과 부부의 연을 맺게 된 것으로 제 과거의 모든 불행이 한꺼번에 사라진 것만 같습니다."

그러면서 소비는 그동안 말하지 못했던 기구한 사연들을 털어놓았다. 그 말을 듣고 중례가 말했다.

"부인을 아내로 맞이하고 나니 정말 지난날의 아픔과 한이 모두 씻겨 없어지는 것 같소."

"저는 서방님과 부부가 되고 나니, 이젠 무슨 일이 닥쳐도 전혀 무섭지 않을 것 같습니다."

"부인과 나는 정녕 하늘이 맺어준 인연이 분명하오. 우리 앞으로 어떤 풍파가 닥쳐도 서로 의지하며 행복하게 잘살아봅시다."

두 사람은 서로를 꼭 안은 채 남몰래 은밀히 숨기고 있던 뜨거운 열기를 조금씩 쏟아내기 시작했다. 그 열기는 점차 불꽃이 되어 무섭게 타오르더니 지난 세월 동안 그들을 휘감고 있던 암흑의 그림자를 순식간에 활활 태워버렸다. 그렇게 그들은 다시 태어나고 있었다. 마치 다비식을 하듯 그들은 과거의 어둡고 고통스럽던 세월들을 불살라버렸다. 그 불길에 원수를 향한 증오심도 미래에 대한 불안함도 가문을 다시 일으키겠다는 욕망도 모두 태워버렸다. 그리고 남은 것은 오로지 사람을 살리는 의원의 길 하나뿐이었다. 그것이 스승 탄선이 그들에게 남긴 유언이자 명령이었다.

"두 사람이 결합하여 모든 탐욕과 원한을 버리고 오로지 활인의 길만 생각하라."

그들은 그렇게 스승의 뜻을 받들기로 약속하고 하나의 몸이 되었다.

13. 호랑이 사냥

유영교의 급한 호출에 한성부로 달려간 중례는 검안대에 올려진 시신을 확인했다. 고덕만이 분명했다.

"맞지? 자네가 말했던 평양 감영의 형방을 지냈다는 그자가 맞지?"

"네, 맞습니다. 어떻게 된 일입니까?"

"오늘 아침에 옥사에서 죽은 채로 발견되었네."

고덕만은 외상이 전혀 없었다. 원래 심열증 증세가 제법 심각했다. 호흡곤란을 겪는 경우도 있었으니, 언제 죽어도 크게 이상할 것도 없었다. 그런데 이상하게도 심통의 흔적이 보이지 않았다. 심열증으로 급사했다면 필시 심통을 수반했을 것이고, 그렇다면 가슴 부위에 푸른 시반이 넓게 형성되어야 했다. 손톱 또한 푸른빛을 띠어야 했지만 역시 보이지 않았다.

"어떤가? 병사(病死)인가?"

유영교의 물음에 중례는 고개를 갸웃거렸다.

"병사가 아닌가?"

"지금으로선 속단할 순 없습니다. 제대로 검시를 해봐야 알 것 같습니다."

"왜 뭐 찜찜한 것이라도 있어?"

"고덕만은 원래 심열증으로 자주 심통에 시달렸습니다. 그런데 심통으로 죽은 것 같지 않습니다."

"그렇다면 살해당했다는 말인가?"

"가능성이 없는 것은 아닙니다."

중례는 은비녀를 고덕만의 입에 넣었다. 하지만 입안에선 전혀 중독의 흔적이 발견되지 않았다. 이번에는 인후 깊숙이 은비녀를 넣고 기다렸다. 역시 독흔이 발견되지 않았다.

"입에도 목구멍에도 독흔이 없다면 이젠 항문만 살피면 되겠구만."

유영교의 말대로 은비녀를 항문에 넣을 차례였다. 하지만 항문에 은비녀를 넣기 전에 먼저 대장에 차 있는 변을 빼내야 했다. 이미 소변은 다 쏟아낸 상태였지만, 대변은 아직 쏟아지지 않은 상황이었다. 자칫 섣불리 은비녀를 넣으면 대장에 쌓인 오물이 쏟아지기 십상이었다.

"옥졸에게 확인해보니, 어젯밤에 고덕만의 아내가 옥사로 음식을 넣었다고 했으니, 배가 차 있을 걸세."

"고덕만의 아내가요?"

"그래, 옥졸이 분명히 그렇게 말했네. 제법 한 상 잘 차려 넣었다고 했네. 쌀밥에다 각종 나물에 꿩고기까지 넣었다고 하던데……."

"그럴 리가 없는데……."

고덕만의 아내는 남의 집 일을 도우며 근근이 살아가는 처지였다. 하루 세끼는 고사하고 한끼도 제대로 해결하지 못하고 있었다. 자식이 셋이나 되는데다 남편 옥바라지하느라 있는 돈 없는 돈 죄다 끌어대다 집도 절도 없이 주막 뒷방에 얹혀살고 있었다. 그런 그녀가 쌀밥에 꿩고기까지 곁들인 푸짐한 상을 차려 넣었을 가능성은 별로 없었다. 전옥서 죄수들에게 한 상 잘 차려 넣으려면 옥사의 나장들 뒷주머니를 채워주지 않고는 불가능했다. 그들의 뒷주머니 채우는 값이 밥상 차리는 돈보다 몇 배는 더 드는 법이었다.

"나도 그 점이 좀 수상하다 생각하네. 몇 년 동안 옥바라지했으면 먹고 죽을 돈도 없을 것이 뻔한데, 전옥서에 한 상 거하게 차려 넣었다는 게 도저히 믿기지 않았거든. 그래서 음식에 독을 탔나 의심을 했는데, 입에도 목구멍에도 독흔이 나오지 않으니……."

중례는 시신을 옆으로 돌려 검시대 가장자리에 뉘인 뒤, 은비녀에 앞서 항문에 목정(木釘, 나무못)을 밀어넣었다. 그리고 오물을 받아내기 위해 물통을 시신의 엉덩이에 바짝 붙이고 섰다. 목정은 단단한 물푸레나무로 만든 나무못인데, 시신에서 오물을 빼낼 때 쓰는 검시 도구였다. 물푸레나무의 껍질을 벗기고 손가락 두 개 정도 굵기로 한 척 세 치 길이로 깎아 기름칠을 해서 쓰는데, 오물이 많이 묻는 까닭에 한 번 쓰고 버리는 것이었다.

항문으로 들어간 목정이 직장을 거쳐 대장에 닿자 배에서 꿀렁거리는 소리가 났다. 오물이 쏟아질 것이라는 신호였다. 그 사실을 알고 유영교는 멀찌감치 물러서며 코를 막았다. 중례가 재빨리 목정을 뽑아내자 이내 지독한 악취와 함께 오물이 쏟아져나왔다. 중례는 물통을 단단히 잡고 쏟아지는 오물을 받아냈다.

오물이 다 나오자, 중례는 물로 시신의 항문을 씻은 다음, 식초로 다시 한번 닦아냈다. 그리고 항문 깊숙이 은비녀를 밀어넣었다. 은비녀는 적어도 일각 이상 항문에 넣어둬야 했다. 그동안 중례는 시신에서 쏟아진 오물을 체에 부어 걸러낸 뒤, 다시 물로 씻어 미처 소화되지 않은 음식들을 골라냈다. 항문의 독흔을 확인하는 것도 중요하지만 어떤 음식을 먹었는지 알아내는 것도 필요했다. 때론 독이 아니라 음식으로 독살을 하는 경우도 있었기 때문이다.

다행히 고덕만이 먹은 음식 중에는 미처 소화가 제대로 되지 않은 것들이 제법 있었다. 급히 먹었는지 음식의 종류가 무엇인지 알아볼 수 있는 것도 눈에 띄었다. 중례는 그 음식물들을 하얀 종이 위에 하나둘 올린 뒤, 검시소 밖으로 가지고 나갔다. 검시소는 어두워서 음식물을 분별하기 쉽지 않은 곳이었다. 그래서 햇빛 아래에서 확인하려는 것이었다.

중례가 검시소 밖으로 나가자, 유영교도 코를 싸잡고 뒤따라 나오며 말했다.

"자넨, 정말 지독해. 어떻게 그 냄새를 맡고도 아무렇지도 않게 음식물을 골라내?"

사실, 중례도 처음엔 시신에서 오물을 뽑아낸 뒤엔 며칠 동안 밥을 먹지 못했다. 하지만 수년간 지속하자, 견딜 만해진 것이었다.

중례는 오물 속에서 걸러낸 음식물들을 밝은 햇살 아래 놓고 가만히 들여다보았다. 유영교도 어느새 중례 옆에 앉아 뚫어지게 쳐다보았다.

"급하게 먹었구만. 나물은 아예 씹지도 않고 넘겼어. 고기 껍데기도 보이네. 하긴, 얼마나 고기가 먹고 싶었겠어. 그런데 이 나물은 비름 아닌가? 딱 봐도 쇠비름이네, 쇠비름."

"쇠비름이 분명해요?"

"그럼, 쇠비름을 내가 어릴 때부터 얼마나 많이 먹었는데, 이걸 몰라보겠어. 우리 어머니가 매일같이 들판에서 뜯어 오라고 시킨 것이 이 쇠비름인데, 하도 쇠비름만 많이 먹어서 똥을 싸도 쇠비름이 그대로 나왔다니까. 그러니까, 쇠비름이 확실해."

"옥졸이 꿩고기도 넣었다고 했지요?"

"그렇지. 꿩고기에 나물 반찬에 쌀밥에 한 상 잘 차렸다고 했지."

"쇠비름에 꿩고기라……."

사실, 어울리지 않는 조합이었다. 쇠비름은 나물 중에 가장 흔한 것이어서 좋은 상을 차릴 때엔 올리지 않는 반찬이었다. 그리고 왜 하필 꿩고기였을까? 기왕이면 살진 암탉이라도 한 마리 잡아 올려야 하지 않았을까 싶었다. 그런 생각을 하다 중례는 불현듯 떠오르는 것이 있었다.

'쇠비름에 금계라면?'

중례는 검안소 안으로 들어가 시신 항문에 넣어둔 은비녀를 뽑아내었다. 역시 아무런 독흔이 발견되지 않았다.

유영교는 갑자기 검안소 안으로 뛰어들어온 중례의 꽁무니에 붙어 궁금증을 참지 못하고 물었다.

"독흔이 나왔는가?"

"전혀 없습니다."

"그럼, 독살이 아니란 말인가?"

"아니요. 독살입니다."

"무슨 소린가? 독흔도 없는데, 독살이라니?"

"독으로 살해한 것이 아니라 음식으로 살해한 것입니다."

"음식으로? 도대체 무슨 음식으로?"

"쇠비름과 금계입니다."

"쇠비름과 금계?"

"고덕만이 먹은 꿩고기는 필시 금계(金鷄)고기일 것입니다. 쇠비름과 금계는 상극으로 두 음식을 함께 먹는 것은 절대 금기입니다. 금계의 어떤 부위와 비름을 함께 먹으면 엄청난 독성으로 변해 멀쩡한 사람도 죽음으로 내몰 수 있습니다. 그런데 고덕만은 금계 한 마리를 통째로 먹었을 것이고, 거기에 쇠비름을 함께 먹었다면 그 독성으로 인해 사망할 수 있습니다."

"그렇게 사람을 독살할 수도 있다는 말은 난생처음 듣네. 그런데 고덕만이 쇠비름과 금계를 함께 먹은 것을 어떻게 밝혀내지?"

"전옥서에 음식을 넣어준 자를 찾아야지요."

"그건 내게 맡기게. 전옥서 옥졸들은 다 내 손바닥 안일세. 누가 뒷주머니에 찔러넣었는지 알면 되는 것 아니겠나?"

"안 봐도 뻔합니다."

"뻔하다면 오치수?"

"그렇지요. 오치수가 아니라면 누가 고덕만 같은 자를 죽이겠습니까? 필시 고덕만의 입을 막기 위한 짓이겠지요."

"하여튼 오치수 그놈 무서운 놈이야. 자네도 조심하게."

유영교와 헤어진 중례는 오치수의 집으로 향했다. 고덕만의 이름을 슬쩍 흘려 놈의 반응을 살펴볼 심사였다.

그런데 오치수는 중례가 전혀 예상하지 못한 일에 휘말려 있었다.

"대행수께서는 지금 안 계십니다. 의금부 도사가 오늘 갑자기 들이닥쳐 끌고 갔습니다."

그 말을 듣고 중례는 이게 다 무슨 일인가 싶었다. 의금부에서 잡아갔다면 필시 예사로운 일은 아니었다.

중례는 오치수가 왜 의금부로 끌려갔는지 알아보기 위해 시전에 가서 오희묵을 찾아보았지만, 그는 점방에 없었다. 그곳 점원의 말이 아버지를 구출하기 위해 백방으로 줄을 대느라 동분서주하고 있다 하였다.

그 시각 오치수는 의금부에서 형틀에 묶인 채 신문을 받고 있었다. 오치수를 신문하고 있는 위관은 놀랍게도 좌대언 이수였다.

"상인 정석이 너의 상단에서 부리는 자가 맞느냐?"

"소인이 직접 부리는 자는 아니옵고, 그저 저희 상단에 물품을 대는 자입니다."

"이놈 어디서 거짓을 늘어놓느냐? 정석이 너의 수족이라는 사실은 시전 상인들이 모두 아는 일이다. 그런데 어찌하여 직접 부리는 자가 아니라고 하느냐?"

"그, 그것이……."

오치수가 머뭇거리자, 이수가 더욱 몰아쳤다.

"이미 정석을 취조하여 네놈의 수하라고 실토하였다. 그런데도 거짓을 늘어놓는 것이냐? 진정 네놈이 악형을 당해봐야 바른말을 할 것이냐?"

"제, 제 상단에서 부리는 자가 맞습니다만…… 이번 천추사 일행에 가담한 것은 절대 제가 시킨 일은 아닙니다요."

오치수는 이번 일이 이렇게 커질 줄은 몰랐다. 매번 중국에 사신이 갈 때마다 상단의 수하들을 사신 일행에 합류시킨 것이 어제오늘 일은 아니었다. 사신이 가면 의당 물품을 가지고 상단이 따라붙었고, 중국에 가서 물품을 판 돈으로 다시 중국 물품을 사서 들여와 파는 것은 공공연한 일이었다. 물론 그 수익의 절반은 사신에게 주는 조건이었다. 그래서 이번에 총제 최운이 중국 사신으로 갈 때도 전과 다름없이 수하들을 합류시켰을 뿐인데, 왜 갑자기 이 일을 트집 잡는지 오치수는 선뜻 이해가 되지 않았다. 하지만 중국 사신단이 갈 때면 의당 그렇게 해왔다고 말할 수는 없는 노릇이었다. 따지고 보면 불법이었고, 일종의 뇌물이었기 때문이다.

사건의 발단은 중국에 천추사로 간 총제 최운이 상인 정석을 자신의 종 매읍방이라 속이고 데리고 간 것을 사헌부에서 문제삼으면서 시작되었다.

사헌부가 총제 최운의 행위를 탄핵한 것은 주상 재위 5년(1423년) 11월 25일이었다. 당시 사헌부가 주상에게 올린 탄핵문은 이러했다.

"천추사(千秋使) 총제 최운이 모리하는 상인 정석(鄭石)의 이름을 종 매읍방으로 바꾸어 사칭하여 데리고 갔고, 또 법에 정해진 숫자 이외의 포 10필을 몰래 끼고 중국에 들어가 이익을 꾀하였으며, 총제 유장, 판목사 이안우, 상호군 강주 등은 별도로 포를 부탁하였으니, 청컨대, 수교에 의하여 죄를 논단하소서."

천추사라 함은 명나라 황태자의 생일인 천추절을 축하하기 위해 보내는 사신이었다. 그런데 천추사인 최운을 비롯하여 부사 유장과 그 수행관들이 모두 장사치를 이끌고 가서 물품을 팔아 이익을 꾀한 것이 발각되어 사헌부의 탄핵을 받은 것이다.

하지만 오치수는 사헌부의 이번 탄핵이 영 납득이 되지 않았다. 중국 사신 일행에 상단이 따라붙어 이익을 취하고, 그것을 사신 일행과 나눠먹는 것은 고려조부터 행하던 관행이었다. 물론 불법이었지만, 조정에서도 사신 일행이 고생하는 것을 감안하여 그 정도는 눈감아주는 일이었다. 그런데 이번 사신단이 좀 지나치긴 했다. 다른 사신단에 비해 훨씬 많은 물품을 가져갔을 뿐 아니라 따라간 상인의 수도 너무 많았다. 물론 상인들은 모두 사신단의 종으로 위장한 상태였다.

주상도 사신단의 지나친 상업 행위를 보고 받고 묵과하지 않았다.

"최운이 무역한 물품을 관에 몰수하고 직첩을 거두고 외방에 부처할 것이며, 이안우, 유장, 강주는 다만 무역한 물품만 거두라."

이렇게 최운이 관직에서 쫓겨나고 나머지 관리들은 나눠 가진 이익을 빼앗는 수준에서 사안은 종결되었다. 물론 오치수도 그렇게 알고 있었다. 그런데 느닷없이 의금부에서 오치수를 잡아들였으니, 그가 영문을 몰라 하는 것도 당연했다.

"네놈이 그간 사신단이 중국을 갈 때마다 물품을 대고 이익을 취한 것이 사실이냐?"

이수의 그 물음에 오치수는 한층 더 의아했다. 오치수의 상단이 한성 최대 규모라는 것은 웬만한 관리들이 다 아는 일이었고, 또 웬만한 중책에 있는 관리치고 오치수의 돈을 먹지 않은 자가 없는 마당에 케케묵은 과거사까지 들먹이는 게 영 납득이 가지 않았던 것이다.

사실, 오치수를 의금부로 잡아들인 것은 이수였다. 이수는 최운에게 물품을 댄 상단이 오치수 상단인 것을 알고, 오치수를 잡아들일 절호의 기회라 생각했다. 그래서 주상에게 특별히 주청했다.

"전하, 지금 시전의 상단들이 조정 신료들에게 뒷돈을 대는 일이 만연하고 있습니다. 이번 일도 사신단과 시전 상인들이 결탁하여 벌인 일입니다. 특히 시전 상인들 중에 가장 큰 상단을 가지고 있는 자가 오치수라는 자인데, 이자의 술수가 보통이 아닙니다. 또한 이자에게 남모르게 피해를 입은 사람이 헤아리기 힘들 정도입니다. 그런데 항상 교묘하게 법망을 빠져나가고 있으니, 이번 기회에 이자를 법에 따라 처벌하여 다시는 조정의 대소 신료들이 상인들과 결탁하는 일이 없도록 해야 할 것입니다."

이수는 겉으론 시전 상인들과 조정 신료들의 결탁을 방지하기 위한 차원이라고 했지만, 실제론 오치수를 얼마간 의금부에 잡아놓고 그가 그동안 저지른 죄상을 밝히려는 것이었다. 또한 친한 벗이었던 중례의 아버지 노상직의 결백을 증명할 방도도 함께 구할 작정이었다. 그리고 설사 노상직의 결백을 밝히지 못한다고 하더라도 오치수에게 심대한 타격을 안길 기회를 잡을 수 있을 것으로 보았다.

"알겠습니다. 그렇다면 스승님께서 특별히 위관을 맡아 그자를 치죄하여 시전의 질서를 바로잡아보십시오."

주상의 허락을 얻어낸 이수는 의금부의 특별 위관이 되어 오치수를 직접 신문하고 있었다. 하지만 오치수는 결코 만만하지 않았다. 쉽게 주눅이 들지도 않았고, 겁먹은 표정도 아니었다. 단지 매우 당황스러운 태도를 보일 뿐이었다.

이수의 다그침에 오치수는 더이상 대답을 하지 않고 입을 다물었다. 오치수가 입을 열면 다칠 관리들이 하나둘이 아니었고, 그 때문에 시간을 끌면 의당 그들이 와서 자신을 꺼내줄 수밖에 없다고 판단했다.

"오호, 네놈이 믿는 구석이 있는 모양이로구나."

이수가 오치수를 노려보며 힐난하자, 오치수가 이수를 올려다보며 말했다.

"좌대언 영감, 이 나라에 상단이 몇 개인 줄 아십니까? 북쪽에서부터 의주, 평양, 해주, 함흥, 강릉, 개성, 한성, 제물포, 수원, 공주, 대구, 부산에 이르기까지 상단이 없는 곳이 없습니다. 또한 각 지역마다 수십 개의 상단이 있는데, 그 상단들이 가장 원하는 일이 바로 사신단에 합류하는 것입니다. 그런 일은 고려조부터 줄곧 이어져왔고, 관에서도 하등에 문제삼지 않는 일입니다. 우리 상단도 그런 관례에 따라 이번 천추사 행렬에 상단을 끼워 보냈습니다. 또한 소인이 알기로는 이미 이 사건은 종결된 것으로 압니다. 그런데 좌대언께서 어찌하여 이런 일을 벌이시는지 소인은 도통 모르겠습니다."

"이놈, 네가 보기에는 이 일이 내가 하는 일로 보이느냐? 어명으로 행하는 일이다."

어명이라는 말에도 오치수는 크게 긴장하지 않았다.

"좌대언께서 주상 전하의 글 선생님이라는 것은 만천하가 다 압니다. 또한 승정원의 대언이 의금부의 위관이 되는 일도 결코 흔한 일이 아니란 것쯤은 저도 잘 압니다. 필시 좌대언께서 전하께 청을 넣어 저를 잡아들이신 것 같은데, 솔직히 말씀하시지요. 원하시는 것이 무엇인지요? 재물입니까? 자리입니까?"

오치수는 입가에 엷은 미소까지 띠고 있었다. 하지만 이수도 지지 않았다.

"네놈이 잡은 줄이 단단하긴 한 모양이구나. 그러나 곧 알게 될 것이다. 네놈이 썩은 줄을 잡고 있었다는 것을 말이야. 그리고 하나 더. 네놈은 지금 이번 천추사 일로 잡혀 온 것으로 알고 있겠지? 하지만 틀렸어."

"그럼 무엇 때문에 저를 잡아온 것입니까?"

"곧 알게 될 테니, 기다려."

이수는 그렇게만 말하고 국문을 멈췄다.

"이놈에게 큰칼을 씌워라. 그리고 아무도 만나지 못하게 하라. 만약 몰래 누군가를 만나게 하면 너희는 모두 살아남지 못할 것이다. 이 일은 어명으로 하는 것임을 명심하라."

이수는 의금부 도사들은 물론이고 형리들에게 단단히 일러두고, 의금부를 빠져나왔다. 이미 날이 어두워진 뒤였지만, 이수는 중례에게 사람을 보내 집으로 불러들였다.

"마침내 오치수를 잡을 절호의 기회가 왔다. 어떻게 해서든 이번에 오치수를 몰락시키고 놈의 죄상을 낱낱이 밝혀야 한다."

그 말을 듣고서야 중례는 오치수가 왜 갑자기 의금부에 하옥되었는지 이해가 되었다.

"오치수를 의금부에 가둔 분이 스승님이었군요."

"오치수는 구린 데가 많은 놈이다. 그래서 우리가 알지 못하는 여죄가 많을 것이다. 나는 오치수를 의금부에 가둬두고 오치수에게 원한을 품은 자들을 찾아내 여죄를 밝힐 셈이다. 또한 네 아버지의 결백도 반드시 밝혀낼 것이다."

그 말을 듣고 중례가 생각난 듯 말했다.

"전옥서에 갇혀 있던 고덕만이 오늘 아침에 시신으로 발견되었습니다. 제가 검시를 해보니, 음식에 의해 살해된 것으로 보입니다. 물론 살해를 사주한 자는 오치수일 것입니다. 그래서 지금 한성부 포도 나장 유영교가 그 사건을 조사하고 있습니다."

"그래? 그렇다면 빨리 오치수가 고덕만 살해를 교사한 증거를 잡아야겠구나. 어쨌든 오치수가 수를 쓰기 전에 빨리 놈을 옭아매야 한다."

"알겠습니다. 서두르겠습니다."

중례는 이수의 집을 나오자마자 곧장 유영교를 찾아갔다. 이미 밤에 한성부에서 만나기로 약조한 터였다.

"옥사에 밥을 넣은 여인은 찾았습니까?"

"물론이지. 내가 장담하지 않았는가?"

"누굽니까?"

"이미 잡아다 옥사에 가둬뒀네. 가서 만나보세."

유영교가 잡아온 여인은 전옥서에서 멀지 않은 곳에 있는 주막의 주모였다. 그녀를 추궁하였더니, 중례가 예상한 대로 쇠비름과 금계고기를 옥사에 넣었다고 했다.

"옥사에 밥상을 넣어달라고 부탁한 자가 누구요?"

"가끔 주막에 들러 밥을 먹고 가는 사람인데, 잘 알지는 못하는 사람입니다요. 그리고 소인은 그저 심부름을 했을 뿐입니다. 한 상을 잘 차려 옥사에 넣어주기만 하면 심부름값을 두둑이 주겠다고 했습니다."

"금계는 어디서 구했습니까?"

"금계는 제가 구한 것이 아닙니다. 그 사람이 가져다줬습니다."

"나머지 음식은 모두 직접 만든 겁니까?"

"그렇습니다요. 옥사에 있는 분이 쇠비름나물을 좋아한다고 해서 별도로 만들었고, 다른 나물은 주막에서 흔히 내놓는 것입니다. 거기에 시래기 국물에 쌀밥, 그리고 금계고기를 더해서 넣어준 것뿐입니다."

"그래, 그 사람은 옥사의 죄수와 무슨 관계라고 했습니까?"

"먼 친척이라 했습니다."

"그자를 다시 보면 알아볼 수 있겠습니까?"

"물론입죠."

주모에 대한 취조는 거기까지였다.

"이제 어떻게 할 겁니까?"

옥사에서 나오면서 중례가 묻자, 유영교가 피식 웃으면서 대답했다.

"당연히 주모를 풀어줘야지."

"주모를 풀어주면 놈들이 그냥 두지 않을 텐데요."

"물론 그렇겠지. 그래서 풀어주는 거야."

"덫을 놓자는 거군요."

"그렇지. 주모를 미끼로 놈들을 잡아야지. 내가 주모를 잡아올 때 제법 떠들썩하게 소란을 피웠으니, 필시 놈들 귀에 들어갔을 게야."

"하지만 너무 위험하지 않을까요? 자칫하면 주모가 죽을 수도 있는데요."

"위험하기는 옥사에 가둬둬도 마찬가지야. 한성부 안에도 이미 오치수의 손길이 뻗쳐 있을 거거든. 그리고 지금도 놈들이 한성부 주변에서 지켜보고 있을 거야. 그래서 나도 잔머리를 좀 돌려봤지."

유영교는 나름 놈들을 잡을 묘책을 마련해둔 모양이었다.

"두고 보게. 이번에 이 유영교의 진가를 알게 될 걸세. 어쨌든 위험하니, 자네는 이곳에서 좀 기다리게."

유영교는 중례를 한성부 사령청에 머물게 하고, 다시 옥사로 갔다. 주모를 풀어줄 모양이었다. 중례는 불안했지만 유영교를 믿고 사령청에서 기다렸다. 유영교는 한 시진이 지나도 돌아오지 않았다. 그 때문에 중례는 혹 일이 틀어진 것은 아닌지 무척 걱정이 되었다. 그래서 안절부절못하고 있는데, 해시쯤 되었을 때, 바깥에 우당탕 소리가 나더니 유영교가 돌아왔다.

"노의관, 나와보시게."

유영교의 목소리가 한층 높아진 것으로 봐서 성공한 모양이었다. 나가보니, 사령청 밖에 세 놈이 포박당한 채 무릎을 꿇고 있었다. 그들 뒤로 유영교와 함께 아주 낯익은 얼굴이 보였다. 마인국이었다.

"어떻게 댁이?"

중례를 보자, 마인국이 살짝 목례를 하였다.

그러자 유영교가 한껏 너스레를 떨었다.

"내가 잔머리를 좀 돌렸다고 하지 않았나. 여기 마선달님께 내가 도움을 좀 청했지. 사령들을 동원하면 금세 놈들 귀에 들어갈 게 뻔했거든."

유영교는 주모를 잡아오기 전에 먼저 마인국을 만나 도움을 청했다고 했다. 주모를 한성부로 끌고 오면 필시 놈들이 소식을 듣고 한성부 주변에 숨어서 지켜볼 것이라 판단하고 마인국으로 하여금 놈들의 동태를 살피라고 했던 것이다.

"그러면 주모는 무사합니까?"

"이 사람아, 내가 그렇게 막무가내로 보이나? 주모를 데리고 나갔다가 비수에 목숨을 잃기라도 하면 어쩌려고? 주모는 사령청 헛간에 숨겨두고, 젊은 사령 하나를 여장을 시켜 내보냈지. 이 정도면 내 잔머리도 쓸 만하지?"

그때, 젊은 사령 하나가 주모를 데리고 사령청 안으로 들어왔다.

"이자들 중에 옥사에 음식을 넣으라고 부탁한 자가 있소?"

유영교의 물음에 주모가 셋 중 하나를 지목했다. 유영교는 젊은 사령에게 주모를 집까지 데려다주게 하고는 놈들을 묶은 채로 옥사에 따로따로 가뒀다. 그리고 마인국까지 돌려보낸 뒤, 유영교가 말했다.

"이제 호랑이 사냥을 해야지?"

"무슨 말씀인지?"

"오치수를 잡아야지."

"아, 네. 그런데 어떻게……."

"호랑이를 잡을 땐 절대 틈을 줘서는 안 되지. 정신없이 몰아쳐서 순식간에 숨통을 끊어놓지 않으면 되레 잡아먹히거든. 지금 자넨 빨리 가서 좌대언 어른을 모셔 오게. 오늘 밤에 끝장을 봐야지."

안국방 이수의 집과 한성부는 채 일각도 걸리지 않는 거리에 있었다. 중례가 이수에게 달려가 고덕만을 죽인 범인을 한성부에 잡아뒀다고 하자, 이수가 급히 따라나섰다. 이수는 한성부로 가기 전에 서찰을 써서 청지기로 하여금 의금부 숙직 도사에게 전달토록 했다. 의금부 군사들을 이끌고 급히 한성부로 오라는 지시가 담긴 것이었다. 물론 구체적인 내용은 적지 않았다.

한성부에 도착한 이수는 고덕만을 죽인 범인을 형문장으로 끌고 와 취조하기 시작했다. 이미 유영교가 놈의 신상을 죄다 파악하고, 한차례 매질을 가한 뒤였다. 이수는 유영교가 작성해둔 놈의 신상 기록을 하나씩 넘기면서 물었다.

"나는 성상 전하를 모시는 좌대언 이수다. 지금부터 내가 묻는 말에 조금이라도 거짓을 답한다면 너는 목이 달아날 것이다. 네놈 이름이 박상태가 맞느냐?"

"네. 그것이 제 이름이긴 한데, 대개 장터에서는 거머리라고 불립니다요."

"뭐하는 놈이냐?"

"장터에서 터잡이로 일하고 있습니다요."

"터잡이가 무엇이냐?"

"뭐, 장터에 꼬이는 날파리들을 정리해주는 일을 하고 있습니다."

"누구 밑에서 일하느냐?"

"딱히 누구 밑에서 일을 하는 것은 아니고, 아우들 몇 명 데리고 이곳저곳 불려다닙니다요."

"전옥서에 갇힌 죄수 고덕만에게 음식을 넣으라고 시킨 자가 누구냐?"

"저, 그것이…… 제가 솔직히 말하면 저는 살 수 있는 것입니까요?"

"지금 나와 거래를 하자는 것이냐?"

"거래까지는 아니라도……. 사실 소인은 그자가 음식을 먹고 죽을 거라고는 생각도 못했습니다요. 그저 그렇게만 하면 된다기에……."

"그러니까, 사람을 죽이는 일이었다면 하지 않았을 거다, 뭐 이런 말이냐?"

"그렇습니다. 제가 좀 험한 놈이긴 하지만, 아직 사람을 죽인 적은 없습니다요. 그리고 솔직히 죄수에게 밥 한 끼 잘 먹이라는데 주저할 것이 뭐 있습니까요? 거기다 돈도 두둑이 주겠다는데……."

"좋다. 내 약속하마. 네게 그 일을 시킨 놈을 댄다면 너의 죄는 묻지 않겠다."

박상태는 잠시 망설이더니, 솔직히 털어놓았다.

"가물치라고, 본명은 잘 모릅니다요. 하지만 가물치 하면 시전 바닥에서는 알 만한 사람은 다 압니다요."

그러자 유영교가 끼어들었다.

"가물치라면 저도 아는 놈입니다. 시전에서 잔뼈가 굵은 놈인데, 시전 구석구석 쑤시고 다니지 않는 데가 없는 놈입니다."

"잡아들일 수 있겠는가?"

"드센데다 수하도 제법 되는 놈이라, 저희 한성부 나장 몇 명으론 감당이 안 되는 놈입니다. 병력을 좀 주시면 오늘밤 안으로 잡아올 수 있습니다."

그즈음에 의금부 도사가 병력 수십 명을 이끌고 한성부에 도착했다. 이수가 도사에게 명령했다.

"자네는 여기 유나장과 함께 가서 가물치라는 놈을 잡아오게. 절대 놓쳐서는 안 되네."

의금부 병력이 가물치를 잡아왔을 땐 이미 시간이 인시에 이른 때였다. 이수와 중례가 박상태를 옥사에 다시 가둬놓고 잠시 눈을 붙이고 있을 때였다. 끌려온 가물치는 포박된 채 이미 초주검이 되어 있었다. 아마도 잡히지 않으려고 저항하다 체포 과정에서 엄청나게 맞은 모양이었다. 그래도 눈빛은 시퍼렇게 살아 있었다.

"네놈 이름이 무엇이냐?"

"가물치, 아니 최갑수라고 하오."

"최갑수…… 그래, 네놈이 거머리에게 전옥서에 갇혀 있던 죄수 고덕만에게 음식을 넣으라고 시킨 것이냐?"

"네, 제가 시켰습니다. 그게 뭐 잘못된 일입니까?"

"네놈에게 그 일을 부탁한 놈이 누구냐?"

"그냥 제가 한 일입니다. 뭐, 불쌍한 죄수에게 밥 한끼 먹인 것이 무슨 문제가 됩니까?"

"네놈이 아직 사태 파악이 안 되는 모양인데, 그냥 버티면 네놈이 살인범이 되는 거야."

"살인범이라니요? 소인 놈은 그저 음식을 넣어준 것뿐인데, 살인? 가당치 않습니다."

"그러니까 네놈에게 음식을 넣으라고 사주한 놈을 불어. 그러면 너는 무사할 것이다. 어차피 너는 고덕만이 죽을 줄도 모르고 한 일 아니냐?"

그 말에 최갑수의 눈빛이 반짝거렸다.

"정말 그 죄수가 제가 넣은 음식 때문에 죽은 것입니까? 거기에 무슨 독을 탄 것도 아닌데……."

"네놈은 무식해서 모르겠지만, 쇠비름과 금계를 함께 먹으면 독약이 된다. 네놈에게 그 일을 시킨 놈은 그런 사실을 잘 알고 있었을 것이다."

그쯤 되자, 최갑수도 사태 파악이 됐는지, 자못 저자세가 되어 음성이 기어들어갔다.

"소인은 몰랐습니다. 그저, 그렇게 음식을 맞춰서 넣어주기만 하면 된다기에……."

"그러니까, 그자가 누구냐?"

하지만 최갑수는 다소 겁먹은 표정을 지으며 쉽게 말을 못했다.

"오치수냐? 네게 그 일을 시킨 놈이 오치수란 말이냐?"

이수가 그렇게 다그치자, 최갑수는 깜짝 놀란 표정으로 이수를 올려다보았다.

"맞구나. 오치수가 시킨 일이구나."

"오치수 대행수는 아니옵고, 그 아래에 흑곰 형님이라고……."

"흑곰?"

흑곰은 오치수가 부리는 수하 무사였다. 덩치가 크고 몸이 날랜 자로 시전의 웬만한 왈짜패들도 오금을 저리게 하는 무서운 놈이었다. 유영교로부터 그런 설명을 듣고 이수는 곧장 흑곰 체포 명령을 내렸다. 하지만 흑곰은 종적이 묘연했다. 그래서 대신 오치수의 청지기 김형배를 의금부로 잡아들였다. 김형배는 의금부 형틀에 묶이자마자, 묻지도 않은 말을 제 입으로 술술 불었다.

"제가 흑곰에게 시킨 일입니다. 대행수께서 잘 아는 지인이 전옥서에 갇혀 있으니, 한 상 잘 차려 넣어주라고 하셨고, 그래서 제가 흑곰에게 넣어주라 했습니다."

"그러면 오치수가 직접 쇠비름나물과 금계고기를 넣으라고 했느냐?"

"감옥에 갇힌 그분이 특히 좋아하는 음식이라면서 두 음식은 반드시 넣어야 한다고 해서……."

오치수의 청지기 김형배로부터 그런 자백을 받아낸 것은 아침 해가 막 뜬 직후였다. 하지만 이수는 김형배에 대한 취조를 거기서 멈추지 않았다. 김형배를 다그치다가 때론 어르고 달래며 그간 오치수가 저지른 여죄를 추궁하기 시작했다.

"한 치라도 거짓이 있으면 너도 결단코 여기서 살아 나가지 못할 것이다. 그러나 묻는 말에 제대로 답하기만 하면 너는 무사할 것이다. 어차피 오치수는 살인죄를 저지른 만큼 목이 달아날 일만 남았다. 그러니 후환을 두려워할 필요는 없다."

결국, 김형배는 이수가 원하는 대로 오치수의 여죄를 술술 불기 시작했다. 또한 오치수에 의해 피해를 입은 사람들의 이름을 열거하며, 그들이 어떤 피해를 입고, 오치수가 어떻게 그들을 괴롭혔는지 낱낱이 털어놓았다. 이수는 김형배의 진술 내용을 세세하게 기록하고 수결까지 받아두었다. 거기에 고덕만 사건의 전모는 물론 노중례의 아버지 노상직 사건을 비롯하여 정재술과 정충석이 저지른 악행과 살인사건들도 모두 더하여 주상에게 계문(啓聞, 글로 임금에게 아뢰는 것)하였다.

주상이 이수의 계문에 믿기지 않는 표정으로 물었다.

"여기 적힌 모든 것이 사실입니까?"

"모두 사실이옵니다. 모르긴 해도 더 많은 여죄가 있을 것으로 보입니다."

"한낱 상인이 이렇게 많은 악행을 자행했다는 것이 도저히 믿기지 않습니다. 필시 조정 관료들 중에 이자를 도운 자들이 있을 테니, 지위 고하를 막론하고 관련된 자를 모두 잡아들여 죄상을 백일하에 드러내도록 하시오."

"분부 받들어 즉시 시행하겠나이다."

14. 주상의 다섯번째 과제

"날씨가 많이 춥습니다. 오늘은 단단히 챙겨 입고 가셔야 합니다."

한파가 계속 기승을 부렸다. 어젯밤에는 갑자기 폭설이 내렸는데, 중례는 눈을 온통 뒤집어쓴 채 밤늦게 퇴근했다. 그 바람에 한기가 들고 몸이 마구 쑤셨다. 하지만 아내 소비가 특별히 달인 갈근탕을 먹고 잔 덕에 다행히 아침엔 몸이 가벼웠다.

중례가 새벽밥을 먹고 입궐 채비를 마치자, 성완과 예완 두 딸이 안방으로 와서 문안 인사를 하였다. 성완은 열여섯 살, 예완은 열다섯 살이었다. 성완은 중례와 소비 부부가 결혼 5년 만에 어렵게 잉태한 첫딸이었고, 이어 연년생으로 예완이 태어났다. 하지만 이후로 아내 소비에겐 태기가 없었다. 부부는 아들을 하나 낳길 소원했지만 이뤄지지 않았다.

중례는 세 모녀의 배웅을 받으며 집을 나섰다. 대문을 나선 지 제법 되었을 때, 중례가 혹여 하는 마음에 돌아보니, 여전히 세 모녀는 대문 앞에 서 있었다. 중례가 손짓으로 어서 들어가라고 했더니, 세 모녀는 들어가지 않고 되레 목례를 한번 더 하였다. 등청할 때면 매일 겪는 일상이었지만, 그때마다 중례는 가슴이 뿌듯했다.

중례는 자신의 딸들이 종놈의 자식으로 살지 않게 되어 너무나 다행이라고 생각했다. 벌써 20년이나 지난 일이지만 관노 신분에서 벗어난 순간이 아직도 눈앞에 생생했다. 오치수의 죄가 백일하에 드러나고 관노 신분에서 풀어준다는 주상의 명령서를 받았을 때, 중례는 정말 꿈인가 생시인가 싶었다. 그러나 안타까움도 없지 않았다. 오치수는 죽는 순간까지도 아버지를 살해한 사실을 인정하지 않았다. 그 바람에 아버지의 결백은 끝내 밝힐 수 없었고, 또한 양반 신분도 회복할 수 없었으며 빼앗겼던 재산도 되찾을 수 없었다. 그래도 정상이 참작되어 자식들에 대한 연좌는 해제되었고, 덕분에 중례와 재희는 노비의 굴레에서 벗어날 수 있었다.

중례는 노비 신분에서 벗어나기 전에는 결코 누이동생 재희를 시집보내지 않겠다고 다짐했었다. 그 바람에 재희는 스물을 훌쩍 넘겨 재취 자리로 시집을 갔지만, 그래도 노비의 아내로 살지 않게 된 것만이라도 다행스럽게 여겼다.

재희를 시집보낸 뒤에 중례는 거제도로 직접 내려가 상례의 유골을 파내어 품에 품고 와서는 부모님 무덤 아래에 묻어주었다. 오랫동안 가슴속에 한이 쌓여 있던 아픔이었기에 내약방에 특별히 한 달간의 휴가를 청하여 가까스로 해낸 일이었다. 거제도에서 상례의 무덤을 찾는 데만 닷새가 걸렸었다. 그저 거제도 군영 뒷산 골짜기에 가기만 하면 금세 찾을 수 있을 것 같았는데, 막상 그곳에 가서 보니 이곳이 저곳 같고 저곳이 이곳 같아 찾을 수가 없었다. 그래도 다행히 상례를 묻으면서 큰 돌을 얹어 두고, 그 위에 '노상례의 묘'라고 표지석을 마련해뒀던 덕에 겨우 찾을 수 있었다.

상례의 무덤을 마련해주기에 앞서 소비의 어머니 무덤도 이장하였다. 소비 생모의 무덤을 이장한 곳은 양모 가이의 무덤 옆이었다. 후미진 산자락 돌무덤을 걷어내고 유골을 추슬러 이장하던 날 소비는 두 어머니의 무덤 앞에서 한나절을 펑펑 울었었다.

중례는 그런 지난 일들을 언뜻언뜻 떠올리며 만덕의 집으로 향했다. 만덕은 전의감에서 잡일을 하는 차비노였다. 이레 전 저녁 무렵에 퇴청하려는데, 만덕이 찾아와 울면서 제 어미를 살려달라고 애원했었다.

만덕의 어미는 그 며칠 전에 갑자기 쓰러져 드러누웠는데, 며칠 만에 사경을 헤매는 지경이 되었다. 만덕이 그간 애써 모아둔 것을 모두 털어 가까스로 약을 구해 먹여보았지만 아무런 차도가 없었다. 그래서 몇 번이나 망설이다가 중례 앞에 무릎을 꿇고 하소연했던 것이다.

"소인이 감히 어의께 이런 청을 넣는 것은 죽을죄라는 것을 잘 알지만, 그래도 자식으로서 죽어가는 어미를 차마 보고 있을 수 없어 이렇게 간청 올립니다."

중례는 어의가 된 뒤로 사사로이 다른 이를 치료하는 일은 하지 않았다. 특히 돈을 받고 진료를 보는 것은 절대 하지 않았다. 하지만 처지가 어려운 사람을 무료로 진료하는 일은 가끔 있었다. 이따금 유랑민이나 걸인들을 찾아가 무료 진료를 하기도 했다. 하지만 아무도 모르게 하는 일이었다. 만덕 또한 그런 사실을 전혀 몰랐다. 그뿐만 아니라 전의감 차비노인 만큼 어의가 왕실 사람 이외에 다른 이를 진료하는 것을 금하고 있다는 것을 만덕도 잘 알고 있던 터라 감히 중례에게 어미의 진료를 청탁할 순 없었다. 그래서 여러 날을 망설였다. 하지만 만덕은 그런 법도를 따질 처지가 아니었다. 누구라도 붙잡고 어미를 살려달라고 하소연할 수밖에 없었다.

중례는 만덕의 그 마음을 십분 헤아렸다. 자신 또한 천한 노비의 삶을 오랫동안 경험한 터라 그의 처지가 어떤지 잘 알고 있었다. 그래서 선뜻 만덕을 따라가 그 어미를 보았더니, 병세가 자못 심각하였다. 치료도 오래 해야 하고, 사용할 약재도 매우 비싼 것이었다. 만덕의 형편으론 도저히 감당할 수 없는 정도였다. 거기다 중례는 만덕의 어미를 치료할 시간도 충분하지 않았다. 근래 들어 주상은 자주 병마에 시달리고 있었다. 단순히 한 가지 병세만 있는 것은 아니었다. 소갈증을 앓은 지 이미 십여 년이었고, 허리 병에 다리 병, 부종, 눈병까지 동시에 앓고 있었다. 그 때문에 중례는 거의 매일같이 야근을 하며 밤늦게까지 궁궐에 머물러야 했다. 그런 상황이다보니, 시간을 낼 수 있는 때는 아침 시간밖에 없었다. 그래서 등청하기 전에 일찍 집을 나선 것이었다.

다행히 만덕의 어미는 날로 차도를 보이고 있었다. 처음 봤을 땐 사람도 알아보지 못할 지경이었지만, 이젠 의식이 또렷하고 일어나 앉을 정도는 되었다. 덕분에 비싼 약재를 쓴 탕약을 더이상 쓰지 않아도 되었다. 침과 뜸만 잘 사용하면 머잖아 회복할 수 있으리라는 확신이 들 정도였다. 하지만 안심할 단계는 아니었다. 그 때문에 중례는 침과 뜸은 물론이고, 구급약으로 쓸 환약을 제조하여 상시로 먹도록 했다.

만덕의 집을 나온 중례는 입궐을 서둘렀다. 주상의 등에 생긴 부종이 염려되어 잠시도 지체할 수 없었다.

주상의 등에 부종이 생긴 지 벌써 사흘째였다. 그 사흘 동안 주상은 제대로 잠을 자지도 못했다. 통증이 심할 뿐 아니라 마음대로 돌아누울 수도 없는 처지였다. 그럼에도 주상은 매일같이 독서에 열중했다. 무슨 까닭인지 알 수 없지만 주상은 올해 들어 부쩍 운서(韻書, 언어학 책)를 탐독하고 있었다. 중례가 누차에 걸쳐 독서를 줄여야만 한다고 아뢰었지만 전혀 듣지 않았다. 더구나 근래에 와서는 왼쪽 눈에 통증까지 호소하고 있었다. 그래서 안막(안대)을 만들어 왼쪽 눈에 씌웠는데, 나머지 한쪽 눈으로 책을 보았다. 그 때문에 오른쪽 눈이 어두워져 조금만 멀리 있어도 사람을 제대로 알아보지 못할 지경이었다.

모름지기 종기는 너무 서둘러 치료하면 자못 증세가 더욱 심해지는 질병이었다. 자칫 종기를 없앤답시고 피침으로 찢어 섣불리 고름을 짜냈다간 종기를 더욱 악화시키기 십상이었다. 그렇다고 마냥 내버려두면 종기의 크기가 커져 감당할 수 없는 지경에 이른다. 그 때문에 종기는 종류마다 처방이 세밀해야 하고, 종기의 크기와 고름의 농도에 따라 치료책이 달라야 한다.

주상의 등에 난 부종의 크기는 대략 세 치 정도 되었고, 고름이 아직 단단하여 찢어서 짜낼 상황이 아니었다. 이런 경우, 종기가 좀더 여물기를 기다렸다가 진액이 형성되어 고름이 유연해질 때까지 기다려야 한다. 하지만 계속 기다리기만 하다가 종기가 너무 커져버리면 치명적인 상태로 갈 수 있다. 그래서 인위적으로 약을 사용하여 고름을 유연하게 만들어야 한다. 이를 위해 중례는 특별한 고약을 고안했다. 대개는 종기가 생기면 찢어서 고름을 짜내는 방법을 사용하지만, 그것은 자칫 종기를 덧나게 하여 감당할 수 없을 만큼 크기를 키울 수 있었다. 그래서 중례는 가급적 종기를 찢지 않고 고약을 사용하여 고름을 뽑아내는 방법을 사용했다. 주상의 이번 부종 역시 고약으로 치료하는 중이었다.

물론 고약만으로 종기를 완전히 치료할 수는 없다. 고약으로 종기에서 진물이 나오기 시작하고 고름이 흐물흐물해지면 그때부터 손으로 짜내야 한다. 또한 약을 함께 써야 하는데, 중례는 주상의 이번 종기에 부종을 치료하는 신묘한 처방인 초시원(椒豉圓)을 썼다. 초시원은 천초눈(산초나무 씨눈) 1돈, 두시(豆豉, 메주콩) 14알, 심을 제거하고 볶은 파두(巴豆, 콩) 2개를 함께 갈아서 녹두알 크기로 만든 환인데, 이를 하루에 세 번씩 5환씩 복용하게 했더니 종기가 말랑말랑해졌다.

중례가 내약방에 등청하자, 곧 환관이 와서 어전으로 들라고 하였다. 중례가 어전 침전에 들어가니, 주상이 매우 피곤한 얼굴이었다. 얼굴이 푸석푸석하고 눈이 쑥 들어간 것이 등에 난 부종 때문에 간밤에 잠을 설친 게 분명했다.

"통증은 좀 줄어들었는지요?"

"줄어든 것 같기도 하고, 아닌 것 같기도 하고, 여하간 잠을 몇 번이나 깼는지 모르겠네."

부종에 붙인 고약을 떼어보니, 피고름이 잔뜩 묻어나왔다.

"이제 피침으로 찢어 짜내도 되겠습니다."

"그러면 어서 처치해보아라."

주상이 종기를 앓은 것은 처음이 아니었다. 주상의 몸에 종기가 처음 생긴 것은 재위 1년(1419년)인 스물세 살 때였다. 그땐 발에 종기가 났는데, 그 이후로 툭하면 종기가 생겨 애를 먹곤 하였다. 종기가 생기는 부위도 다양했다. 발에 난 뒤에는 겨드랑이에 났고, 어깨나 등에도 났다. 그리고 때론 한 번에 여러 곳에 종기가 날 때도 있었다. 그 때문에 주상은 종기 치료에 아주 익숙했다. 종기 중에 그를 가장 괴롭게 하는 것은 역시 등에 난 종기였다. 제대로 누울 수가 없어서 수면에 크게 방해가 되었기 때문이다. 특히 이번에 난 등의 부종은 전에 비해 크기가 아주 크고 통증도 심했다. 하지만 고약에 고름이 잔뜩 묻어날 정도면 이제 손으로 짜낼 때가 되었고, 고름을 짜낼 수준이면 통증이 많이 줄어든다는 것쯤은 경험을 통해 잘 알고 있었다.

"짜낼 때 통증이 제법 심합니다."

"잘 알고 있으니, 염려 마라."

고름의 양은 제법 많았다. 받아낸 양을 보니, 간장 종지 하나는 채우고도 남을 만했다. 고름의 색깔은 처음엔 희뿌연 색이었는데 시간이 지날수록 농이 짙어지고 피가 더해져 황갈색으로 변했다.

고름을 거의 반 시진 동안 계속 짜냈지만, 주상은 인상 한 번 찡그리지 않고 묵묵히 견뎌냈다. 그래도 종기를 더 키우지 않고 고름을 짜낼 수 있다는 사실을 주상은 다행스럽게 생각했다.

"다 되었습니다. 이제 고약을 다시 붙이고, 닷새만 더 짜내면 거의 나을 것 같습니다."

중례가 주상의 등에 고약을 붙이고 물러나자, 주상은 몸을 이리저리 움직여보았다. 종기 크기가 많이 줄었는지 등짝이 한결 가벼운 느낌이었다.

"찬바람은 절대 금물입니다. 그리고 며칠 동안만 독서도 하지 않으셔야 합니다. 육식도 금하셔야 하고, 약주도 하시면 안 됩니다."

중례는 주의 사항을 늘어놓고 있었지만, 주상이 제대로 지키지 않을 것이란 사실을 알고 있었다. 단 하루라도 독서를 멈추는 법이 없는 주상이었다. 왼쪽 눈에 안막을 하고, 오른쪽 눈이 제대로 보이지 않을 때도 책을 읽었던 그였다.

"전하, 저와 약조하셨습니다. 꼭 지키셔야 합니다."

중례는 다시 다짐을 받아두었다.

"어허, 그 사람…… 알았네, 알았어."

"이제 엎드려보십시오."

허리 병을 치료할 차례였다. 주상은 왕위에 오르기 전부터 허리 병이 심했다. 책상에 너무 오래 앉아 있었던 탓이었다. 허리 병은 다리 병으로 이어졌다. 처음엔 허리만 아팠는데, 시간이 지나자 다리 통증이 심해 한쪽 다리를 끌고 다녀야 할 지경이었다. 그래서 여러 어의가 치료를 했는데, 쉽사리 낫지 않았다. 그런데 중례의 번침과 쑥뜸, 탕약에 의해 아주 좋아졌다. 더이상 다리도 끌지 않았고, 허리 통증도 많이 줄었다. 하지만 날씨가 흐리거나 갑자기 추워지면 허리 통증이 재발하곤 했다. 심할 땐 예전처럼 다리가 저리기도 했다. 그 때문에 거의 날마다 중례의 침과 뜸을 맞아야만 했다.

허리 통증 치료가 끝나자, 중례는 눈병을 치료했다.

"전하, 안정(눈)을 더 혹사하시면 중풍으로 이어질 우려가 있습니다. 그러니 제발 더이상 안정을 혹사하시지 마십시오."

중례의 말은 결코 그냥 하는 말이 아니었다. 최근에 주상은 눈떨림에 자주 시달리고 있었다. 전형적인 중풍의 전조 증상이었다. 소갈증이 있는데다 중풍까지 더해지면 목숨이 위태로워질 수 있었다.

"그 사람 잔소리는……."

"전하, 그냥 드리는 말씀이 아니옵니다. 제발, 조심하셔야 합니다."

중례는 눈 치료를 마치고, 소갈증 치료를 시작했다. 소갈증은 무엇보다도 음식을 조심해야 하지만, 음식 외에도 조심해야 할 것이 많았다. 특히 주상의 소갈증은 매우 오래된 것이었다. 이십대 초반부터 병증이 나타났으니, 벌써 이십 년을 달고 사는 고질병이었다.

소갈증으로 인해 주상은 몸이 자주 부었다. 특히 다리가 자주 붓는 현상이 있었다. 거기다 몸에 상처가 생기면 잘 낫지 않았다. 종기가 오래가는 것도 소갈증이 주된 원인이었다. 중례는 침과 뜸,

탕약으로 소갈증을 완화시키고 있었지만, 의술만으론 분명 한계가 있었다. 선천적으로 안고 나온 질병이었기 때문이다.

죽은 대비 민씨가 주상을 임신했을 때, 지나치게 살이 쪘었다고 했다. 그런 탓인지 주상도 살이 잘 찌는 편이었다. 또한 육식을 좋아하고 음식을 즐겼다. 거기다 사냥이나 격구 같은 놀이는 전혀 즐기지 않았다. 오직 즐기는 것은 독서와 음악이었다. 그런 까닭에 늘 비만한 몸이었다.

비만은 소갈증엔 치명적이었다. 그래서 주상도 식사량을 많이 줄였다. 하지만 쉽사리 살이 빠지지는 않았다.

중례는 주상의 몸에 가급적 침을 놓지 않고 뜸으로 대신했다. 침 자국이 잘 없어지지 않았기 때문이다. 그만큼 상처를 회복하는 속도가 느렸다.

"이제 다 되었느냐?"

"네, 전하. 오늘 치료는 여기까지이옵니다."

"그래, 수고했다."

중례가 물러가자, 주상은 빙그레 웃었다. 중례를 만나지 못했다면 그나마 지금 정도의 건강도 유지하지 못했을 것이란 생각이 들었다.

"내가 인복이 많아."

중례가 어의가 되기 전에는 주로 양홍달과 양홍적이 주상의 병을 돌보았다. 하지만 그들의 의술은 중례의 실력에 미치지 못했다. 거기다 중례는 그들에 비해 학문에도 밝고 문장도 좋았다. 덕분에 주상은 숙원 중 하나였던 『향약집성방』 편찬 작업을 무사히 마칠 수 있었다.

『향약집성방』이 완성된 지도 벌써 10년이나 지났다. 노중례를 얻지 못했다면 불가능했을 일이었다. 재위 15년(1433년) 6월에 『향약집성방』이 완성되자, 주상은 권채에게 서문을 쓰게 했다. 권채가 올린 서문 중에 아직도 주상의 뇌리에 생생히 박혀 있는 문구가 있었다. 주상은 지금도 『향약집성방』을 떠올리면 그 문구를 재미삼아 줄줄 외웠다.

"오직 우리나라는 하늘이 한 구역을 만들어 대동(大東)을 점거하고, 산과 바다에는 무진장한 보화가 있고 풀과 나무에는 약재를 생산하여 무릇 민생을 기르고 병을 치료할 만한 것이 구비되지 아니한 것이 없으나, 다만 옛날부터 의학이 발달되지 못하여 약을 시기에 맞추어 채취하지 못하고, 가까운 것을 소홀히 하고 먼 것을 구하여, 사람이 병들면 반드시 중국의 얻기 어려운 약을 구하니, 이는 7년 병에 3년 묵은 쑥을 구하는 것과 같을 뿐만 아니라, 약은 구하지 못하고 병은 이미 어떻게 할 수 없게 되는 것이다."

주상은 이런 문제를 해결하기 위해 『향약집성방』 편찬을 숙원 사업으로 삼았다. 약초란 모름지기 자신이 사는 곳에서 구해야 효험이 있는 것이고, 약이란 시기를 놓치면 소용이 없는 법이다. 그 때문에 병자를 구하기 위해서는 주변에 흔히 널려 있는 약초를 사용하여 적절한 시기에 약으로 만들어 먹여야만 생명을 구할 수 있다. 주상은 이를 현실화하기 위해 『향약집성방』 85권을 만들었고, 덕분에 조선 의학은 이제 중국 의학에 의존하지 않게 되었다. 『향약집성방』으로 보완된 조선 의학이 1만 706건의 치료법으로 959종의 병증을 해결할 수 있는 능력을 갖추게 된 까닭이다. 또한 주상은 향약을 체계적으로 채취하기 위해 각 지역에서 생산되는 향약의 실태를 조사하여 『향약채취월령』을 편찬했다.

하지만 주상은 거기서 만족하지 않았다. 조선 의학을 확립하기 위해 또하나의 작업을 지시했다. 중국과 조선의 모든 의학서를 체계적으로 집대성하는 작업이었다. 말하자면 중국 최초의 전문 의학서인 『황제내경』으로부터 진, 한, 당, 송, 원, 명의 모든 의서와 조선에 전해지고 있는 모든 의서를 체계적으로 집대성한 의학 백과사전을 만드는 일이었다. 주상은 이미 속으로 이 의학 백과사전의 명칭을 『의방유취』로 정해뒀다.

주상은 이 작업을 위해 6년 전부터 명나라 연경에 수많은 인재를 파견했다. 그리고 자료 확보가 끝난 작년부터 본격적으로 편찬 작업에 돌입했다. 노중례는 그 모든 작업을 최종적으로 감수하는 역할을 맡고 있었다.

『향약집성방』과 『의방유취』 편찬은 주상이 구상한 '활인의 정치'를 실현하기 위한 과제 중 하나였다. 주상은 왕위에 오른 이후로 어떻게 '활인의 정치'를 구체화할 것인지 고민에 고민을 거듭했다. 그리고 여러 원로와 젊은 학자, 그리고 수많은 독서와 직접적인 통치 경험을 통해 한 가지 결론을 얻었다. 임금의 가장 중요한 책무는 백성의 목숨을 지키는 것이라는 깨달음이었다.

주상은 이러한 임금의 책무를 이루기 위해서 네 가지 실천 과제를 설정했다. 그 첫번째 과제가 백성 개개인의 건강을 지킬 수 있게 하는 것이었고, 백성의 건강을 위해 무엇보다도 의학의 발전이 급선무였다. 『향약집성방』과 『의방유취』 편찬은 바로 의학 발전의 초석을 마련한 사업이었다.

의학의 발전이 개인의 생명을 지키는 데 필요한 것이라면 농업의 발전은 백성의 생활을 안정시키는 데 꼭 필요한 것이었다. 그래서 조선의 실정과 조선의 땅에 맞는 농사법을 개발하고, 이를 널리 알리기 위해 『농사직설』을 편찬하여 배포했다. 『농사직설』을 편찬하여 배포한 목적은 단 하나였다. 같은 크기의 땅에서도 재배법만 개량하면 훨씬 더 많은 소산을 얻을 수 있다는 사실을 백성들이 깨닫게 하는 것이었다. 여기에 전분육등법과 연분구등법을 마련하여 국가 재정을 안정시키는 한편, 백성들의 세금 부담을 줄였다.

하지만 개인의 건강이 좋아지고 백성들의 생활이 안정되었다고 해서 백성의 목숨을 지킬 수 있는 것은 아니었다. 바깥으론 외적을 막아 백성이 재산과 땅을 빼앗기는 일이 없어야 했다. 그래서 영토를 확립하고 군대를 강화하여 백성이 안심하고 살 수 있게 해야 했고, 그 일환으로 왜구의 준동을 막기 위해 대마도를 정벌하는 한편, 여진의 침략을 예방할 목적으로 4군과 6진을 개척하여 변방을 안정시켰다.

그리고 동시에 내치에 집중하여 인재를 양성하고 국정을 안정시켜 백성이 나라를 믿고 의지하도록 해야 했다. 이를 위해 집현전을 설립하여 미래의 동량을 키우고, 재상 정치를 실현하는 차원에서 의정부 서사제를 부활시켰으며, 행정 조직을 혁신하였다.

주상은 이십여 년의 통치를 통해 이 네 가지 과제를 얼추 이뤘다고 생각했다. 그런데 주상은 몇 년 전부터 다섯번째 과제를 붙잡고 씨름하고 있었다. 그런데 이 다섯번째 과제는 왕권만으로 되는 일이 아니었다. 또한 뛰어난 인재들과 함께 의논해서 해결할 일도 아니었다. 반드시 홀로 해야 할 일이었고, 그리고 꼭 이뤄야 할 일이었다.

주상은 이 과제를 실행하기 위해 왕권까지 내려놓았다. 처음에는 왕권을 분산하여 의정부의 재상들에게 나눠주었다. 이른바 의정부 서사제로 불리는 이 제도를 통해 조정의 근간이 되는 이, 호, 예, 병, 형, 공으로 이뤄진 육조의 서무 결재권을 정승들에게 넘겼다. 재위 18년(1436년)에 단행한 이 조치 이후에 주상은 또 한번 왕권을 내려놓았다. 이번에는 아예 세자에게 왕의 서무 결재권을 넘겨버렸다. 조정 대신들의 반대가 빗발쳤지만 주상은 요지부동이었다. 다섯번째 과제를 실현하기 위해서는 어쩔 수 없는 일이었다. 왕권을 내려놓고 뒷방으로 물러나지 않는 한 이 과제를 해결할 시간을 얻을 수 없었기 때문이다.

주상이 이 일에 매달린 지도 어언 15년의 세월이 흘렀다. 그 15년 중의 10년은 그저 이 일을 마음에 품고만 있었다. 그러다 마침내 시작해야겠다고 결심했을 때, 의정부 서사제를 마련하여 왕권을 대대적으로 의정부로 넘겼다. 하지만 의정부 서사제를 실시한 뒤에도 여전히 업무에 시달렸다. 그래서 재위 24년(1442년)인 작년엔 아예 첨사원을 설치하고 세자 향에게 서무 결재권을 넘겨버렸던 것이다. 그리고 마침내 7년 동안의 노력 끝에 다섯번째 과제의 완성을 눈앞에 두고 있었다.

"이제 공표만 하면 될 일이다."

주상은 가슴이 벅차올랐다. 지난 십여 년의 세월이 빠르게 뇌리를 스쳐갔다. 그 세월의 첫머리에 그 사건이 있었다. 때는 재위 10년(1428년) 10월이었다. 사헌부에서 이런 보고를 하였다.

"경상도 진주에서 김화라는 자가 아비를 살해했습니다. 부모를 죽인 죄는 법에 따라 참형에 처해야 합니다. 또한 강상의 죄를 범한 터라 저자에서 참하고 효수하여 다시는 이런 일이 벌어지지 않도록 해야 할 것입니다."

주상은 그 말을 듣고 깜짝 놀라 물었다. 아들이 아비를 죽였다는 사실이 도저히 믿기지 않았다.

"김화라는 자가 정말 아비를 죽였는가?"

"그러하옵니다."

"그자는 어떤 자이며, 무엇을 하는 자인가?"

"그저 무지한 백성이옵니다."

"아무리 무지한 자라 하더라도 어떻게 자신을 낳아준 어버이를 살해한단 말인가? 이 모든 것이 임금이 덕이 없어 생긴 일이다. 임금이 백성을 제대로 교화했더라면 자식이 부모를 죽이는 일이 어찌 일어나겠는가?"

주상은 자책을 거듭하다 이 모든 것이 무지한 백성이 윤리를 몰라 벌인 일이라 판단했다. 그래서 며칠 뒤 경연 자리에서 신하들을 모아놓고 말했다.

"백성들이 삼강의 도리를 알 수 있도록 교화하여야 하겠다. 그러니 백성을 교화할 좋은 방책이 있거든 말해보라."

그러자 신하들이 의논 끝에 『효행록』 등의 서적을 널리 반포하여 백성들로 하여금 효행과 예의를 알게 하자는 의견을 모았다.

하지만 서적을 널리 반포해봤자, 글을 모르는 무지한 백성에게 아무 소용이 없었다. 글을 몰라 책 내용이 무엇인지 모르는데, 책을 배포해봐야 무슨 의미가 있느냐는 것이었다. 그래서 책에 글과 함께 그림을 그려 배포하자는 의견이 나왔다. 그 책이 곧 『삼강행실도』였다. 그런데 『삼강행실도』가 배포된 것은 주상 재위 16년(1434년)으로 김화 사건이 난 지 무려 6년이나 지나서였다. 그리고 그 6년 동안 숱한 살인사건이 벌어졌다. 그 살인사건 중에는 패륜 범죄도 많았다. 그 때문에 주상은 백성들이 범죄를 많이 저지르는 것은 법을 제대로 모르기 때문이라고 생각했다. 특히 패륜 범죄는 무지몽매한 자들이 저지르는 것이니, 그들에게 법을 알게 하면 범죄도 줄어들고 패륜도 줄어들 것으로 판단했다.

주상은 곧 이조 판서 허조를 불러 이렇게 말했다.

"비록 사리를 아는 사람도 율문에 근거하여 판단을 내린 다음에야 죄의 경중을 알게 되는 것인데, 하물며 무지한 백성은 율문을 알지도 못하니, 자신의 행위가 범죄인지 아닌지 구분도 못할 것이 분명하다. 그렇다고 백성들로 하여금 율문을 다 알게 할 수는 없으니 큰 죄에 해당되는 조항만 가려 뽑아서 이두로 번역하여 민간에 반포하라. 그러면 어리석은 백성이 스스로 범죄를 피할 줄 알게 될 것이다."

하지만 허조는 반대했다.

"신은 폐단이 일어날까 두렵습니다. 간악한 백성이 율문을 알게 되면 죄의 크고 작은 것을 골라내서 두려워하고 꺼리는 바 없이 법을 제 마음대로 농간하는 무리가 생길 것입니다."

이에 주상이 화를 내며 소리쳤다.

"그렇다면 백성들은 죄를 짓는 줄 알지도 못하면서 죄를 범하는 것이 옳다는 말인가?"

주상은 곧 집현전에 명하여 옛 백성들이 법률을 익히게 했던 일을 상고하여 정리해 오라고 했다. 하지만 막상 율문을 이두로 만들어 배포하려 하니, 거기에도 문제가 있었다. 이두로 율문을 배포한다고 해도 이두를 아는 사람만 그 법을 이해할 수 있기 때문이다. 그런데 밑바닥 백성들은 이두를 알지 못했다. 이두 역시 결코 배우기 쉽지 않았고, 그 때문에 이두를 아는 자도 많지 않았다.

결국, 주상은 고민 끝에 율문을 이두로 번역하여 배포하라는 명령을 철회했다. 그리고 그때부터 주상은 이런 생각을 했다.

"이럴 때 만약 누구나 쉽게 배우고 쓸 수 있는 글자가 있다면 얼마나 좋을꼬?"

막상 그런 생각을 하자, 주상은 글을 모르는 백성들은 얼마나 답답할까 하는 생각이 들었다. 또한 글을 몰라서 죄를 짓고 감옥에 갇히거나 죽는 사람은 또 얼마나 억울할까 싶었다. 그런 생각이 이어지자, 글을 몰라 억울하게 죽는 사람의 입장에선 글이 곧 생명줄이라는 판단이 들었다.

그때 퍼뜩 떠오르는 말이 있었다.

"의술만 사람을 살리는 것이 아닙니다."

왕자 시절, 탄선에게서 들었던 말이었다.

"그래, 의술만 사람을 살리는 것이 아니다. 문자를 알게 하는 것도 사람을 살리는 일이다."

그러자 주상은 누구나 쉽게 배우고 쓸 수 있는 문자가 없을까 하는 생각을 하였고, 그래서 여러 나라의 운서를 구해 와서 연구해보았다. 하지만 그 어느 나라의 문자도 쉽게 배우고 쓸 수 있는 것은 없었다.

"백성들을 위해서는 누구나 쉽게 배우고 쉽게 쓸 수 있는 문자가 꼭 있어야 하는데, 세상 어디에도 없으니, 참으로 답답하구나."

그런 안타까운 마음을 안고 4년을 더 보내다가, 마침내 주상은 결심했다.

"세상에 없다면 만들면 될 것이 아닌가."

그런데 막상 백성들이 쉽게 쓰고 배울 수 있는 문자를 만들려고 하니, 넘어야 할 산이 하나둘이 아니었다. 그리고 무엇보다도 큰 난관은 바로 조정 대신들과 학문을 익힌 학자들이었다. 그들에겐 문자란 곧 권력의 기반이었다. 문자를 통해 학문을 익히고, 그 학문을 통해 과거에 합격하여 관리가 되며, 관리가 가진 국가 권력으로 백성 위에 군림하는 것이 그들이었다. 그런데 만약 백성들이 쉽게 익힐 수 있는 문자가 있어 누구나 학문에 접근할 수 있다면 그들은 기득권을 빼앗길 것을 염려하게 될 게 뻔했다. 그 때문에 문자를 아는 관리와 학자들은 필시 새로운 문자를 만드는 것을 반대할 것이 분명했다.

"그러면 그들과 함께 문자 창제 작업을 할 수도 없다는 뜻이 아닌가? 그러면 누구와 이 일을 의논하여 함께 진행한단 말인가?"

주상은 고민 끝에 결론을 내렸다.

"이 일은 나 홀로 하는 수밖에 없다. 만약 조정 대신들과 상의하면 시작도 하기 전에 좌절되고 말 것이다."

주상은 이미 법전을 이두로 번역하여 배포하는 일에서 실패를 맛보았다. 그 쓰라린 경험을 통해 확실히 깨달은 것은 조정의 관리와 이 나라의 선비들은 백성들이 문자를 아는 것을 결단코 좋아하지 않는다는 것이었다. 그들은 백성의 목숨보다도 자신들의 기득권을 더 중시하기 때문이었다.

"그들의 벽을 넘기 위해서는 아무도 모르게 비밀리에 문자 창제를 하는 수밖에 없다. 또한 새로운 문자 창제에 성공하면 기습적으로 공표해야만 한다. 그렇지 않으면 결코 성공할 수 없는 일이다."

그런 결심 아래 주상은 기어코 홀로 문자 창제 작업에 돌입했다. 그리고 무려 7년 동안의 연구 끝에 새로운 문자 창제에 성공했다.

하지만 아직도 난관은 남아 있었다. 새로운 문자를 창제하여 공표한다고 해도 관리들의 저항이 만만치 않을 것이었다. 또한 설사 일시적으로 새로운 문자를 받아들인다고 해도 정착시키기까지는 오랜 세월이 걸릴 수밖에 없었다.

주상은 새로운 문자의 이름을 '훈민정음(訓民正音)'이라고 지었다. '백성을 가르치는 올바른 소리'라는 뜻이었다.

주상이 훈민정음을 공표하기로 결정한 날은 바로 열흘 뒤인 섣달그믐날이었다. 설을 하루 앞둔 섣달그믐날을 공표일로 잡은 것은 조금이라도 더 시간을 벌기 위함이었다. 신년이 시작되면 정초라 조정이 어수선해지기 마련이었다. 대신과 관료들의 인사이동과 관련한 논의가 시작되는 때이기도 했고, 지방관 교체를 위해 물밑 작업을 하는 때이기도 했다. 그 때문에 적어도 정월 한 달 동안은 조정의 중책을 논의하긴 쉽지 않은 기간이었다. 주상은 이 어수선한 시기를 이용하여 훈민정음 창제를 공식화하고 동시에 저항 세력의 힘을 빼놓을 계획이었다. 그야말로 숨쉴 틈 없이 밀어붙이지 않으면 결코 성공할 수 없다고 판단한 것이다. 또한 저항하는 세력을 최소화하고, 그들의 저항을 강력하게 저지할 생각이었다.

하지만 훈민정음을 공표하기 이전에 해야 할 일도 많았다. 미리 우군을 최대한 확보해야 했다. 그것도 비밀리에 아주 급속도로 진행해야 했다.

주상은 우군으로 삼기에 적당한 인물들을 먼저 추려보았다. 무엇보다도 세자를 비롯한 자식들에게 새로운 문자에 대해 알리고 사용법을 익히게 하는 것이 우선이었다.

주상은 세자를 먼저 불러들였다. 세자는 이미 오래전부터 주상이 운학에 몰두하고 있다는 것을 누구보다도 잘 알고 있었다. 또한 주상은 두어 달 전에 이미 세자에게 이런 귀띔을 했었다.

"아무리 어리석은 백성이라도 쉽게 배우고 읽고 쓸 수 있는 문자를 만들고 있다. 이제 완성이 머지않았으니, 그리 알도록 하라. 하지만 내가 먼저 입을 열기 전에는 누구에게도 알려서는 아니 될 것이다."

세자 향은 진중하고 입이 무거운 사람이었다. 그런 까닭에 주상은 적어도 세자의 입에서 말이 샐 염려는 없다고 확신했다.

"만약 다섯 살밖에 되지 않은 어린아이가 아바님이 만드신 글자를 배운다면 얼마 만에 익힐 수 있을까요?"

세자 향은 놀라는 기색 없이 그렇게 물었다.

"빠르면 열흘이면 익힐 것이다."

그 말에 세자 향은 믿을 수 없다는 표정을 지었다.

"자획의 원리를 알고 쓰고 읽고 이해하는 데 열흘이면 된단 말입니까?"

"그렇다."

"그렇다면 그 글자는 몇 개나 됩니까?"

"스물여덟 글자다."

"스물여덟 글자로 어떻게?"

"믿기지 않겠지만, 사실이다. 네게도 곧 보여줄 테니, 기다려보거라."

주상의 부름을 받고 세자가 어전으로 들었다.

"이제 네게 내가 만든 새로운 문자를 보여주려 한다."

그러면서 세자 앞에 새로운 문자 스물여덟 글자를 펼쳐 놓았다. 하지만 세자는 아주 뜨악한 표정을 지으며 말했다.

"도대체 이것이 무엇이옵니까? 소자가 보기엔 그저 어린아이가 문자를 배우기에 앞서 획을 긋는 연습을 한 것으로 보입니다."

주상이 빙그레 웃으며 말했다.

"자, 그럼 이제부터 설명을 해주마. 네가 보기엔 조악해 보이는 이 단순한 글자 속에 우주 만물의 근본 원리인 음양과 오행의 이치가 모두 들어 있다. 음양오행의 원리는 이렇다. 세상의 모든 만물의 근원은 곧 태극이며, 태극이 움직여 양을 낳고, 움직임이 극도에 이르면 고요하게 되는데, 고요하여 음을 낳는다. 또한 음과 양이 결합하여 다섯 가지 성질을 낳으니, 그것이 곧 오행이 아니겠느냐?

이러한 음양오행의 원리는 모든 만물에 다 해당되는데, 문자 역시 예외가 아니다. 문자에도 음과 양이 있는데, 음은 곧 뜻을 담고, 양은 곧 소리를 담는다. 그래서 문자는 뜻글자와 소리글자로 나눠진다. 그중에 우리가 쓰는 문자인 한자는 뜻글자이다. 하지만 세상에는 뜻글자 말고 소리글자를 사용하는 사람들도 많다.

한자와 같은 뜻글자는 문자에 뜻을 새겨넣기엔 유용하지만 소리를 제대로 담을 수 없는 한계가 있다. 또한 모든 사물마다 뜻을 새겨넣다보니 글자 수가 수천수만 가지가 될 수밖에 없고, 그 때문에 익히는 데 아주 많은 시간과 노력이 필요하다. 그런데 소리글자는 적은 글자 수로 수많은 소리를 담는 데 매우 유용하다. 사람소리는 물론이고, 사물의 이름이나 바람소리 같이 의미 없는 소리도 모두 표기할 수 있다. 또한 글자 수가 적고 소리 나는 대로 읽을 수 있기 때문에 배우기 쉽고 사용하기 편리하다. 다만 단점이라면 낱자 하나하나에 특별한 뜻을 담을 수는 없다는 것이다."

"그렇다면 아버님께서 만든 이 글자는 뜻글자가 아닌 소리글자란 말씀이군요?"

"그렇다. 나는 이 글자를 훈민정음이라 이름 붙였다. 소리글자는 원래 홀로 소리가 되는 모음과 반드시 결합을 해야 소리가 되는 자음으로 구성되는데, 훈민정음 또한 마찬가지다. 그래서 이 스물여덟 글자 중에 홀로 소리가 되는 모음이 열하나이고, 자음이 열일곱이다. 이중에 자음 열일곱은 다시 오행의 법칙에 따라 다섯으로 구분되는데, 그 소리의 근원이 무엇인가에 따라 아음, 설음, 순음, 치음, 후음으로 나눠진다. 이들 글자는 또한 초성, 중성, 종성이 합하여 소리를 내는데…….”

주상은 한동안 훈민정음의 원리를 설명한 뒤에, 쓰는 법과 읽는 법을 세자 향에게 가르쳤다. 그러자 이내 세자가 자신의 이름을 훈민정음으로 쓰고 물었다.

“제 이름을 이렇게 쓰는 것이 옳은지요?”

“그렇다.”

“그렇다면 세자는 이렇게 쓰는 것이 옳은지요?”

“그렇다.”

“어머니는 이렇게 쓰는 것이 옳은지요?”

“그렇다.”

세자는 곧 자신이 하는 말들을 훈민정음으로 옮겨놓고 역시 옳은지 물었고, 주상 역시 옳다고 대답했다. 그렇듯 한참을 묻고 또 묻더니, 세자가 경탄을 금하지 못하며 말했다.

“참으로 신기한 글자입니다. 이렇게 쉽게 익히고, 이렇게 간단하게 소리를 담아낼 수 있다면, 아무리 어리석은 백성이라도 자신의 말을 글로 쓰고 자신의 생각을 다른 이에게 글로 전달할 수 있을 것 같습니다.”

그 말을 듣고 주상은 몹시 기꺼워하며 즐거워하였다.

“어떠냐? 이 글자를 우리 백성에게 배포하면 누구든 쉽게 배우고 쓸 수 있을 것 같지 않으냐?”

“물론입니다. 참으로 놀라울 따름입니다. 어떻게 이런 신비한 글자를 만들어내셨습니까?"

그런 세자의 반응에 힘입어 주상은 적자와 서자를 가리지 않고 아들들을 불러들여 훈민정음을 가르쳐보았다. 그랬더니 역시 그들의 반응도 세자와 별반 차이가 없었다. 그래서 이번에는 중전과 후궁, 공주와 며느리들을 불러들여 훈민정음을 가르쳤더니, 그들 역시 어렵지 않게 익혔다.

하지만 주상은 가족들에게 정식으로 공표할 때까지 훈민정음의 존재를 철저히 비밀에 부칠 것을 당부했다.

주상은 영의정 황희를 비롯한 정승들과 육조의 판서들을 불러들여 훈민정음을 창제했음을 알렸다. 또한 그들에게도 공표일까지는 철저히 비밀에 부칠 것을 다짐받았다. 이후엔 집현전 학자들 중에 유연한 성향을 가진 자들을 불러들여 역시 훈민정음 창제 사실을 알리고, 그들에게 창제의 원리와 사용법을 설명했다. 이런 일련의 정지 작업을 마친 주상은 마침내 계해년(1443년) 마지막날인 섣달 그믐 아침에 전격적으로 훈민정음 창제 사실을 공표했다.

15. 하늘이 정한 명줄

"소비야, 소비야."

아직 해도 뜨지 않은 이른 새벽이었다. 문밖에서 부르는 소리를
듣고 소비는 깜짝 놀라 잠에서 깼다.

"누구세요?"

소비가 안방 문을 열고 대청으로 나섰다. 대청에는 안개가 잔뜩
밀려와 있었다. 삼월 들어 갑자기 날씨가 풀린 탓에 안개 끼는 날
이 많았다. 하지만 여태껏 이토록 짙은 안개는 없었다. 한 발자국
앞도 제대로 보이지 않을 정도였다.

"소비야, 나다."

여인의 목소리였다. 익숙한 목소리였지만 선뜻 누군지 알 수는
없었다. 소비는 안개를 헤치고 대청 아래로 내려섰다. 마당에도 안
개가 잔뜩 밀려와 있었다.

"날 모르겠느냐? 내 목소리를 잊은 것이냐?"

그때서야 소비는 목소리의 주인공을 알아챘다.

"어, 어머니."

양모 가이의 음성이 분명했다.

"그래, 나다. 뭐하는 것이냐? 서두르지 않고."

그때 서서히 안개가 걷히기 시작했다. 가이가 국무 복장을 하고 손짓을 하고 있었다.

"어서 가자, 이리 오너라."

가이는 이미 돌아서 대문을 향하고 있었다.

"어디로 가자는 말씀입니까?"

"어디긴 어디냐, 대궐이지."

"대궐요?"

"몰랐느냐? 오늘 큰 굿판을 벌이기로 했단다."

"굿판을요?"

그때, 가이가 고개를 돌려 소비를 쳐다보았다. 가이의 얼굴은 썩은 채로 완전히 허물어져 있었다. 소비가 공포에 질려 뒤로 물러나자, 가이가 소비의 손을 덥석 잡고 끌어당겼다.

"가자, 궁궐에 오늘 큰 굿판이 벌어진다니까……."

소비는 비명을 지르며 가까스로 눈을 떴다. 며칠째 꿈자리가 뒤숭숭했다. 그리고 마침내 양모 가이까지 꿈에 나타났다. 이상하게 가이가 꿈에 나타나면 좋지 않은 일이 생겼다. 4년 전에 소헌왕후 심씨가 죽던 날도 꿈에 가이가 나타났었다.

소비는 마당으로 나가 북쪽을 바라보았다. 남편 중례는 사흘째

퇴청하지 않았다. 주상의 병세가 심각하다는 뜻이었다. 그리고 주상이 죽는다면 중례는 또 벼슬에서 쫓겨날 것이 분명했다.

그간 중례는 여러 차례 벼슬을 내놓고 물러나야 했다. 『의방유취』 편찬 작업에 투입될 무렵에 중례는 첨지중추원사에 올라 있었다. 정3품의 당상관 벼슬이었다. 물론 실권은 없는 무관직이었다. 의관직 중에서 최고위직인 전의감 판사를 거친 의관들이 늙으면 실무 없는 무관직이나 검교직(실무 없는 임시직)을 내리곤 했다. 중례에게 내린 첨지중추원사도 그중 하나였다. 전의감의 실무에서 물러난 의관을 내약방 어의로 계속 쓰기 위한 조치였다. 하지만 어쨌든 정3품 당상관 벼슬인 만큼 고위직임에 분명했다. 또한 그에 맞는 녹봉도 지급됐다. 의관으로서는 출세의 정점에 올랐다는 뜻이었다. 중례가 중추원 첨지에 제수된 것은 주상의 병을 여러 차례 회복시킨 것에 대한 보상 차원이었다.

하지만 중추원 첨지가 된 이래 중례에겐 영욕의 세월이 반복되었다. 주상 재위 27년(1445년) 10월 27일엔 조선 의학 발전을 위한 숙원 사업이었던 『의방유취』 편찬에 성공했다. 무려 365권이나 되는 방대한 분량의 의서였다. 중례는 이 사업에 최종 감수자로 참여하여 의관으로서 최고의 영예를 누렸다. 그러나 바로 이듬해 첨지 자리를 내놓고 의관 중의 가장 말단직으로 강등되어야 했다. 소헌왕후 심씨의 죽음에 대한 책임을 지는 차원이었다. 왕이나 왕비, 세자가 죽으면 담당 의관은 으레 유배되거나 벼슬을 뺏기고 쫓겨나는 것이 관례였다.

다행히 중례는 유배는 면하였고, 몇 달 만에 벼슬도 되찾았다.

그런데 벼슬을 회복한 지 불과 몇 달 만에 수양대군의 학질 치료를 소홀히 한 죄로 전의감 영사(심부름꾼)로 좌천되는 수모를 겪었다. 그뒤로 10개월 만에 벼슬을 되찾았으나, 또다시 세자의 종기 치료를 제대로 하지 못했다 하여 벼슬을 빼앗겼다가 세자 향의 병이 나은 덕에 겨우 제자리로 돌아왔다.

이렇듯 중례는 중추원 첨지가 된 후로 부침이 심했다. 소비는 남편에게 힘든 일이 생길 때마다 이상하게 가이가 나타나는 꿈을 꿨다. 그런데 이번에도 또 가이가 꿈에 나타났으니, 확실히 불길한 징조였다.

"혹 주상께서⋯⋯."

소비는 주상의 죽음이 임박한 것이 아닌가 걱정했다. 무려 사흘이나 남편이 퇴청하지 않는 것만 봐도 주상의 병세가 심상치 않은 것이 분명했다. 주상이 죽는다면 어의 중례는 유배를 면하지 못할 터였다.

중례는 몇 년 전부터 건강이 악화되어 있었다. 주상의 병을 돌보느라 자신의 몸을 돌볼 여유가 없었던 탓이다. 그저 눈만 뜨면 어전으로 달려가 주상의 병세를 살펴야 하는 처지였다. 주상의 병증은 한두 가지가 아니었다. 소갈증은 이미 오래된 고질이었고, 거기에 종기와 중풍, 안질, 요통 등을 동시다발적으로 앓고 있었다. 그럼에도 하루도 독서를 거르는 날이 없고, 중요 국사는 반드시 챙겨야만 직성이 풀리는 성격이었다. 그런 까닭에 하루라도 중례의 치료를 받지 않으면 주상은 정상적인 생활이 되지 않았다. 결국, 주상의 모든 병증은 중례의 과로로 귀결될 수밖에 없었던 것이다. 더구나 중례는 요즘 이상하게 건망증이 심해졌다. 소비가 보기엔 단순한 건망증이 아니라 병증이었다. 그 때문에 소비는 침과 뜸은 물론 중례를 위한 탕약을 달여대기 바빴다.

소비는 주상의 병세도 걱정스러웠지만, 남편 중례의 건강이 더 염려되었다. 중례는 주상보다 나이도 많고, 고생도 많이 하여 심신이 매우 쇠약한 상태였다. 그런데 만약 주상이 사망하여 유배라도 가게 되면 병세가 더욱 악화될 게 뻔했다.

"제발, 별일은 없어야 할 텐데⋯⋯."

소비는 새벽하늘을 올려다보며 빌고 또 빌었다. 하지만 그 시각 영응대군(세종의 적자 중 막내)의 집 동별궁에선 소비의 불안이 현실로 닥치고 있었다. 중례와 여러 어의들이 날밤을 새워가며 주상을 치료했지만, 주상의 병세는 하루가 다르게 악화되었다. 주상도 이미 죽음을 예감했는지 중례와 어의들을 불러놓고 가느다랗게 떨리는 음성으로 말했다.

"이제 그만하라. 인명은 재천이라 하였다. 침이든 뜸이든 약이든 이제 멈춰라. 내 명이 다했음을 어찌 내가 모르겠는가?"

하지만 중례는 고개를 가로저었다.

"전하, 어찌 그런 명을 내리시옵니까? 분부 받들 수 없사옵니다. 용서하소서."

주상이 빙긋이 웃었다.

"중례, 자네 손 좀 주게."

주상은 열흘 전에 이미 시력을 잃은 상태였다. 중례가 손을 잡자, 주상이 말했다.

"사실, 자네가 아니었다면 내 명줄은 이미 오래전에 끊어졌을 것이네. 자네 덕에 내가 할 일을 다 할 수 있었네. 왕비와 세자는 자네 처가 살려주었고, 나는 또 자네가 살려줬네. 정말 고마웠네. 이젠 됐네. 자네도 알지 않는가? 명이 다하면 의술로 되지 않는다는 것을……."

그 말을 끝으로 주상은 중례와 어의들을 모두 물러나게 했다. 그리고 세자와 대군들을 불러들였다.

"너희들은 너무 슬퍼하지 말라. 특히 세자는 나의 장례로 인해 지나치게 몸을 상하는 일이 없도록 하라. 또한 장례는 검소하게 하라."

세자 향과 대군들이 눈물을 흘리며 흐느껴 울었다.

"울지들 마라. 그리고 내 말을 명심하라. 내가 죽더라도 노중례를 비롯한 어의들을 벌하지 말라. 그 사람들은 할 만큼 최선을 다했다. 그리고 당부하건대, 이 아비가 만든 훈민정음을 끝까지 지키고 가꾸어 모든 백성이 사용할 수 있도록 해야 한다. 이 아비의 마지막 부탁……."

그 말을 끝으로 주상은 더 이상 말을 하지 못했다. 주상의 호흡이 거칠어지자, 세자가 급히 중례를 불러들였다. 하지만 중례가 주상의 맥을 잡았을 땐 이미 숨이 넘어가고 있었다.

중례는 눈물을 훔치며 조용히 별궁에서 물러났다. 그리고 별궁 밖에서 의관들과 함께 무릎을 꿇고 대기했다. 치료하던 주군이 죽었으니, 왕을 보살피던 의관들은 모두 죄인 신세였다.

국상이 시작되고, 산릉 조성 작업이 한창일 때, 중례는 사헌부의 탄핵을 받고 유배길에 올랐다. 유배지는 황해도 곡산이었다. 곡산에 도착하여 하룻밤을 지냈는데 새로운 임금으로부터 소환 명령이 떨어졌다. 허겁지겁 한성으로 돌아와 새 임금을 배알하니, 이렇게 말했다.

"대행대왕께서 의관들을 벌주지 말라는 유언을 남기셨소. 하지만 국상이 나면 담당 의관들을 벌주는 것은 오랜 관습이니, 어쩔 수 없이 벼슬을 떼고 유배를 보낸 것이오. 그러니 너무 섭섭하게 생각하지 마시오."

"성은이 망극하나이다."

하지만 중례는 내약방으로 돌아가지 않았다. 이제 어의에서 물러나 활인원에 머물며 가난하고 굶주린 백성들을 치료할 수 있도록 해달라고 요청하여 허락을 얻었다.

중례가 활인원으로 돌아가고자 한 것은 스승 탄선의 뜻을 잇기 위함이었다. 소비도 탄선의 뜻을 잇기 위해 몇 년 전에 이미 활인원으로 돌아와 있었다. 활인원엔 여전히 의원이 부족했고, 환자는 넘쳐났다. 그 때문에 늘 손이 부족했다. 중례는 하루라도 빨리 활인원으로 돌아가 부족한 손을 채울 생각이었다.

하지만 중례는 활인원을 맡은 지 불과 석 달도 되지 않아 내약방으로 돌아가야 했다. 새 임금의 몸에 큰 종기가 났는데, 병증이 매우 심각하였다. 내약방 어의들이 총동원되어 치료했지만, 차도가 없었다. 그래서 종기 치료 경험이 많은 중례를 다시 불러들인 것이다.

임금은 세자 시절에 이미 종기로 엄청난 고생을 한 적이 있었다. 그때는 종기의 크기가 무려 한 자나 되었고, 빼낸 고름만 해도 열

홉이 넘었다. 그럼에도 중례는 그 종기를 무사히 완치시켰다.

그때에 비한다면 이번 종기는 작은 편이었다. 크기는 두 치 정도였고, 고름도 많이 차 있지는 않았다. 하지만 종기의 뿌리가 매우 깊었다. 거기다 초기 치료를 잘못하여 잔뜩 덧난 상태였다. 고름을 빨리 빼낼 욕심에 너무 서둘러 종기를 찢는 바람에 생긴 일이었다. 설상가상으로 임금은 빈전을 지키느라 무리를 하고 있었다. 차가운 바닥에 너무 오래 앉아 있었고, 수라도 제대로 들지 않아 날로 수척해지고 있었다.

중례는 우선 임금의 몸을 보하고, 덧난 상처부터 치료했다. 또한 임금을 간곡하게 설득하여 빈전에 머무는 시간을 줄이고, 고약으로 고름을 다스린 끝에 가까스로 종기를 잠재웠다. 하지만 완전히 치료된 것은 아니었다.

"전하, 무리를 하시면 또 재발할 수 있습니다. 그러니 섭생을 잘 하셔야 합니다. 대행대왕께서 장례를 간소하게 하고 너무 무리하지 말라 유언하신 것도 모두 이런 일을 예상하고 하신 말씀입니다."

그렇듯 새 임금의 병증을 가라앉히고, 중례는 내약방에서 물러났다. 중례의 몸에 병이 찾아들었기 때문이다. 중례 스스로 맥을 잡아보았더니, 결코 예사 병이 아니었다. 언제 찾아들었는지 알 수 없었지만 방심하는 사이에 그의 몸 깊이 적취가 자라고 있었다.

중례는 자신의 적취를 아내 소비에게 비밀로 하기로 결심했다. 적취는 너무 깊은 곳에 있었고, 의술로는 돌이킬 수 없다고 판단했다. 다만 섭생을 잘 하면 적취가 자라는 속도를 늦출 수 있을 것 같았다.

"이제 내게 남은 명줄이 얼마나 될까?"

중례는 고요히 앉아 맥을 짚고 눈을 감았다. 제아무리 뛰어난 의원이라도 하늘이 정한 명줄을 늘릴 수는 없는 법이었다. 그렇다고 명줄이 끊어질 때까지 무방비 상태로 기다릴 수도 없는 것이었다.

적취의 맥이 잡히는 곳은 비장이었다. 비장은 너무 깊이 있어 비록 적취가 생겼다 해도 겉으로 전혀 드러나지 않는 곳이었다. 또한 막상 병증이 시작되면 보름도 되지 않아 명줄이 끊어질 게 분명했다. 하지만 언제 발병이 본격적으로 시작될지는 쉽게 알 수 없었다. 어쨌든 관건은 발병 시기를 늦추는 것이었다.

"약을 쓰면 필시 아내가 알 터인데 어쩐다?"

발병 시기를 늦추는 유일한 방법은 탕약밖에 없었다. 비장의 발병엔 침과 뜸은 한계가 분명했다. 그렇다고 탕약을 쓰면 소비가 남편의 비장에 문제가 생겼다는 것을 바로 알 것이었다. 중례는 고칠수 없는 병증 때문에 아내를 고통스럽게 하고 싶지는 않았다. 그 때문에 중례는 며칠 동안 약을 쓰지 않고 고민만 거듭했다.

그런 상황에서 개성의 여러 고을에 역병이 돈다는 소식을 들었다. 개성은 한양에서 멀지 않은 곳이라 조정에서는 역병이 한양까지 번져올 것을 염려하며 빨리 방역단을 꾸려야 한다고 전의감을 다그쳤다. 중례는 곧 자원하여 방역단을 꾸리고 역병잡이 선봉대로 나섰다. 비장의 적취가 자라는 것을 그저 앉아서 기다리다 죽기는 싫었다. 그렇다고 탕약을 쓰지 않을 수도 없었다. 그런데 방역단을 이끌고 개성으로 가면 아내 몰래 약을 먹을 수도 있고, 동시에 역병도 잡을 수 있다고 판단했다.

"방역단을 이끌고 개성을 다녀올까 합니다. 서너 달이면 돌아올 것이오."

그러자 아내 소비가 약꾸러미를 챙겨 주며 말했다.

"이 약을 하루도 거르지 말고 달여 드십시오. 그리고 얼마 뒤에 저도 가겠습니다."

"아니오. 이번에는 나 혼자 해결하고 올 것이니, 부인은 활인원을 지키시오. 역병을 막는 것도 중요하지만 활인원의 병자를 고치는 것이 더 중요하지 않습니까?"

소비는 중례를 한동안 물끄러미 바라보다 고개를 끄덕였다.

"알겠습니다. 그러면 저는 활인원을 지키겠습니다. 제가 드린 약재는 꼭꼭 달여 드셔야 합니다."

"걱정 마시오. 부인의 명령인데 어길 리 있겠습니까? 한끼도 빠지지 않고 꼬박꼬박 챙겨 먹겠소."

중례는 그렇게 소비를 안심시키고 이튿날 개성으로 떠났다. 그리고 개성에 도착하자마자, 비장의 적취를 해결할 약재를 구하러 다녔다. 하지만 개성에는 이미 필요한 약재가 동이 난 상태였다. 역병이 번진 뒤로 한약방마다 약재 품귀 현상이 일어나고 있었다. 재물깨나 있는 부자들이 역병에 좋다는 약은 모두 구입해 갔다는 것이었다. 별수없이 중례는 아내 소비가 챙겨준 약재에서 쓸 만한 것들을 골라내고, 또 역병에 쓸 약재들 속에서도 골라낸 것을 섞어 탕약을 달여볼 생각을 하였다. 그래서 약재꾸러미를 풀어서 살폈는데, 그만 깜짝 놀라고 말았다.

"아니, 이것들은 모두 비장의 적취에 듣는 약재들이 아닌가?"

그때서야 중례는 아내 소비가 이미 오래전부터 자신의 병을 알고 있었다는 사실을 깨달았다. 소비가 달인 탕약을 먹은 지 이미 1년도 넘은 상태였다. 소비는 무려 1년 전부터 중례의 비장에 적취가 생긴 것을 알고 침을 놓고 뜸을 뜨고 탕약을 지속적으로 제공해오고 있었던 것이다. 물론 소비는 그저 몸을 보하는 탕약이라고만 했었다. 탕약의 재료가 된 약재를 본 적이 없으니, 그저 아내 말만 믿고 매일 아무 생각 없이 탕약만 받아 마셨다. 그런데 그 탕약들이 중례의 발병을 늦추고 있었을 줄은 꿈에도 몰랐다.

중례는 아내의 정성에도 감탄했지만, 그녀의 진맥 실력에 다시 한번 감탄했다. 중례가 자신의 병증을 알아낸 것이 불과 보름 남짓 되었는데, 이미 일 년 전에 병증을 파악하고 탕약까지 달여 바쳤다는 것이 도저히 믿기지 않았다.

"그간 내가 맞은 침뜸이 모두 비장의 적취 때문이었단 말인가?"

사실, 침술과 뜸에 있어서는 조선의 어느 의원도 아내 소비를 능가할 자가 없었다. 중례 역시 침술과 뜸은 그녀에게 한참 못 미쳤다. 하지만 약을 쓰는 데 있어서만큼은 자신이 아내보다 한 수 위라고 생각해왔다. 그런데 이번에 싸준 약재를 살펴보고는 자신이 아내의 능력을 과소평가했다는 생각이 들었다. 소비가 싸준 약재 속에는 중례가 미처 생각하지 못한 약재가 몇 개 들어 있었다. 그 약재들의 조합을 살펴보니, 자신의 처방보다 확실히 한 수 위였다.

중례가 의원으로 살아온 지도 어언 삼십 년이 넘었다. 그 삼십 년 동안 중례는 늘 아내 소비의 의술을 능가하려고 무던히도 애를 썼다. 그런 점에서 보자면 소비는 아내이기 이전에 가장 강력한 경쟁자였다. 그런데 따지고 보면 중례는 단 한 번도 소비에게 이겨본 기억이 없었다.

『태산요록』을 편찬할 때도 마찬가지였다. 세종 재위 15년(1433년)에 주상이 임산부와 소아에 관한 책을 편찬하라 하였고, 그래서 이듬해에 엮어낸 것이 『태산요록』이었다. 그런데 『태산요록』의 내용엔 소비의 의술이 상당수 반영되었다. 중례는 고전 방서를 정리하고 요약하는 수준에서 편찬하려 했는데, 소비가 그 내용을 보더니, 고전의 문제점을 하나하나 지적하며 보완하였다. 덕분에 산부의 임신, 분만, 산전·산후에 필요한 사항과 초생아 및 유아들의 양호와 치료에 필요한 사항들을 정연하고 알기 쉽게 서술할 수 있었다.

"정말 세상에는 넘어설 수 없는 벽이 있다고 하더니, 이것이 모두 부인을 두고 하는 말이 아니겠소?"

『태산요록』으로 세종의 칭찬을 잔뜩 듣고 술까지 한잔 걸치고 집으로 돌아온 중례가 소비에게 한 말이었다. 하지만 그뒤로 더욱 의술에 매진하여 아내를 능가했다고 생각했는데, 그것은 순전히 자신의 착각이었던 것이다.

중례는 아내가 준 약재를 달이는 내내 계속 웃음이 쏟아졌다. 왜 그렇게 웃음이 쏟아지는지 자신도 잘 이해할 수 없었다. 그저 고개를 절레절레 흔들며 이런 말을 쏟아냈다.

"정말 타고난 천재는 결코 이길 수 없는 법이야. 암, 그렇고말고."

중례는 아내의 탕약을 한끼도 거르지 않고 즐겁게 먹은 덕에 개성에 퍼진 역병을 무사히 막고 별 탈 없이 집으로 돌아왔다. 하지만 제아무리 뛰어난 의원이라 해도 하늘이 정한 명줄 앞에선 어쩔 수 없었던 모양이다. 이듬해인 임신년(1452년) 봄에 한성을 덮친 역병을 막다가 부부가 차례로 감염되어 죽었으니 말이다.

왕(문종)은 온몸을 바쳐 역병을 막다 죽은 노중례의 죽음을 애통해하며 부의를 내리고 특별히 졸기를 짓게 하였는데, 이는 『조선왕조실록』에 남아 있는 유일한 의관의 졸기다. 그 내용을 옮기자면 다음과 같다.

고(故) 행 상호군 노중례의 집에 쌀·콩과 관곽을 부의로 내렸다. 노중례는 의원을 직업으로 삼아 의술에 정통하여 근세(近世)의 의원으로서는 그에 비할 이가 드물었다. 성품이 겸손하고 공손하여 내의(內醫)가 된 지 수십 년 동안에 처음부터 끝까지 경신(敬愼)하였으며, 두 임금에게 은혜를 받아 상을 받은 것이 이루 기록할 수 없을 정도였다.

세상의 의원들은 대개 미천한 데서 일어나서 관질(官秩)이 겨우 높아지면 지기(志氣)가 갑자기 교만해져서 비록 사대부 집안에서 초청하더라도 난처한 기색을 보이며 반드시 높은 값을 요구하였다.

하지만 노중례는 비록 미천한 사람이라도 약을 물으면 반드시 곡진하게 가르쳐주면서 싫어하는 기색이 없었다. 그러므로 사람들이 노중례를 어질다고 여겼던 것이다.

〈끝〉

에필로그

소설 『활인』에 앞서 필자는 조선의 의학사를 정리한 『메디컬 조선』과 세종의 국가경영법과 리더십을 새롭게 조명한 『국가경영은 세종처럼』을 연이어 출간했었다. 이 두 책을 집필하면서 소설 『활인』을 구상하고 소재와 자료를 확보했다.

소설의 등장인물 대다수는 『조선왕조실록』의 기록에도 이름을 남긴 사람들이다. 조선 태종, 세종 시절에 역병을 잡는 데 앞장섰던 승려 탄선을 비롯하여 조선 전기의 가장 위대한 의사였던 노중례, 소헌왕후의 병을 치료하는 데 큰 공을 세웠던 의녀 소비, 조선 전기 역병 퇴치에 앞장섰으나 이름도 없이 사라졌던 무녀들과 승려들, 그리고 이 시대를 이끌었던 세종을 당대의 현실 속에서 생동감 있게 되살리고 싶었다.

물론 그들 인물들의 구체적인 삶은 역사서에 거의 기록되지 않왔다. 그저 이름만 남겼거나 미미한 흔적만 남아 있다. 그런 까닭에 필자는 사라진 그들의 삶을 오로지 상상력으로 채워야만 했다. 다음의 실록 기록들은 그 상상력의 세계를 완전히 걷어내고 남은 그들의 미미한 흔적들이다. 이 흔적들을 참고하면『활인』속 상상의 세계를 이해하는 데 한층 도움이 되지 않을까 싶어 주요 인물세 사람의 기록을 사족으로 덧붙인다.

탄선에 관한 기록

세종 3년(1421년) 12월 21일
서활인원 제조 한상덕이 계하였다.
"내년 봄에 성을 쌓을 군사가 많이 모이면 반드시 역려(疫癘, 역병)가 있을 것입니다. 태조께서 나라를 세운 초기에 비로소 도성을 쌓으매, 역려가 크게 일어났는데, 화엄종의 중 탄선(坦宣)이 여질(癘疾)을 두려워하지 않고 마음을 다하여 구휼하였습니다. 지금 탄선이 경상도 신령에 있사오니, 역마로써 불러올려, 그로 하여금 구호하기를 원합니다."

세종 4년(1422년) 1월 15일
비로소 도성을 수축하였다. 태상왕은 도총제 천희달을 보내고, 임금은 총제 원민생을 보내어 술을 버리어 제조를 태평관에서 위로하였다. 숙청문과 창의문 두 문을 열어 군인들의 출입하는 길을 통하게 하고, 도성의 동쪽 서쪽에 구료소 네 곳을 설치하고, 혜민국 제조 한상덕에게는 의원 60

명을 거느리고, 대사 탄천에게는 중 3백 명을 거느리고 군인들의 병들고
다친 사람을 구료하도록 명하였다.

노중례에 관한 기록

세종 22년(1440년) 6월 25일
임금이 말하였다.
"의술은 인명을 치료하므로 관계되는 것이 가볍지 않다. 그러나 그 심오하
고 정미한 것을 아는 자가 적다. 판사 노중례(盧重禮)의 뒤를 계승할 사람
이 없을까 염려되니, 나이 젊고 총명하고 민첩한 자를 뽑아서 의방(醫方)
을 전하여 익히게 하라."

문종 2년(1452년) 3월 11일
노중례는 의원을 직업으로 삼아 의술에 정통하여 근세의 의원으로서는
그에 비할 이가 드물었다. 성품이 겸손하고 공손하여 내의가 된 지 수십
년 동안에 처음부터 끝까지 경신(敬愼)하였으며, 두 임금에게 은혜를 받아
상사(賞賜, 상을 받음)가 이루 기록할 수 없을 정도였다.

소비에 관한 기록

세종 22년(1440년) 4월 10일

임금이 말하였다.

"중궁(中宮)이 일찍이 풍병을 앓았는데, 온천에 목욕한 이후로는 전의 병이 아주 나았으니 이것은 목욕한 효험이고, 또한 의원과 의녀가 약을 먹인 공효이다."

그리고 드디어 대호군 양홍수와 판전의감사 노중례에게 내구마(內廐馬) 각각 한 필씩을, 의녀 소비(召非)에게 쌀 여섯 섬을 주었다.

작가의 말

역병이 세상을 뒤덮고 있고, 연일 숱한 사람들이 죽어나가고 있다. 20세기 초에 세상을 공포에 질리게 했던 스페인 독감 이후 백년 만에 찾아든 팬데믹 현상이다. 그런데 조선의 백성들은 거의 해마다 이 같은 팬데믹에 시달렸다. 지금은 대수롭지 않게 여기는 홍역이 10만 명 이상의 목숨을 앗아간 해도 있었고, 괴질이 수십 개의 마을을 송두리째 폐허로 만들기도 했다. 사람들은 홍역과 괴질과 각종 전염병을 피해 산속으로 피난 가기 일쑤였고, 한 집안의 가족 중 절반 이상이 전염병으로 죽곤 했다. 바이러스가 무엇인지 세균이 무엇인지도 몰랐기에 백신은 꿈도 꾸지 못하던 시절이었다. 하지만 그 시절에도 전염병을 온몸으로 막아내던 의사들이 있었다. 탄선과 노중례와 소비, 그리고 이름 없이 헌신한 승려들과 무녀들이 그들이었다.

그렇듯 그들이 사람 살리는 일, 즉 활인(活人)을 위해 목숨을 걸고 투쟁하고 있는 동안 또 한쪽에선 민생보다 중요한 것은 없다는 기치를 내걸고 '활인의 정치'에 목숨을 건 성군 세종이 있었다. 그는 의술만 사람을 살리는 것이 아니라 했다. 정치도 근본적으론 사람 살리는 일이라 했다. 그래서 정치를 통해 백성의 목숨을 살리는 일에 일생을 건 그였다. 훈민정음 창제 또한 활인의 일환이었고, 『농사직설』을 펴내고 측우기를 만든 것도 모두 활인이 목적이었다.

소설 『활인』은 사람을 살리기 위해 자신의 목숨을 걸고 때와 장소를 가리지 않고 불철주야 질병과 투쟁하던 의사들과 민생을 위해 아픈 몸을 이끌고 태평성대를 구현한 성군 세종의 콜라보 무대를 담았다. 그들의 콜라보 속에서 팬데믹의 공포를 잊고 활인을 위한 인간의 열정과 투쟁이 주는 카타르시스를 느껴보길 바란다.

2021년 12월
일산우거에서 박영규

활인 下

초판 1쇄 인쇄 2021년 12월 30일
초판 1쇄 발행 2022년 1월 10일

지은이 박영규

편집 정소리 이희연 | 디자인 이현정 이주영 | 마케팅 정민호 김경환 김선진 배희주
홍보 김희숙 함유지 이소정 이미희 | 저작권 박지영 이영은 김하림
제작 강신은 김동욱 임현식 | 제작처 천광인쇄사

펴낸곳 (주)교유당 | 펴낸이 신정민
출판등록 2019년 5월 24일 제406-2019-000052호

주소 10881 경기도 파주시 회동길 210
전화 031.955.8891(마케팅) | 031.955.2692(편집) | 031.955.8855(팩스)
전자우편 gyoyudang@munhak.com

인스타그램 @gyoyu_books | 트위터 @gyoyu_books | 페이스북 @gyoyubooks

ISBN 979-11-91278-92-7 04810
      979-11-91278-90-3 (세트)